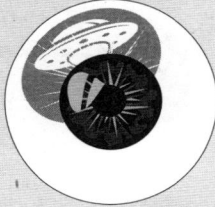

科幻文学群星榜

华语实力科幻作品
群星奖大满贯

Sci-Fi

异　域

何夕——著

山东教育出版社

图书在版编目（CIP）数据

异域 / 何夕著 . — 济南：山东教育出版社，
2021.6
（科幻文学群星榜）
ISBN 978-7-5701-1503-7

Ⅰ . ①异… Ⅱ . ①何… Ⅲ . ①幻想小说－中国－当代
Ⅳ . ① I247.5

中国版本图书馆 CIP 数据核字（2021）第 055505 号

YIYU

异域　　　　何 夕 著

主管单位：山东出版传媒股份有限公司
出版发行：山东教育出版社
　　　　　地址：济南市市中区二环南路 2066 号 4 区 1 号　邮编：250003
　　　　　电话：（0531）82092600　　　　网址：www.sjs.com.cn
印　　刷：三河市冠宏印刷装订有限公司
版　　次：2021 年 6 月第 1 版
印　　次：2021 年 6 月第 2 次印刷
开　　本：880 mm×1300 mm　1/32
印　　张：9
印　　数：1—10000
字　　数：211 千
定　　价：35.80 元

（如印装质量有问题，请与印刷厂联系调换）
印厂电话：0538-6119360

总　序

想象新时代

　　《科幻文学群星榜》是由中国科普作家协会科幻专业委员会联合其他科幻组织，共同推出的一套科幻书系。这是一个规模庞大的工程，目前来看也是独一无二的工程，基本囊括了中华人民共和国成立以来老中青几代具有代表性的科幻作家的佳作。这些作家以年龄看，最早的是20世纪20年代出生的，最晚的是"90后"。

　　这套书系的出版，恰逢中华民族实现第一个百年目标——全面建成小康社会。因此，它呈现了百年未有之变局中，中国人对一个崭新时代的想象。随后陆续推出的作品，还将伴随中国迈进基本实现现代化的伟大进程。

　　科幻文学作为一种年轻的文学品类，本身就是现代化的产物。1818年，世界上第一部科幻小说《弗兰肯斯坦》诞生在第一个实现产业革命的国家——英国。此后科幻文学在法国、美国、日本等工业化国家繁荣起来，进入蓬勃发展的黄金时代。科幻作品反映着科技时代人类社会的变迁和走向，反思当代人类面临的多重困境，力图打破所谓世界末日的预言，最终描绘出一个五彩斑斓、生机勃勃的新未来。

　　如今，地球上正在发生的最具"科幻色彩"的事件之一，便是中国的崛起。这个进程不仅改变了这个文明古国的命运,也影响着全人类的走向。中国奇迹般地成了拉动世界经济增长的有力引擎。人类历史上首次十亿以上人口的国家将要集体迈入现代化的门槛。中国科幻文学正是中华民族伟大复兴进程的见证者、参与者与推动者。

早在20世纪初,中国的一些有识之士便把科幻作品译介进来,掀起了第一次科幻热潮。它承载起"导中国人群以行进""改变中国人的梦"的使命。20世纪50-60年代,随着中国自己的工业和科技体系的建立,科幻作家们以满腔热情擘画了一个欣欣向荣的新世界。1978年改革开放后,中国再次向现代化进军,科幻迎来新的勃兴。作家们满怀豪情地书写科学技术为实现现代化、为谋求人民的幸福生活所创造出的神奇美景。进入21世纪,尤其是随着新时代的来临,这个文学门类也进入成长的新阶段。随着《三体》等作品的问世,中国科幻迎来了新一轮热潮。作家们描绘着古老的中华民族在实现全面小康和建成现代化强国的过程中所面临的新机遇、新挑战,谱写着中国走向世界、步入太阳系舞台中央并参与宇宙演化的新篇章。

科幻文学的发展折射着中国国运的巨大变迁。当今,海内外不同领域的人们对中国的科幻文学的空前关注,实际上是关注中国的未来,关注世界第二大经济体将如何持续演进,关注14亿人的创造力将怎样影响乃至重塑这个星球。从现实意义上来说,这套书系不但包含这些丰厚的信息,而且集中梳理了新中国科幻文学取得的辉煌成就,整理出新中国科幻文学发展的宽阔脉络;从一个特殊的侧面,还反映了中华民族从站起来、富起来到强起来的进程,见证中国走向更加灿烂辉煌的未来。

这套书系具有以下三个特点:

一是权威性。它由中国科普作家协会科幻专业委员会主持编选,并与国内多个科幻组织合作，其中包括得到了中国科普作家协会科学文艺专业委员会、科幻世界杂志社、南方科技大学科学与人类想象力研究中心、未来事务管理局、八光分文化、重庆钓鱼城科幻中心等的鼎力相助。编者从中华人民共和国成立以来的海量科幻文学作品中，精选出足以体现时代特征的作品。收入书系的作者，涵盖了雨果奖、银河奖、星云奖、晨星奖、光年奖、未来科幻大师奖、引力奖、水滴奖、冷湖奖、原石奖、坐标奖、星空奖等中外各类科幻大奖的获得者。

二是系统性。它收集了中华人民共和国成立以来不同时期作家的代表作。作者中有新中国科幻奠基者和老一代作家如郑文光、童恩正、萧建亨、刘兴诗、潘家铮、金涛、程嘉梓、张静等，也有改革开放后崛起的新生代作家刘慈欣、王晋康、何夕、韩松、星河、杨鹏、杨平、刘维佳、赵海虹、凌晨、潘海天、万象峰年等，以及以"80后"为主体的更新代作家陈楸帆、飞氘、江波、迟卉、宝树、张冉、程婧波、罗隆翔、七月、长铗、梁清散、拉拉、陈茜等，还有在21世纪崛起的全新代作家杨晚晴、刘洋、双翅目、石黑曜、王诺诺、孙望路、滕野、阿缺、顾适等，从而构成比较完整而连续的新中国科幻光谱，是对中国科幻文学发展历史的一次系统检阅。

三是丰富性。它比较全面地展现了广域时空中新中国的科幻生态和创作风格。这里面既有科普型的，也有偏重文学意象的；既有以自然科学为主体的核心科幻，也有侧重社会现象的"软"科幻；既有代表科幻未来主义的，也有反映科幻现实主义的；既有传统风格的写法，也有实验性质的探索。作品的主题涵盖了中国科技、社会、文化和民生的热点。从中可以看到，一个曾经积弱的民族，如今正活跃在地球内外、大洋上下、宇宙太空、虚拟世界、纳米单元、时间航线、大脑意识等各个空间。这里有中国

政府和人民引领抗击全球灾难的描述，有脱贫的中国农民以新姿态迈出太阳系的故事，也有星际飞船和机器人在银河系中奏唱国际歌的传奇。

这套书系力求构建起一个灿烂的星空，并以此映射人们敏感而多样的心灵。爱因斯坦说，想象力比知识更重要。科幻是相伴人类发展进步而产生的新兴事物，是一个民族想象力的集中反映，是科技创新的艺术表达，在人们面前呈现出一幅幅奔向明天、憧憬和创建未来的美好画卷。许许多多杰出的科学家、工程师和企业家，在年轻时就受到科幻文学的熏陶和影响，因此走上了创造神奇新世界的道路。中国正在稳步建设创新型国家，需要更多富有创造力的人才脱颖而出。科幻文学也肩负着实现中国梦的责任，在点燃青少年科学梦想、激发民族想象力和创造力方面，起着不可或缺的作用。

这套书系将为广大读者尤其是年轻人打开中国科幻和未来世界的门户，有助于人们拓宽视野、开阔思想、激发灵感、探索未知、明达见识。它也将进一步促进中外科幻、科技、文化和文明的交流，为人类的共同发展做出中国的一份独特贡献。

中国科普作家协会科幻专业委员会

2020年10月1日

创作谈

　　近些年的中国科幻取得了不俗的成绩，但整体状况仍然不够繁荣。我自己对中国科幻的前景向来持谨慎乐观的态度，觉得在当下中国的文艺领域里，做科幻、写科幻、读科幻是一件颇具意义的事。说到科幻的意义，个人觉得至少有以下两点。

　　第一，科幻小说对人性洞察和拷问的深度和广度是其他文学形式难以达到的。

　　欧洲文艺复兴最伟大的贡献便是发现了"人"，也许这更多的是指人从对"神"的膜拜中挣脱出来发现了自身的价值。但是很显然，对"人"的认识与发现一直贯穿着人类文明的全部历史。不过这更像是一个不可能完成的任务，因为我们试图剖析的对象正是我们自身，而数理逻辑学已经证明：对自我的涉及必然导致不可解的悖论。所谓"1000个读者就有1000个哈姆雷特"，不单单可以理解为作品的出色，说不定是因为莎士比亚也迷失在了人性的怪圈里。

　　人类作为唯一已知的智能物种，其存在形式其实一直被技术和科学渗透并改变。人类丰沛的情感、稳定的家庭结构、普遍的合作精神、高尚的利他行为……无一不是技术科学与原始兽性千万年博弈磨合的结果。传统文学由于自身的缺陷，在漫长的时间里几乎没有关注到这个极其核心的问题；而科幻就如同一把锋利的手术刀，由未来之手把握，让我们得以在某些短暂的瞬间瞥到被现实的肌肤筋骨重重遮蔽的自我——那个本来的"人"。当下的中国科幻作品题材非常广泛，几乎涵盖了人类生活的各个领域，甚至还包括那些人迹罕至的禁区。科幻小说的特长是设置极端环境，在这样的场景下充分地暴露人性、人心以及人本身。对于人类基因正统的边界、生存和死亡、人工智能生命的存在意义、星际移民后人类的异化……这些涉及人类本性的终极问题，只有科幻小说才可能提出，也只有科幻小说才能解答。

第二，科幻小说致力于文学社会功能的重塑。

毋庸讳言，中国当下的文学有一种日渐沦为游戏的趋势。读者沉耽于轻松猎奇刺激感官的阅读，有些作家更是远离了社会生活的中心，退居到私人的角落，要么迎合市场，要么沉迷于纯技巧性的"自说自话"。包括主流文学在内，都变得越来越"水"，越来越没有营养，只剩下了歇斯底里的娱乐至死。

从荀子等人算起，"文以载道"已经提出来2000多年了。在很长一段时间里这句话并不是口号，而是实在贯穿于文学创作乃至中华文化当中的一条基本原则。但近些年这条原则日益衰微，到了几被摒弃的地步。而在当下的中国，恰恰是在科幻小说领域还有许多作品依然坚守这个古老的文学原则。这可能也是由科幻的本性所决定的，因为科幻一直是个"写什么"比"怎么写"更为重要的领域。至少到现在为止，我们评价一个科幻作品好坏的最主要依据还是看它的科幻内核是什么，即它到底表达了什么、创造了什么，而不是看它玩出了什么新的文字技巧。优秀的科幻作品读完后得到的最重要的东西不是离奇古怪的情节，不是感观刺激，而是从中感受到的作者的思考，继而引发读者自己的思考。那是一种心智上的快乐，也是人类作为智慧生物所能得到的最大的快乐。一句话，读科幻让人"有所得"，恐怕这也是科幻文学存在的意义。

这个流行快餐的时代和以往不同的地方在于：人们缺乏的不再是可供阅读的内容，甚至也不是阅读所需的金钱，人们最缺的其实是阅读的时间。面对每天生产出的天文数量的文字，以及同样数量庞大的各类媒体节目，用什么来吸引大众阅读其实是一个非常严肃的问题。也许那些令人傻笑的穿越剧永远都有市场，也许那些"先锋文学"依然可以搔首弄姿，但我却从骨子里坚信，优秀的科幻作品更具有长远的生命力；毕竟，人是智慧的生物，人类创造了科学，科学的精神也反哺着人类。

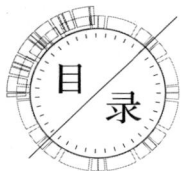

目 录

Catalogue

人生不相见 / 001

异域 / 055

六道众生 / 087

伤心者 / 159

盘古 / 203

天年（节选） / 227

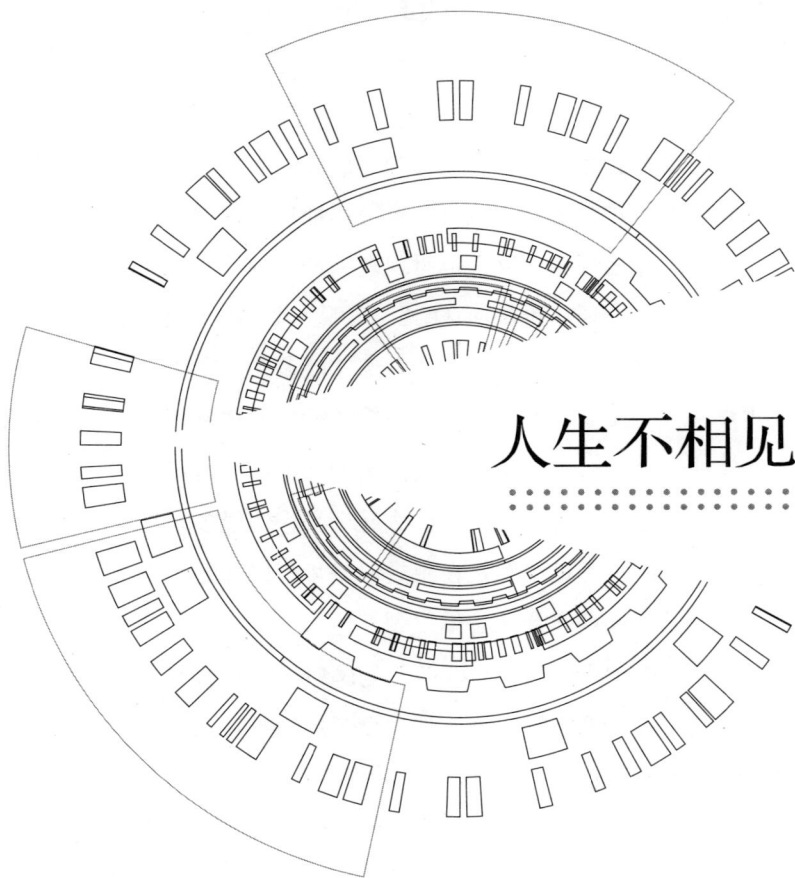

人生不相见

一　领路人

午休时间的基地安静了许多，训练的喧嚣已经散去。这里是美国凯斯国家海洋保护区的基拉戈海岸，范哲一直警惕地扫视四周，因为叶列娜现在正在"工作"。怎么说呢？反正范哲现在算是叶列娜的同谋，档案馆的门禁系统是他突破的，现在也是他在给叶列娜望风。按章程规定，档案馆网络与外界物理隔离自成一体，只有在内部才能调阅。严格说叶列娜就算进到里面也没法"调阅"，因为她根本不具备相应的资格权限。叶列娜已经潜入档案馆快一个小时了，也不知道情况如何。范哲可不想成为被好奇心害死的猫；再说他对那些档案也没什么好奇心，他最多只是对叶列娜有那么一点好奇心罢了。不过虽然是在犯规但范哲心里并无多少愧疚之感，其他学员一个月前都如期离开，偏偏只剩下他们两个人，而且不管找谁询问都是一句冷冰冰的"无可奉告"。范哲的脾气还好点，他只是一名工程师；叶列娜以前可是特警出身，天生就是个惹事的丫头，反正闲着也是闲着，正好练练各人的手艺。

范哲心虚地四下张望，就在这时他见到了那个人。范哲敢肯定就在一分钟之前周围都是没人的，估计刚才这家伙是隐身于某个角落。对方显然也发现了自己，因为他正点头示意；问题是范哲心里有鬼，他强迫自己不要望向档案馆的方向。

"这里真美啊！"来人应该是位亚洲人，大概四十七八岁的样子，脸上的皱纹宛如刀削。但他的语气让范哲觉得有些奇怪，因为这样的抒情口吻就像是一个青涩的少年。

"当然。"范哲强自镇定地接过话头，"你刚才一直在这里……看风景？"

"我来了一阵了。我们这个星球上的大海很壮观，不是吗？"来人几乎是有些贪婪地四下眺望，一丝复杂的神色在他脸上浮动。

"当然，你慢慢看。"虽然来人透着古怪，但范哲没有心思追究，心里只盼着这家伙早点离去。

来人望着远处："宝瓶宫还在原来的地方吧？"

范哲悚然一惊，离海岸8公里外的海面之下就是宝瓶宫。宝瓶宫始建于20世纪80年代，是元老级的宇航员训练设施。其生活舱和实验室就建在一个深海珊瑚礁旁边。宝瓶宫长14米、宽3米、重约81吨，建在27米深的水下，模拟了空间站的各种生活条件。许多年来它经过多次维护，但面积一直保持在42平方米，并非技术上无法扩建，而是刻意保持与太空舱狭小居住环境的相似性。生活设施当然是很齐全的，但是只要想象一下让人在里面一连待上几百个小时（所谓的饱和潜水技术）就会明白那是什么样的滋味。宝瓶宫主要是为了训练宇航员的太空运动能力，但显然对宇航员的心理素质也是一个考验。据说在未公布的档案里就有宇航员长期幽闭后出现精神疾病被淘汰的记录，当然这样的资料不是一般人能看到的。不过范哲知道，也许再过一会儿自己就能目睹那些神秘的资料了，希望叶列娜一切顺利。

"您是新来的教官？"范哲试探地问。

"不。"来人意味深长地摇头，"很多年前我是这里的学员。"

"啊？"这回轮到范哲吃惊了。曾经有人向教官问及以往学员的现状，但被告知这属于绝密；而现在居然来了一个活的。

"不用怀疑。"来人淡淡开口，"不过我出现在你面前的确属于前所未有的特例。"

"为什么告诉我这个？"范哲不禁有些紧张，出于本能，他也明白某些事情知道了不见得是好事。

"因为我们将一起合作，你、我还有叶列娜。自我介绍一下，我是何夕。你们之所以一直待在基地，就是在等我，因为我是你们的领路人。"

范哲的嘴微微张开，样子有些傻。这时他手里的电话响了一声，上面显示出一条正在传输资料的横条。看来叶列娜已经有了收获。

"跟我来吧。"来人说完大步朝前。

"去哪儿？"范哲不知所措地问。

"当然是去档案馆。"来人眼里闪出洞悉的光芒，"你通知叶列娜终止行动吧，我会解开你们心中的谜团的。"

二　参宿

档案已经发黄。

在恒星际时代出现"纸"这种东西的机会是极少的，这只是因为在个别场合按照规定必须使用所谓的"硬"拷贝材料。何夕早已从电脑里知晓了档案袋里的内容，但现在他仍然必须在办理烦琐的手续后从机要员手里接过它。蓝色的菱形印章覆盖在档案的封口处，代表着某种至高无上的权威。印章已经有些斑驳，50多年的时光顽强地在上面留下了自己的力量痕迹。其实所有人都知道真实可靠的文件内容只能通过电子副本获得，因为在这个时代只需入门级的原子组装技术便可无法分辨地复制出连同这个印章在内的全部纸质档案，谁也不敢确定手上这套东西就是以前封存的原件。只有基于数论的电子加密技术才能完全确保文件的安全，但并不妨碍何夕一脸郑重地抽出文件从头阅览，因为这是规则。

看着那些文字，何夕心里涌动出一丝难以言说的情绪，他知道20年前的那个人也曾经翻阅过这套编号为145的档案。范哲和叶列娜亦步亦趋跟在何夕身旁，脸上的激动无法掩饰。何夕瞄了眼范哲，不禁想起当年的自己何尝不是一样。何夕知道他俩能跟随自己进入这里看到"乐土"计划的档案的确是一件不容易的事情，这意味着他们至少要淘汰掉2000名以上的竞争者。但何夕不知道，当这两个年轻人下一步完全明了自己的使命后是否还像现在这样志得意满。从道理上讲应该影响不大，至少何夕知道，在测试题目中已经隐晦地暗示了某些线索。

"好了，该进入正题了。"何夕示意两位年轻人坐下，"从拆开这份文件开始你们便正式加入了'乐土'计划。也许你们也知道一些内情，但我还是按规定从头说起，因为我是你们的领路人。在未来这段时间里我将陪伴你们，直到任务完成。"

"还是不用了吧！"叶列娜突然打断何夕，"基础的背景知识我刚刚在电脑里看过了。"她转头看着范哲，"我还传给你看了的，对吧？"

范哲有些错愕，他没想到叶列娜竟这样坦诚。

这回轮到何夕吃惊了，"乐土"计划归入联邦绝密级。他带些狐疑地看着这个斯拉夫血统头发微卷的女孩，他知道叶列娜有特警的经历，但没想到她居然还是一名技术超群的计算机黑客。

"你不用怀疑。"叶列娜落落大方地开口道，"我潜入档案馆用自己写的一个工具软件搜索到了系统的小漏洞，看到了少量密级不高的资料；但也到此止步，总体来说那个什么'乐土'系统还是非常stronger的。不过所有事情是我一个人干的，与范哲无关。"

何夕不动声色地问："那你们知道些什么？"

叶列娜似笑非笑地答道："至少我知道了我们这趟旅程并非一般的考察，和其他人不一样，这条航路曾经发生过重大事故，充满未知的危险。"

"你……"何夕顿时语塞。眼前这个文弱的女孩显然具有与她外表不相称的内在力量，她无所畏惧地对视着何夕的眼，竟然使得后者生出一丝躲闪的念头。一旁的范哲保持着沉默，但看得出他是站在叶列娜一边的，他看着叶列娜的眼光混合了欣赏与关心，甚至还有隐隐的依恋。这也难怪，他们一起接受训练，特别是最后一个月，他们一直单独相处。何夕心中一凛，这是一个让人感觉不好的苗头。

"恐怕基地的头儿也是有所顾虑吧。"叶列娜幽幽地开口，眼里有洞察的光芒闪现，"我们这次考察本该在一个月前开始，可一直拖到现在。其实基地并不缺领路人，却专门将你从46光年之外召回来；因为那些人缺乏经验，难以胜任这次的特殊任务。"

何夕颓然跌坐。叶列娜说的没错，这次行动的确非同寻常。接到基地的命令何夕也相当意外，从来没有人会第二次执行"乐土"任务，这是没有先例的。20年来何夕一直生活在天蝎座里海星，天蝎座18号星距离太阳系46光年，地球天文学家很早就开始关注这颗恒星，原因在于它和太阳太像了，二者具有几乎相同的年龄、质量、直径甚至表面温度，就连自转周期也非常接近，都为25天左右。这颗位于天蝎座左螯上的恒星理所当然成了人类优先纳入考察计划的星球。在"虫洞通道"技术进入成熟阶段不久，人类就向天蝎座18号星发出了探测飞船。正如英国谚语说的"坏运气连着坏运气，好运气连着好运气"一样，人们惊喜地发现这颗恒星的第二颗行星竟然具有良好的生态环境；而更可贵的是这颗行星上还没有进化出具有智能的生命体。一句话，人类中大奖了，奖品就是一颗直径11000公里的后来被命名为"里海"的生命星球。

但是叫他怎么对两个年轻人说呢？他们只是好奇，只是对世界上的未知充满向往，却不明白人生其实一直行进在雷场之中，无法察觉的灾难随时可能吞噬一切。经历过危险的人会加倍珍视生命，为了执行这次任务，基地总共向12位"老人"发出了非强迫性的召集令，但最终只有何夕一个人选择了接受任务。

"先生，你怎么了？"范哲关切地问，作为一名工程师他不像叶列娜那样咄咄逼人。

"没什么，只是里海星的氧气含量略高于地球。我这次回来时间不长，还没完全适应。"何夕抚了抚有些气闷的胸口，"其实就算你们没有突破系统，有些事情我也是会告诉大家的，所以我不打算将这件事情上报；当然我会提醒他们系统出了漏洞。不过也请你们不要再对其他人提起这件事，好吗？"

叶列娜的目光在何夕脸上停留了一秒钟，声音突然变得和缓："谢谢。"

"还是让我们说说渤海星的事情吧。"何夕戴上数字手套，房间里顿时暗下来，一幅全拟真的星图浮现在半空中。淡淡银河垂地，仿佛某个超级巨人的信手涂鸦。

"看那里，猎户座，也就是中国古人所说的参宿。"何夕手指微动，星图在急速地拉近，"这颗编号为HP26762的红色恒星距离地球168光年，光谱类型F，太阳为G，所以它的表面温度略高于太阳。"

镜头拉近，红色的灰尘被放大，显出模拟的细部结构，可以看见丝丝缕缕的日珥偶尔喷越星球的表面，宛如条条纱巾。那是另一颗光明星球，是太阳远在亿兆公里之外的兄弟。何夕注视着这颗美丽的空中宝石，眼里有某种难以描述的神情显现，即使以范哲的粗疏也能看出这个中年男人分明对这颗远在168光年之外的星球怀有某种奇异的情感。叶列娜记下了这一幕，她隐隐觉得此次的任务透着一些诡异。

"恒星HP26762的第二颗行星就是渤海星，是在50多年前被发现的，在例行的20年观测实验期后正式纳入'乐土'计划。渤海星形成于30亿年前，比地球年轻，和地球的主要差别在于它的铁镍质核心偏小。这导致地核冷却速度更快，所以虽然它更年轻但它现在的地磁强度只是地球的二分之一，并且每年仍以一定速率减少。将来渤海星也会像火星一样彻底失去磁场保护，到时候在恒星粒子流作用下它最终将失去绝大部分液态水。不过那是20亿年后的情形，在未来几亿年内它依然算得上人间的'乐土'。"何夕例行规定地做着介绍。

"等等。"叶列娜插话道，"HP26762恒星表面温度高于太阳，渤海星的磁场又弱于地球，那上面的恒星辐射一定比地球更强。"

何夕赞同地点头："准确地讲渤海星表面的平均恒星辐射强度是地球的两倍，在两极地区还要高很多。渤海星在30度左右的低纬度地区偶尔也能看到极光，这就好比地球上在上海市看到北极光。"

"那肯定很美。"范哲露出悠然神往的表情。

"当然，可以毫不夸张地说美得令人呼吸不畅。"何夕淡淡一笑，"但可惜我们欣赏不了多久，高能粒子会让我们的眼睛很快患上白内障，我们的骨髓细胞会迅速被摧毁，接下来便是顺理成章的结果——死亡。"

"所以才需要先行者，对吧？"叶列娜插话道。

何夕这次没有表现出诧异，他料到叶列娜已经查知了先行者的资料："是的，先行者要率先登陆并征服这些星球，如果有必要他们还承担着改造星球环境的任务。总之先行者是值得我们永远尊敬的一群人，他们为全人类的美好前途付出了一切……"何夕陡然止住，脸上浮现出沮丧之意。

叶列娜与范哲面面相觑，何夕凝视着虚空中的猎户座群星，心里不禁滚过一阵悠长的感叹。在168光年的时空阻隔之下，彼端已然是另一个世界。

"资料里提到了通道事故的事情……"范哲小心地提起话头。

何夕从短暂的失神中回过神来："是的，通道，那是一次事故。在发现渤海星的时候虫洞技术已经非常成熟，人类在座标点之间的跃迁有过无数成功的经验。虫洞技术的基石是引力，正是靠着对强大引力的精确操控才能将空间'穿孔'，从而实现超距跃迁。虽然虫洞跃迁的理论耗时为零，但在实际中至少要维持15秒稳定态才有足够时间完成一次操作。不过虫洞的理论基石已经隐含着虫洞跃迁的一个危险，虫洞总是成对出现的，如果在虫洞对之间的直线空间上存在着强引力物体，那么在跃迁之前就必须考虑到这种引力的影响，将其代入到计算中；否则建立的虫洞对将陷入紊乱状态，跃迁目的地将变得无法预料。"

叶列娜插话道："的确，这种情况下一旦误入巨星系的核心区域肯定会导致灾难性后果。"

何夕摇摇头："你说的情况并不常见，就总体而言宇宙中物质的分布非常稀薄。现在发生的几起事故是另外一种更复杂的情况。"

"什么情况？"范哲问。

"偏移并不只发生在空间上。"何夕神色凝重地说，"第一艘事故飞船发现自己偏离预定地点约20光年，当他们和地球建立量子通讯之后才发现，虽然他们感觉只过去了一瞬间，但在地球上时间已经过去了一个月，人们当时都以为他们遇难了。所以他们是同时在空间和时间上都出现了偏移。"

"他们穿梭了时空？"叶列娜倒吸口气。

"穿梭这个词容易导致误解，没有人能够回到过去，只可能往后偏移。"何夕接着说，"根据事后分析，这种效应类似于物质以光速运动时发生的情形，对他们而言时间停止了。迄今为止相同的事故发生了6起，时间偏移最短的是10个小时，最长的是70天。"

"渤海星任务也是事故之一，对吗？"叶列娜幽幽地问道。

"是的，就是猎户座渤海星。"何夕点头，"也是我们这次的目的地。当年渤海星任务彻底失败，是迄今为止发生的最严重事故。"

"事故原因是黑洞吗？"范哲插话道。

"并不是那么简单。"何夕缓缓摇头，"在现有技术条件下，虫洞对之间的距离不能超过十光年，所以去到某个外太阳系的行程实际上由一系列的跳飞组成；而对强引力物质的探查是建立航道最重要的工作。十光年虽然是一个非常广大的区域，但现有技术对于包括普通黑洞在内的强引力源的探查是很准确的，唯独对那些形成于宇宙大爆炸初期的微黑洞束手无策。那些尚未完全蒸发的太初黑洞的视界往往不到一微米，具有的引力却非常强大，要完全排查极其困难。好在这种特殊结构并不常见，而且根据计算，单个微黑洞并不足以扰乱虫洞对的运行，除非是遇到散布的微黑洞群落，否则虫洞跃迁依然是安全的。实际上，之前往渤海星发射的几艘飞船的运行都是成功的。"

"资料上讲飞船成员发回了遇险讯息。"叶列娜开口道，"当时他们不仅在时间上偏移了12天，而且在空间上误入了一颗超强辐射脉冲星的势力范围。两名成员当即死亡，最后那位女性成员在发出航线上存在高危险微黑洞群警报讯息之后也死了。"叶列娜注意到何夕脸上难以掩饰的痛苦，"这直接导致到渤海星的航道从20年前中断至今。"

"是的。"何夕调整一下情绪，"航道的重新探查是一个漫长的过程，尤其是在已经发生了悲剧的情况下。现在的新航道在距离上远了一些，但能够绕过那个可怕的微黑洞群落区域。"

"能确定是微黑洞造成的事故吗？"叶列娜探究地问。

"这个，当然了。"何夕有些诧异地看了眼叶列娜。

"可之前的航行都是成功的，现在新航线只是绕道，并没有确切发现微黑洞群落的位置，为此居然白白耗费20多年时间……"叶列娜止住话头，因为她突然发现眼前的何夕仿佛变成了另一个人。

"你说什么？"何夕瞪大双眼须发皆张，"你有什么资格怀疑于岚的判断？这是她付出生命代价才送回的讯息，你……"

叶列娜忙不迭地退后，她也觉得自己的怀疑有些过分："对不起，我只是有些好奇。"

何夕撑住额头，20年了，一切仿佛昨天才发生，包括于岚最后那凄美的微笑……

三　商宿

宇航中心一派繁忙，渤海星飞船将在这里升空，进入外层空间后再转

入虫洞飞行。虫洞飞船的主体就像是一颗巨大的枣核，周围悬浮缠绕着三个交叉的线圈。领路人马维康带着他的组员加腾峻和于岚一字排开站在飞船面前，接受人们的祝福。

何夕面无表情地注视着站在飞船前面的三个人，准确地说他的目光只是落在那个娇小的身影上，心里麻木得没有一丝感觉。就在昨天之前，他的心还被幸福的憧憬填满，而现在一切都已无法挽回。

是的，就在昨天，何夕当时刚刚从减压舱出来。在宝瓶宫受训的宇航员由于长时间生活在水下，他们的体液被高压氮气所充斥，在返回海面前要进行17个小时的减压，这是最让人难受的环节。何夕一出减压舱便禁不住仰头深吸一口气，感觉自己这才算活过来了。等他再次平视前方时，一眼便看到了于岚那俏丽的身影。

绿树、草地、衣袂飘飘，这是一道风景。

于岚扬起脸有些调皮地看着何夕："谢谢你这段时间对我的照顾。"

"咱们的生物学博士什么时候变得这么客气了？"何夕略显木讷地笑笑，他们相差10天进到宝瓶宫，在那里共同训练了20天。其实何夕觉得应该说感谢的是自己，因为自己晚到10天，正是于岚告诉他许多有益的经验。不过，在一起突发事故中也的确是何夕帮助于岚脱离了险境。

"我是来同你道别的。"于岚轻声道，她低头看着地面。

何夕有些意外："道别是什么意思啊？我们可是分在同一个组的，应该是半个月后一起出发吧。"

"基地做了调整，我被改派了别的任务。"于岚黑白分明的眸子里闪过难以言状的神色，一种被称为痛楚的感觉在这一瞬间从她心头滑过。20天前的一次训练中，于岚的潜水设备发生了紧急故障，几乎与此同时，何夕将自己的呼吸器拉开接驳到了她的面罩上。那个时刻于岚心里某个最柔软的地方被触动了，她没想到这个世界上真的会有一个人视她胜过自己的性命，她本以为这样的情节只存在于赚人眼泪的小说里。那是怎样一种天雷地火般的触动啊！

"哦，怎么会这样？"何夕语气里有难以掩饰的失望，他觉得自己的心正在往下沉。

于岚咬住下唇，叫她怎么给眼前这个比自己小一岁的大男孩说呢？其实正是她自己要求改派的，当10天前回到基地知晓了任务的全部内涵后，她只能做这样的选择，等何夕知道真相后应该也同意这是最好的选择吧。这个世界上有许多很伟大很崇高的东西，跟它们比起来爱情虽然美丽但只是一件渺小的装饰品。于岚想到这一点的时候突然觉得有一丝什么东西从身体里被抽了出去，渐行渐远，仿佛多年前的某一天，她眼睁睁地望着心爱的布娃娃飞出了列车车窗。

"再过24个小时我就出发了。"于岚脸上挂着空洞的笑容。

"我们以后还能见面吗？"话一出口何夕就发现自己问得太蠢。刚受训时他们就已被告知不同小组成员的后况属于机密，彼此是无缘再见的。

"知道我要去的是哪里吗？"于岚的声音像风铃一样动听，"是位于猎户座的渤海星，中国古人所称的参宿；而你要去的里海星位于天琴座，中国古人称之为商宿。"

何夕陡然间明白了什么，"人生不相见，动如参与商"。参星在西，商星在东，千百年来地球上的人们从未同时见到参宿和商宿，当一个上升时另一个便下沉，永世不能相见。

于岚的心里也是滚过宿命般的浩叹，10天前她只是请求改派任务，到渤海星是上面的人决定的，却那么不可思议地映照到千年前的诗句里，仿佛冥冥之中真有天意的存在。

......

送别的人群一一上前告别，祝福三位人类的勇士。这时领路人马维康注意到了于岚的沉默："我们基地最美丽的女士不想给大家说点什么吗？"

于岚被突如其来的提问从失神中拉回，她静静地巡视全场："谢谢大家来送我们。其实，我要说的话昨天已经说完了。"于岚望向人群中的何夕，脸上绽开了带泪的笑容。

何夕的嘴唇翕动，那是只有他们两个人才能听到的诗句："人生不相见，动如参与商。今夕复何夕，共此灯烛光。"

是的，这就是人生的宿命。当何夕第一次打开属于他自己的里海星任务档案时，立刻就明白了于岚做出的是怎样的决定，他现在赶到发射场只为最后同于岚告别。这并不是什么一般性的考察任务，在那个无比崇高的目标之下，需要他们付出的很多，这其中就包括……爱情。

四　水星球

预定目的地设定为距渤海星60万公里的外层空间，这是为了尽量避开渤海星两颗卫星的干扰。作为领路人，何夕完成了90%以上的操作。每一次10光年跳飞后的方位确认、航道修正以及能源补给需时约两天，其实一切都是在计算机程序的安排下进行，领路人所能做的也不过是摁下确认按钮，这虽然只是一个表象，但却让人觉得仿佛是自己在掌握着命运。何夕摆摆头将这个念头甩开，拇指毅然摁下，启动了最后一次跳飞。

35个地球日之后，虫洞飞船突兀地出现在渤海星的外层空间，就像一只从遥远虚空中钻出的幽灵。防护罩缓缓打开，母星明亮的光线经过过滤之后照射进来。叶列娜和范哲迫不及待地解开束缚，飘移到舷窗旁，渤海星巨大的身影悬浮在远处漆黑的深空中，像是一只绘满蓝色花纹的瓷盘。

是的，蓝色覆盖了渤海星的全部表面，这是一颗没有陆地的水星球。虽然这是从资料里已经知道的事实，但同地球之间的巨大反差还是让人一见之下难以相信自己的眼睛。

"真美啊！"叶列娜如痴如醉地赞叹道，"哎，范哲，你看它像不像一颗矢车菊蓝宝石？"

"真想把它镶嵌在一颗戒指上送给我的新娘。"范哲幽幽开口，"不过它真的太奇特了，竟然没有陆地。"

何夕的动作比年轻人慢了半拍，他凝望着渤海星，一时间难以言述自己的心情："渤海星并不奇特，恰恰相反，是地球更奇特。"

"你说什么？"范哲不解地问。

"宇宙中的行星无非两种，要么有液态水要么没有。相比之下存在液态水的行星是小概率事件，根据现有资料来看，概率小于一亿分之一。因为这要求行星具备一系列极难满足的条件，比如行星与恒星的距离、恒星所处的年龄阶段、行星自转的速率、行星的质量大小以及大气层厚度，等等。这些条件的苛刻程度，足以与宇宙常数所具有的奇异精确程度相提并论。你们想想看，在太阳系里存在那么多行星、小行星以及卫星，但确定拥有液态水的却只有地球。"何夕耐心地讲解，"但另一方面，由于宇宙无比巨大的物质数量，存在液态水的行星数量实际上又是一个天文数字。而在数以十亿年计的时间条件下，如果我们认可生命的自发论是正确的，那么液态水和生命存在几乎就是一个等同的概念。所以，人们很早就认为宇宙中生命绝非地球所独有。"

"这个我大概是知道的。"叶列娜插话道，"可刚才你说地球才是奇特的又是什么意思？"

"你们应该知道地球表面71%是海洋，29%是陆地。我的意思是在拥有液态水的星球里，这是一种非常奇特的小概率现象。"

叶列娜和范哲面面相觑，表情都有些发呆。

"实际上水这种物质在地球总的物质中占有比例相当低。这些水大致有几个来源：地球形成时的太初尘埃、数十亿年来引力俘获的星际水分子、撞击地球的小行星或彗星带来水分等。正是这些极其复杂的来源共同形成了地球上现在的水体。地表水的质量只占地球质量的不到万分之六，地核中则基本可以肯定没有水的存在。为了测出地幔的情况，2002年日本的研究者在高温高压环境下，创造出四种和地幔矿物相似的化合物，然后向这些化合物灌水，测试它们吸水后质量的变化如何。结果表明在地幔处溶解的水，是地表水量的五倍多。所以地表水的质量加上地幔水的质量，约占地球质量的千分之一。这显然是一个非常低的比例，我们完全可以想象水占比高得多的行星，理论上甚至不能排除百分之百由水构成的星球，有些小行星和彗星的构成比例差不多就是那样的，那么从道理上讲，在存在液态水的行星中绝大多数的含水量都应该高于地球。"

范哲听得有些发呆，而叶列娜也罕见地保持沉默。

何夕笑了笑："别这样看着我，要知道我的专业就是天文学，我当年的毕业论文就是研究地外含水行星，题目就叫'水星球'。让我们回到正题吧，即使以千分之一这样低的占比来看，海洋也占据了地球的大部分表面。如果我们假设哪怕某个行星的水量为该星球总重的千分之二，那么按照一般的原理来看，大陆已经不大可能存在了，而如果行星含水比例再上升一些，就连岛屿也将完全消失。也就是说对于所有存在液态水的星球来说，大片陆地的存在只是一个小概率事件，而表面基本被海洋覆盖才是一个常态。实际上迄今为止，在人类发现的200多颗地外生命星球中，只有一颗星球具有大片陆地。"

"在哪里？"叶列娜按捺不住地问。

"就是我生活了20年的里海星。它的表面90%被海洋覆盖，具有一片面积接近亚洲的大陆。当初发现它时引起的重视程度是空前的，人类委员会为此启动了最紧急预案。"

"为什么？就因为它有陆地？"范哲插话道。

"还能有别的原因吗？就是因为陆地。"何夕肯定地点头。

五　乐观派

飞船已进入近地轨道，从这里看上去渤海星占据了大半个视野，它静谧地转动着，丝丝缕缕的云带间断连环，勾勒出大致的大气运动图案。叶列娜眼光扫了一下控制台，信号已经发出，但是还没有收到任何回应，这显得有些不正常。虫洞跃迁结束后是一段常规航程，大约四天后才能抵达渤海星，宇航员进行的培训就是为这种常规航程准备的。叶列娜转头欣赏着舷窗外的风景，她已经知道由于没有大陆的缘故，渤海星的气候比较温和，除了在赤道附近偶尔形成台风外，基本上没有极端的气候状况。当然，由于没有大陆的阻拦和消减效应，台风在渤海星的存续时间比地球长很多。不过就算是台风也对生物圈构不成多大威胁，巨量的液态水保护了所有的生灵，但是，这真的是种保护吗？

"我还是不认为水星球能永远封锁智能生命的产生。"叶列娜看着何夕，"如果时间足够，也许生命会找到一条我们未知的进化道路。"

"时间不是问题，某些小质量恒星可以稳定存在几百亿年。但你能告诉我在水星球上怎样得到火吗？不是稍纵即逝的像闪电那种，而是持续不断的能被使用的火。"何夕的声音变得低微，"燃烧的三个条件是有可燃物、与氧气接触、温度达到可燃物着火点。在水中没有游离氧，而且水温也低于多数可燃物的着火点，自然条件下无法获得火。至于现在人们实现的水下燃烧实际上是基于精巧设计的机器，这种火其实是智慧的产物了。"

叶列娜泄气地摇头，她当然知道火对于智能生命进化的意义。那可不仅仅是提供保护和熟食，包括煅烧器具、冶炼金属，包括后来人类的化学、物理等一切科技，没有一样不是发端于火的应用。

"以前有种观点，认为人类作为智能生命的标志是人的大脑对于体重的占比是最高的，但现在知道宽吻海豚的这个比例大于人，可是几百万年来宽吻海豚也没能产生自己的文明，最多算是有些社会的雏形罢了。"何夕接着说道，"所以你们现在可以明白，当年发现里海星时地球联邦为何如临大敌了，因为大陆的存在极可能导致智能生命的产生。不过只是虚惊一场，里海星没有高智能生命存在，那里最高级的物种是一种生有脊椎长着六条腕足的陆地章鱼，智力接近地球上的长臂猿。如果人类更晚发现里海星的话，这种生物可能会成为该星球的统治者，但现在它们的腕足是里海星的一道名菜。"

叶列娜心中不禁涌起巨大的骄傲与幸庆。如果认可何夕的论点，水星球对生命的保护最终将变成一种近乎永恒的禁锢。处于这颗蓝色星球的顶空，叶列娜知道这几天与领路人的交谈已经彻底地改变了自己。她几乎是有生以来第一次意识到生为人类是一件多么奇异的事情，或者按何夕的说法是一件概率多么小的事件。

"但为什么人类会这么害怕另一种智能生命？难道不能成为朋友吗？"叶列娜吐出心里的疑虑。

何夕古怪地笑了笑："其实在这个问题上一直存在悲观与乐观两派，悲观派认为宇宙间的智能生命一旦相遇将立即导致落后的一方被掠夺、杀戮乃至灭绝，现在这种观点获得了很多人的认可，是主流。"

"那乐观派呢？"叶列娜急切地问。

"我就是乐观派。"何夕注视着叶列娜的眼睛，"这也许和我自己的天文学专业有关，但是现在我的这种观点出了点问题。"

"我不太明白你的话。"叶列娜蓝汪汪的眼睛里写满好奇。

"我们乐观的原因只是因为宇宙本身的宏大。离地球最近的恒星系是4.3光年之外的比邻星，但因为它是一个引力系统非常复杂的三星系统，通过计算就能发现大行星几乎不可能稳定存在；而已知的拥有行星的恒星都离地球10光年以上，但基于生命产生和进化的苛刻条件，这些行星上面恰好拥有智能生命的可能性几乎为零。上百年来地球上最强大的射电望远镜还没有从这些星球上接收到一丝有意义的信号，这实际上已经否定了地球周围数十光年内存在智能生命的可能性。"

"那再远一些呢？"范哲插话道，"可观测宇宙的范围可是超过130亿光年。"

"再远一些当然会有可能。"何夕肯定地说，"虽然智能生命产生的概率极低，但由于宇宙物质的无比巨大，所以拥有智能生命的星球是一定存在的，而且其中一些进化的水平肯定远远超过了地球人的水平。那么问题来了，如果这些进化水平可能超出人类上百万年的外星种族来到地球，它们会干什么？"

叶列娜和范哲对望一眼，都老实地摇了摇头。

"乐观派的结论是它们什么都不会做，因为对于能够跨越成千上万光年距离的高级文明来说，地球以及现阶段的所谓人类文明除了有一点观察意义之外，根本就没有任何用处。这样的超级文明早就洞悉了物质的全部秘密，也许它们为了来到地球看一眼顺手便熄灭了上百颗太阳大小的恒星，这样的种族又怎么会在意地球这颗沙粒上的那丁点资源呢？"何夕露出一丝戏谑的笑容，"我常想这就好比人类建造了能抵抗深海压力的高科技潜艇，来到大西洋海底4000米深的海底烟囱观察那些靠硫化细菌生存的管虫，如果管虫中也有悲观派的话，它们一定会惊呼'糟糕，人类来抢我们的硫化氢和美味酸水了'。"

叶列娜扑哧一下笑出声来，何夕的比喻让她忍俊不禁，她当然知道人类的屁里就充斥着硫化氢。不过她想起一点："那你为什么说自己的观点出了点问题呢？"

"是虫洞。"何夕的表情转为严肃，"这都是因为虫洞这种超越了时代的技术，至少我认为这种技术提前让人类进入了本来还不到时候进入的领域。"

"我有些明白了。"叶列娜点头，"这种技术可能让还不够成熟的文明和其他种族发生碰撞，结果导致悲观派预见的结果。"

"还没有回信吗？"何夕转头问范哲。

"的确没有收到回信。"范哲很肯定地报告，他已经全面检查了设备，作为一名合格的工程师，他很相信自己的能力，"哎，等等，有信号答复！"

何夕和叶列娜急速地飘过来，他们的目光都锁定在了屏幕上。

"这里是渤海星接引驻地，先行者欢迎来自地球的客人。驻地坐标东经115度，北纬30度。重复一遍：东经115度，北纬30度。"

"登陆飞船准备就绪，请领路人指示。"范哲掩饰不住心中激动，有生以来将第一次登上另一颗星球，这是多么奇妙的境遇。

但是何夕却微微蹙眉，仿佛面对一件奇怪的事情，脸上阴晴不定。

"范哲留在主船，我和叶列娜登陆。"

"为什么？"范哲失望地问，"按章程我也应该下去的。"

"你的任务是立刻对整个渤海星建立毫米级扫描观测。"

"计划书里根本没有这一条啊！"范哲大惑不解。

"这是命令！"何夕面色阴鸷，口气不容置疑。

六　驻地

驻地像一片漂浮在无边池塘里的巨大树叶，登陆舱渐行渐近，在巨大树叶的映衬下如同一只小小的瓢虫。这时驻地的表面裂开一道窄缝，吞下登陆舱。

面前居然是一片浅丘草地，不知名的野花绚丽绽放，小溪淙淙流淌，一只草原黄鼠"嗖"的一下从旁蹿出，惊起几只蚱蜢，在渤海星相当于地球五分之四的引力条件下自在飞行。一幢四面透明的房子很突兀地矗立在平地上。

一个满头银发皮肤黝黑的高个子从房子里走出来："欢迎你们，我是先行者李高。"

"你好。"何夕淡淡点头，"你的先行者编号可以告诉我吗？"

来人沉默了一下："当然，我是渤海星先行者42号。"

"那好42号，我们现在要到大船去。"何夕简短地说。

"现在还不行，大船在圣地。"

"圣地？"何夕疑惑地问，"那是什么地方？"

来人的语调变得庄严："圣地是世界上最美丽的地方。"

何夕用眼睛的余光扫视了一下自己手臂上的那个扣子，那是一个发射机，此处的一切情况已经传送到了虫洞飞船："我想看看这个圣地，请带我们过去。"

来人再次沉默了一秒钟："好的，我去安排，现在请你们在此等待。驻地的环境和地球相似，领路人应该知道的。"

李高进了屋，叶列娜刚想开口却被何夕止住，他取出仪器四下扫描，在确定没有监视之后开口道："你马上联系范哲，让他准备建立和地球的量子通讯。"

"现在就准备吗？"叶列娜吃惊地问。在虫洞飞船中携带有一组用于量子通讯的电子，保存在接近绝对零度的超低温环境中。它们都是一对双生电子中的一个，对应的另一组电子留在了地球上。双生电子诞生于纯粹能量的碰撞，呈现出量子纠缠态，由于泡利不相容原理，它们的物理状态永远相反，这便是超空间量子通讯的理论基础。量子通讯要求的能源巨大，实际上虫洞飞船只能支持最多两次量子通讯。按照规定第一次量子通讯应该是登陆第七天初步掌握目标星球总体情况后进行，所以现在何夕就要求做好启动准备的确让叶列娜感到不解。

"我觉得有必要。"何夕的语气不容置疑，"渤海星让我有种不安的感觉。"

叶列娜环视风景怡人的四周，不明白何夕指的是什么。但她知道何夕曾经执行过里海星任务，这样说一定有道理，她需要做的就是执行命令。

"我也觉得那个先行者有些傲慢。"叶列娜四下张望，"不过这里真的布置得和地球没什么差别，他们为了迎接我们是用了心的。"

"这只是章程的规定。"何夕冷冷说道，"按照《乐土宪章》，先行者必须在本星球建造一处面积不小于一平方公里的地球环境，作为星球政府的永久驻地。渤海星还没有到设立政府的时候，这里应该是驻地的前期雏形。"

"我知道这部宪章，上面的规定都很死板。"叶列娜有些不以为然地撇嘴，"比如政府驻地这条，渤海星明明是一个水星球，像这样永久性地维持一块类似地球的陆地环境肯定不容易。"

何夕心中涌起面对淘气的晚辈时的那种宽容，但他的语气却依然不容辩驳："宪章是整个乐土计划的核心，第一条就明确规定宪章不容违背，否则将被视为人类公敌。"

"这么严重！"叶列娜吐吐舌头，"我看宪章细则里面有些很细的规定，那些也不能违反吗？"

"我知道你指的什么，那些规定的确很烦琐，但却是乐土计划顺利施行的保证。"何夕了解地点头，"比如刚才的先行者42号，你看出他和我们有什么不同吗？"

叶列娜摇了摇头："我只是觉得他的皮肤颜色较黑，但比起地球上的中非班图人还要浅一些，这应该是因为适应恒星辐射的缘故罢。别的好像没什么了。"

"难道你忘了渤海星是一颗水星球吗？"何夕问，"这些先行者大部分时间生活在水下，他们都有鳃，那才是他们的主呼吸器，肺只是辅助器官。"

"对啊！"叶列娜恍然叫道，"可是怎么没看到呢？"

"这便是缘于《乐土宪章》的相关原则。"何夕说，"比如大熊座黄海星的引力是地球的1.4倍，很明显人类必须经过改造才能在上面生存。黄海星的原生生物都普遍矮小，身体多呈扁平。先行者是经过设计的人类，很显然将身躯设计低矮是最方便的办法。但是人类采取了另一种方法，就是加固先行者的骨骼等支持系统，当然还包括提高血管壁强度等相关措施，虽然这样做的代价高了很多，但可以保证现在黄海星人的平均身高只比我们低一点点而已，也就是说从形态上能一眼看出他们是我们的同类。"

"那渤海星人的鳃在哪里呢？"叶列娜问道。

"在我掌握的资料里他们的腋下便是鳃的所在。"何夕肯定地说，"虽然这样做造成了呼吸道的部分冗余，但显然外观上更能让人接受。"

"其实也可以不采用基因改造的方法啊。"叶列娜想起了什么，"采用水下呼吸器不也可以在渤海星生存吗？"

"如果那样做的话人类根本不能算是移民成功，充其量只是一个过客罢了。"何夕说，"只有凭借本能的力量自由生存才是真正征服并融入了这颗星球。这也是乐土计划的根本宗旨所在。"

"那万一有些星球环境过于古怪怎么办？"

"已经有过一些放弃的先例。"何夕显然很满意叶列娜能提出这个问题，"比如离地球59光年的死海星，由于大量硫化物的存在，死海星的海洋呈现较强的酸性，上面生活着一些奇怪的低等生物。基因工程师从一种水生螨虫得到启发，设计出了可行的先行者方案，但最终被听证会否决了。现在死海星已经被废弃了。"

"为什么？既然都有了可行方案为什么不实施？"

何夕的嘴角抽搐了一下："在方案里先行者为了适应那里的环境，将必须是一种全身布满黏液的有鳞物种。我的朋友威廉教授就是听证会成员，他是一位人类学家，据他说当时100多名听证员全票否决了方案。"

这时李高从屋子里出来，叶列娜注意到他的笑容有些谦卑："大船正在赶过来，根据速度计算20分钟之后对接。"

何夕蹙了蹙眉头："据我所知大船都是作为永久驻地的一部分，怎么在渤海星会分隔这么远？还有，这里既然是政府驻地怎么只有你一个人？"

"大船只是例行巡视，另外我不知道什么叫做政府。"李高的语气不卑不亢，说完便低下头去。

这个回答让何夕感到一些放心，他知道政府是在验收之后才会成立。何夕没有注意到李高低头的瞬间一丝阴鸷的神色从他脸上滑过。

七　中央电脑

"我们现在上船，你请自便。"何夕扭头对李高说道，"驻地这里平时是你在管理吗？"何夕又淡淡地问一句。

"没有，中央电脑说我还需要学习更多的知识。我现在只是配合机器人管家做些外围的事情。"

大船的主控室位于甲板之上，是一处透明的半球形穹顶式建筑，四面的海景一览无余；当然，对于有害辐射已经做了过滤处理。正前方控制台屏幕上显示出一个虚拟的长得胖乎乎的头像。

"你好，中央电脑已经准备就绪。"头像的语气很平静。

"有一个问题，为什么那个42号先行者具备了某些不该具备的知识？"何夕的语气变得咄咄逼人，"你解开了伽利略封印？"

头像回答得很快："45年前我同4000枚先行者胚胎一起来到渤海星，我的使命本该在20年前完成的，但你们迟到了20年，那些帮助我管理的机器人逐渐发生了故障。我只好向先行者传授了少量封存的知识，否则不可能在这颗星球上坚持到现在。"

何夕喟然长叹，担心的事情还是发生了。从上次冰河期结束算起，人类文明已经发展了13000年，但是现在人们认为严格意义上的科技文明以伽利略为鼻祖。在伽利略和波义耳之前，人们一直禁锢在古希腊的短暂辉煌中难以前进，而之后的牛顿等人则是凭借站在他们的肩膀之上才得以进入现代科学的殿堂。所谓的伽利略封印是一个比喻，按照章程，在验收之前，任何移民星球所掌握的知识以农耕文明为上限，这也正好对应着伽利略之前的时代。也就是说验收之前先行者会掌握完备的经典几何知识，会有朴素的物质元素观念，能够有浅显的农业和医学知识；但是没有牛顿定律，也不会明白天上的星星是些什么东西。因为渤海星的特殊情况，之前人类委员会已经预料到可能会出现意外的事情，但没想到出现问题的居然会是伽利略封印。

"他们知道运动三定律了？"何夕尽量保持语速平缓。

"是的。"中央电脑说，"16年前大船在海啸中受损，为了尽快修复我解开了牛顿定律的封印。"

"那热力学三定律呢？"

"很抱歉先生，这是能源应用中必须用到的。"

何夕沉默了几秒钟，小心翼翼地问："那麦克斯韦方程呢？"

"电磁学、相对论、量子论以及虫洞理论没有解禁。"中央电脑说。

何夕呼出口气，看来情况还不算无可挽回。其实，等到验收完毕这一切都不是问题，从现在掌握的情况来看验收应该不会有大的意外。何夕心里打定主意，等验收完毕就把这段插曲删除掉，毕竟中央电脑也是在与地球失去一切联系的情况下采取的应急措施。按照章程这台违规的中央电脑应该格式化后重新编程，但何夕不打算那样做，虽然没什么道理，但内心里他甚至有点喜欢上了这个自作聪明的胖家伙，尽管它实质上只是一台由"0"和"1"驱动的智能机器。

"先行者说的圣地是怎么回事？"叶列娜突然问道。

"16年前的那次大海啸中大船受了损，为了避免类似情况再度发生，我指挥先行者建造了一处海底停靠点。至于他们称之为圣地可能是基于对大船的敬仰。"

"那好吧，我的问题完了。"何夕觉得轻松不少，脸上露出笑容。

"但是我有一个问题。"中央电脑突然说。

"哦？"何夕的眉头一挑，"你问吧。如果我们解答不了还可以跟人类委员会联系，求得他们的帮助。"

"不必。"中央电脑说，"如果你不能回答就算了。我想知道现在的渤海星先行者还能不能得到改进？因为经过这么多年后我发现在设计上有个别不太完善的地方。"

"基因设计是系统工程，对每个移民星系的基因设计至少都要花费五年以上的时间来施行，要改变设计除非是通盘重新调试。"何夕有些不耐地回答，他没想到会是这种幼稚的问题，"个别地方不完善没有多大影响，世界上从来就没有尽善尽美的设计。"

大船行进了十分钟后海面上开始出现一些绿色的伞状漂浮物，先是三三两两，但很快就变得密集起来。大的直径超过五米，小的也有几十厘米。

"这是海浮萍。"不等何夕询问中央电脑便给出了解释，"这片海域是渤海星的无风区，所以会聚集这么多。"

"渤海星的植物有根吗？"叶列娜突然问道。

中央电脑迟疑了一秒钟："从我现有的资料来看应该没有，这颗星球上的所有生物都处于漂浮状态。渤海星最浅海域的深度是83米，最深处超过100000米。"

"我好像看到天空中有鸟在飞。"何夕插话道。

"渤海星没有同地球类似的鸟类，但是有类似昆虫一样的飞行生物。它们也可以在水面上停留，应该是从水生生物进化而来的。这些昆虫也是先行者食物的来源之一，据他们说有一种大飞蝗的后腿烤制后很美味。"

叶列娜皱了下眉，似乎有些担心先行者会拿虫子款待自己。何夕指着远处一块不断起伏的巨大黑影问："那是什么？"

"那是土鲨。"中央电脑解答道，"根据研究，这个物种类似于地球上的鲨鱼，已经有差不多10亿年的历史了。"

"10亿年？"何夕倒吸口气，他知道地球上某些种类的鲨鱼已经存在超过3亿年，属于地球最古老的物种之一，相比之下人类几百万年的进化史简直不值一提，实际上地球上陆生物种的存在时间往往比海洋生物物种短很多。于是他赞叹道："经过这么长时间还没有灭绝真的可算是奇迹了。"

"的确是奇迹，化石资料表明这么久以来这个物种几乎没有什么变化。"中央电脑补充道，"也许是渤海星的环境太平静了，进化的动力太小。"

"应该是这样。"何夕点头，"地球上至今仍有些人因为某些生物几千万年来变化甚少而否定达尔文的进化论，多年前一位叫'哈伦·叶海雅'的人甚至还以此掀起一股反进化论思潮，其实这不过是因为这些生物几千万年来的形态仍然很适应环境罢了。生物进化的动因是生存环境带来的选择压力，看来水星球的确是生命的舒适摇篮。"

"我们已经到达坐标位置附近，现在开始下潜。"伴随中央电脑的提醒，穹顶外陡然一暗，片刻之后四周已是一派海底风景。阳光透过海浮萍的缝隙照射下来，形成道道明亮的光柱。光柱中大片悬浮的巨海藻飘来飘去，宛如无根的森林。

"它们虽然没有根，但在下部却普遍长有一团沉重的组织体。"何夕对叶列娜说，"这是许多水星球植物的共有特点，以此来调节自身在水中的高度。"

"我们已经发现至少上百种植物具备初级运动能力，它们可以通过蠕动部分枝干缓慢前进，以便选择适合生存的环境。"中央电脑补充道。

"那是什么？"叶列娜突然指着一个方向问道。何夕望过去，他立刻就看到了奇怪的一幕：在一丛巨海藻的中部呈现出膨大的一团，就像生出了一枚直径十来米的卵。在轻浪起伏中，这个巨大的物体缓缓飘荡，阳光照射在上面，波光流动，熠熠生辉，就像一块用翡翠雕琢的艺术品，散发出梦幻般的不真实感。一时间，何夕不禁看得有些痴了。

"那是花房。"中央电脑的语气保持着固有的平静．"是孩子们用巨海藻建造的，他们喜欢待在里面。"

话音未落便看到两个小巧的身影像游鱼般从花房里冲出来，他们有些惊慌地望着大船，脸上混合了羞涩和不安。何夕一眼看出他们的年龄都只有十五六岁，看来大船的到来打搅了一对小恋人的幽会。

"是秋生和星兰。"中央电脑说道。

两个大孩子镇定了些，他们向着这边嘴唇翕动。

"他们在说什么吗？"叶列娜问道。

"我们听不到的，在水底他们发出的是一种次声波语言。"何夕解释道。

"他们说刚才有一批银贼鱼袭击牧场，大人们都赶过去了。"中央电脑说。

何夕犹豫了一下："这些人都有名字吗？难道用编号不好吗？"

"从20年前开始第一代先行者给自己起了名字。"中央电脑回答道，"当时起名一般是根据各自的特点自己选择，其实更像是将原来的绰号确定为名字，比如李高原来的绰号就叫高个子。不过现在孩子们的名字就正规多了。"

"孩子。"何夕念叨了一声。在验收之前这本来是不应该存在的事物，但20年联系的中断改变了许多事情。不过这也只算小小的意外吧，从道理上讲这些孩子也是先行者的一员。

窗外开始掠过一些悬浮在水中的结构精巧的建筑，这些建筑都呈现六棱柱形，有些是单独的，而更多的则是相互拼接成的更大的建筑。这片建筑连绵开去，占据了很大一片空间，俨然就是一座海底的立体城镇。可以想见在平日里这里应该是一派熙熙攘攘的景象，不过现在大多数人都赶到牧场了，只有稀疏的十多个人有些好奇地望向大船。

"这里就是渤海星的城市吗？"叶列娜问道。

"现在还只能称作聚居点，渤海星现在有八个这样的聚居点。"中央电脑说，"我们的人口还很少。"

"那现在先行者总共有多少人？"何夕仿佛不经意地问，"加上那些孩子。"

"原有先行者4000人，现在加上孩子是总共8754人，这不包括几十年来因为意外事故失去的人口。"

"从20年前算起，人口年增长率大约是4%。"何夕在电脑上做了个简单的演算，"人类向处女地移民时人口增长率一般都很高，当年英国皇家海军'邦蒂'号上的反叛者在皮特凯恩岛上的人口增长率曾经高达4.3%。"

"需要建设的东西很多，劳动力明显不足。"中央电脑继续做着汇报，"机器人大多出现故障，备用零件已经告罄。"

"这都是意外造成的，正常情况下渤海星20年前就已经解除伽利略封印，现在早该有了自己的制造业体系了。"何夕了解地点头，"不过这一切就快改变了。"何夕转头望向叶列娜，"让这颗蛮荒星球沐浴到文明的光辉，这就是我们的使命。"

叶列娜身躯微震，她从何夕的语气里听到了一种不容置疑的决心。在拿到"乐土"计划书的时候她已经知道了自己此行的目的，但在此之前她更多地将这看作是自己必须完成的一项任务，和此前自己曾经执行过的那些任务虽有区别但本质并无不同。但这段时间的经历让叶列娜有了不一样的感觉，她意识到自己的人生已经和这次任务密不可分，她甚至没来由地隐隐觉得自己的命运也会因之而改变。叶列娜其实不喜欢这种似乎带有神秘意味的感觉，但她无法摆脱这种感觉。

八　圣地和死亡

伴随一个明显的减速过程，大船停了下来，窗外昏暗的光线表明这里至少已在海平面下几十米的深处。

前方的地板缓缓打开，显出一列向下的台阶。"前方也有我的终端，你们随时可以同我交流。"中央电脑保持着例行公事的腔调。

甬道里的照明条件很好，何夕注意到墙壁的材质类似于地球上的花岗岩，每隔一段距离就矗立着一根粗壮的显然是人工材料的支柱作为加固。何夕估算一下从离开大船算起现在已经又向地底深入了几十米，在这样的深度任何海啸都不再成为威胁。

眼前豁然开朗，这是一个圆形大厅，在正中的平台上悬浮着一个直径约一米的淡蓝色球体。何夕觉得那应该是代表渤海星的雕塑。

中央电脑胖胖的头像再次出现在前方的一块屏幕上，在旁边站立着三个身着黑衣的人。

叶列娜突然满脸惊奇地望向何夕，仿佛有些不知所措。何夕完全明了叶列娜何以如此，因为他自己也感到几分震惊——面前居中的那人长得同他颇有几分相像，年龄也差不多，就像是他的一个失落的兄弟。现在同样吃惊的表情也浮现在那人眼里，显然他也没料到现在的场面。

"我叫秦忘。"那人恢复了平静，"先行者编号17。在这里大家也叫我酉长，欢迎来自地球的尊贵客人。"

何夕立时明白经过这么多年之后先行者中间已经产生自己的领袖，看来这个秦忘就是这样的人物。"那好，中央电脑应该告诉过你我们的来意。另外纠正一下，我们似乎不应该算是客人吧？"

叶列娜悚然一惊，这才想起最初收到的讯息里称他们为"客人"时何夕好像也是满脸不豫。

秦忘脸上掠过不易觉察的一丝尴尬："我这样说只是出于尊敬，我们已经盼望很久了。我们现有的力量在渤海星生存显得太弱，迫切需要来自联邦的帮助。"

何夕脸色缓和过来，一路过来他的心情早已轻松了许多，到现在为止没有什么不满意之处，看来此行的任务会很顺利。"这里是什么地方？你们称这里为圣地有什么含义吗？"

"这里是我们的议事厅。"秦忘解释道，"圣地是大家的习惯称呼，并没有什么特别含义。"

何夕环顾四周："这里有监控设备吗？就是那种可以从远处看到这里的东西。"

"没有。"秦忘很肯定地答复。这个回答让何夕满意，其实叶列娜身上就带有检测设备，刚进来就已经向他发出了安全讯息，他向秦忘提问只是一次小小的试探罢了。

秦忘迟疑了一下开口道，"按章程似乎你们还应该有一个人的。"

对方主动提到章程规定让何夕感到很踏实，他也觉得是让范哲登陆的时候了，毕竟范哲在渤海星计划里也是不可替代的一分子。"我现在就下令范哲登陆，让大船接他过来。"何夕兴奋地转头看着叶列娜，"渤海星计划正式开始了。"

秦忘谦和地点头："我现在就去安排。"

范哲一进门就高声大嚷："你们肯定不相信我看到了什么，那些用巨海藻编织的房子是我这辈子看到过的最漂亮的别墅。还有……"

"好啦好啦。"叶列娜打断他，"还有巨大的海浮萍，是吧？少见多怪。"

"原来你们也看到了。"范哲挠挠头，"不过有个东西你们肯定没见过，我在轨道上可是观测到了几十米长的潜艇……"

"那是土鲨吧。"叶列娜哈哈大笑，"渤海星可是农耕时代，哪来的什么潜艇？"

"先别说这些了。"何夕忍不住打断了两个年轻人的斗嘴，"我们还有正事要办。你们不会忘了自己此行的任务吧？"

叶列娜脸色变得有些奇怪："当然没忘，不就是让我和范哲来渤海星和亲嘛，而你这所谓的领路人其实就是个星际媒婆。当初我看到参加选拔的条件要求是未婚时就觉得十分古怪，像宇航员这种高风险职业一般都是选择有了孩子的人。"

何夕陡然一滞，在叶列娜嘴里至高无上的乐土计划竟然成了老古董式的"和亲"，自己也当上了媒婆。可细一想这话却让人无从辩驳，一时间他竟然有些哭笑不得的感觉："这个，乐土计划事关全人类未来的福祉。"

"我知道，宪章上讲了的。"叶列娜接过话头，"如果人类永远困守地球则必将走向灭亡，像超新星爆发、小行星撞击、高能试验事故、生化事件、太阳灾变，等等，无法预料的偶然事件随时可能在未来某一天毁灭全人类。只有实施乐土计划才能让人类散布宇宙永世长存。"

"对啊。"何夕语气变得郑重，"能够在这样伟大的事件里承担一分自己的责任是我们的荣幸。"

范哲幽幽地看了眼叶列娜："我们知道这是自己的使命，其实从看到计划内容的那一刻起，我觉得自己变得和以往不同了。我们将注定承担很多以前不明白的东西。"

"20年前我曾经有过同你们一样的感受。"一缕雾样的神色浮现在何夕的眼里，"而且由于另外的某个原因，我的感受比你们更加刻骨铭心。"何夕停顿了一下，似乎有些犹豫该不该吐露这个尘封已久的秘密。

"发生了什么事情？"叶列娜突兀地问。

"事情很简单，当年我爱上了一位姑娘。但不幸的是她也是乐土计划的成员之一，所以注定了这是一个不会有结局的故事。"

范哲忽然轻轻问道："那她也爱你吗？"他的目光有些飘忽地瞟了眼叶列娜。

何夕一怔："我想是吧。其实我们认识的时间并不长，但怎么说呢？也许感情的确是世界上最盲目的事情吧。当时我看着她乘坐的飞船在视线里渐渐模糊消失，觉得自己心里的某一部分也在那一刻永远随她而去了……"

何夕突然停住话头四下张望："你们听到什么了吗？"他的脸上浮现出困惑的神色。

"我也听到了，好像是一声很轻的叹息。"叶列娜回应道。

范哲有些茫然地愣立，他没有听到什么，但是四周的情况却让他陡然紧张起来。不知何时四壁的门已经全部紧闭，范哲上前试图打开那些门，但他无一例外地失败了。

叶列娜惊呼道："快看，那些烟雾！"

何夕这才发现房间里已经淡淡地充斥了一层雾气，与此同时范哲身上的便携仪器上也亮起了红灯。"是神经毒气梭曼，这样的浓度三分钟内就能将人致死！"范哲大叫起来。

何夕这才发现自己铸成了大错。当初在飞船上收到的讯号里先行者称他们为"客人"，按照《乐土宪章》，所有移民星球在验收之前是不能视作人类家园的，但先行者的这种称谓却有以"主人"自居的意思，也就是说他们已经视渤海星为家园了。这个细节本来让何夕有所警觉的，所以他安排范哲留守在飞船上，但后来的接触让他放松了警惕。现在看来渤海星上的确是发生了异乎寻常的事情，说不定范哲观测到的真的是潜艇之类的东西。中央电脑的程序肯定被人动过手脚，对方是做了有意的安排，等到他们聚齐之后才采取的行动。但是何夕不知道先行者这样做究竟是因为什么，而现在看来这也许将是一个永远的谜了。屋子里的三个人脸色惨白地面面相觑，眼睛里都是难以置信的绝望。死亡，就这么来临了，在这遥远的异星之上，不仅突然，而且透着不明不白的诡异。

在意识离开何夕之前的最后一瞬，划过他脑海的是一个奇怪的念头：那声叹息怎么那么熟悉？之后纯粹的黑暗袭来，将一切吞噬。

九　当年情

这就是死亡吗？像飘浮在云团里，又像是沉浸在温暖的海水中，斑驳的光影在眼前四处跳荡，宛如一幅让人不明就里的抽象画。

"不——"何夕突然大叫一声醒来，这才发现自己躺在一张柔软的椅子上，虽然没有充足的理由，但第六感觉清晰地告诉他旁边有一个女人。这个判断很快有了依据，因为何夕立刻发现一个纤弱的身影就伫立在他的面前。

即使是最善于想象的人也常常在面对命运的安排时感到意外，谁都难以知道会在什么地方以及在什么地点遭遇不可预料的人和事。当于岚的身影突然间映入了何夕眼帘的时候，他真切地感到这句话的正确。20年的隔膜在那个瞬间被穿透了，何夕觉得天地间突然恍若无物，只剩下了两个人。无论用什么样的语言也无法述说何夕在那个瞬间里的感受，因为他见到的是一个自己已经与之永诀的人。多年前的伤口一直还在隐隐作痛，但是那个人居然回来了，她穿透的不仅是时间，还包括死亡。

何夕此时还不知道与于岚的重逢最终成了他心里第二道痛入骨髓的伤口，永世难愈。

"是你吗？"何夕喃喃地问，"如果不是从小培养的无神论信仰，我一定会认为这是在天堂里的重逢。"

"是我。"于岚温柔地回答，眼里装满欣喜。

何夕四下张望，发现这里是大船的主控室，现在已近黄昏，太阳的光线变得柔和，绚丽的云彩挂在天边。但他没有看到范哲和叶列娜。

"他们现在很安全。"于岚仿佛看透了何夕的心思，"我没想到你居然会是领路人，如果再晚一点可能就……"于岚止住话，似乎仍然心有余悸。

"我不明白发生了什么事。"何夕不太肯定地开口，"好像我们差点死了。但这怎么可能呢？一切都很正常啊。是不是发生了什么故障？"

于岚没有开口，像是没有听见何夕的话，但谁都能看出她眼里的喜悦发自内心。

"当年的事故里你不是已经死了吗……"何夕急促地问，几乎与此同时，一道灵光自他脑海里滑过，他猛然想清楚了一些事情，"我知道了，并没有什么事故，一切都是假象。"

于岚迟疑了一下，终于点头承认了何夕的猜测。

但是何夕心中的疑惑更甚："可为什么会这样？是先行者扣留了你们吗？"

"怎么可能呢？"于岚摇头，"他们都是善良而无害的，老实说，地球人在他们面前至少在道德层面上肯定会感到自卑的。"

何夕想起一路上的见闻，先行者纯朴的风貌的确给了他很深的印象："但那个警报讯息又是怎么回事呢？那可是你亲自发出的。"

"马维康和加腾峻并不是死于脉冲星辐射。"于岚幽幽地说，"而是死于一次突发事件。当时我同他们发生了激烈的争执，先行者站在我这一边。他们两人先动手杀死了几十位先行者，但是最终寡不敌众。后来我发出了那条讯息。"

何夕彻底震惊了，他没想到20年前竟然发生过这样惨烈的一幕："怎么会发展到这种地步，难道不能协商解决吗？"

"不能。"于岚冷酷地说，"是生死存亡，没有调和的余地。当时马维康和加腾峻正准备向地球报告渤海星任务彻底失败的讯息。"

何夕倒吸一口气，他当然知道这个讯息意味着什么。乐土计划实施以来还从未发生过这种情况，一旦讯息发出，后果的确是不堪设想。

"是那种情况发生了吗？"何夕平静了些。

"还能是别的什么呢？就是那种情况发生了。"于岚的神色变得古怪，就像一个来自黑森林的女巫，她一字一顿地吐出剩下的四个字，仿佛那是一句可怖的咒语，"生殖隔离。"

虽然有所预感，但这几个字还是像重锤一样打在了何夕的心灵上："这怎么可能？我一直以为宪章里关于这一条的规定只是为了法律的完备性而准备的，没想到真会发生这种情况。要知道每个先行者方案都是经过至少五年时间上千次实验才确定的。"

于岚的思绪已经回到了20年前。"当时我们顺利到达了渤海星，这里世外桃源般美丽的风光稍稍让我觉得安慰。我想就这样忘了过去罢，开始新的生活。"于岚的神色变得有些迷茫，"后来的事情都是按部就班的，加腾峻同他的心上人一见钟情，而我居然遇到了一位和你颇有几分相像的先行者……"

"是秦忘吗？"何夕陡然想起那位酋长。

"就是他。"于岚苦涩地笑笑，"渤海星第一代先行者的名字都是自己决定的，唯有秦忘的名字是我给他起的。"

"秦忘。情忘。"何夕若有所悟地低语，一时间他的心里涌起痛楚的感觉，情真的能忘？

于岚平静了些，接着说道："如果一切正常，我们就会像地球上一样，恋人们交往一段时间后在领路人的主持下缔结婚约，然后在几个月后的某一天诞下生命的结晶。你知道的，由于先行者的所有重要体征都被设计成显性基因，所以绝大多数孩子都能够适应这里的环境，即使出现极个别的特殊情况，也可以通过终止妊娠来调节。总之，一旦孩子顺利出世便是整个计划圆满成功的标志。"这时于岚像是想起了什么，"你的家人都好吗？"

何夕有些猝不及防地回答："当然，他们都在里海星。"他低声补充道，"我和妻子已经分手，现在同女儿生活在一起。她非常可爱，像个天使。"

于岚流露出羡慕的目光，不知为什么这目光让何夕觉得心中酸楚，"也许是我的专业使然吧，我一到渤海星便采集了先行者的生殖细胞进行分析，想观察他们同人类的生殖细胞结合时的行为。"

"这好像没任何必要吧，在地球上的时候早就进行过无数次类似的实验了。虽然我不是这方面的专家，但也知道用先行者胚胎细胞制造他们的生殖细胞是一件很容易的事情，进行一次减数分裂就行了。"何夕有些不以为然地插话。

于岚没有理会何夕："由于我自己排卵期的原因，第一次实验是在到达渤海星的第五天才进行的，我同时也以实验的名义取得了加腾峻的生殖细胞。我说过当时只是专业兴趣使然，我根本没有想到会发生超出意料之外的事情。"

何夕的心渐渐下沉："实验结果是什么？"

"非常可怕。"于岚的语气简短而冷酷，"在显微镜下我看到的完全是异种生殖细胞相遇的情形。精子漫无头绪地乱撞，完全不像遇到同类卵子那样舍生忘死地冲锋。而卵子则是完全彻底地封闭了表面的一切通道。也就是说它们排斥的程度甚至超过了马和驴，尽管后者也无法孕育出能正常繁殖的后代。"

"异种。"何夕从牙缝里挤出这个词，"可我知道类似的实验在地球上是全部成功的。"

"我当时也非常震惊，但事实就摆在面前。接下来我采集了更多的先行者标本做实验，结果完全一样。经过进一步的分析我找到了原因所在。"于岚竖起食指指了指天空。

何夕立时明白了于岚所指："你认为是渤海星上特殊的恒星辐射造成的？"

"只能是这个原因。"于岚点头，"其实恒星辐射超过地球的行星并不少见，但以往从没有发生过以这种方式影响生殖细胞的情况，可见宇宙的确存有许多人类未知的奥秘，我想可能是因为这里的恒星辐射中具有某些特殊频率的射线吧。不过我观察到先行者生殖细胞之间的结合却又完全正常，甚至当时已经有了一对偷尝禁果的先行者，他们一岁大的孩子在水里游得比银贼鱼还快。"

"再后来发生了什么事？"何夕强迫自己保持语速平缓。

"我确定实验结果无误后便报告了马维康。他当时不相信，但在亲眼看到之后接受了我的结论。然后我们三个人在一起开了个会，其实根本不需要什么讨论，按照宪章的规定一切都是明摆着的。要知道任何违背宪章的行为都被视作反人类罪行。"

何夕打了个冷战，用有些奇怪的眼神看着于岚。

"他们两人的意见是立刻向人类委员会汇报，准备启动抹除程序。我想那一刻自己可能是疯了，我无法接受几千个活生生的有血有肉的人在我面前被杀戮。我冲出了门对先行者大声嘶喊他们已经被人类视为异类，将被毫不犹豫地抹除掉。我告诉他们如果要拯救自己就必须制止屋子里的人发出讯号。"于岚痛苦地摇头，乌发变得凌乱不堪，当年那可怕的景象让她至今不能释怀，"然后人群向屋子冲过去，然后我看到不断有人倒下，遍地的血……"

于岚的话戛然而止，在极度的激动之下她突然晕厥倒地。

十　非人

于岚苏醒的时候发现自己正好同何夕掉了个儿，自己躺到了椅子上，

而何夕正注视着遥远的天边若有所思。

"你醒了。能告诉我现在我们所处的方位吗？"何夕俯身下来，眼里是毫不掩饰的关切之情。

"我们现在就在圣地的上方，先行者称这里为圣地是因为我住在这里，我没有抵抗辐射的基因，多数时候都只能生活在地底。"于岚起身站立，"他们对我当年的行为充满感激，对待我像神一样充满尊敬。他们……知道感恩。"

何夕点头表示理解，20年来于岚遗世独立，对渤海星的确付出太多，同时他也听出了于岚话中的维护之意："我相信他们都是善良的，但他们是异种，这是不可否认的事实。"

于岚沉默了好一阵，像是在思考某个问题："你看到这个了吗？"她突然指着桌台上一座半米高的拱桥模型，脸上浮现萧索的神色，"渤海星上没有河流的概念，当然也不会有桥这种东西，这个模型是我平时摆着玩解闷的。"于岚说着话用手轻轻一拂，拱桥立刻散落成十几块大大小小的配件，"这座桥没有用黏合剂，完全是靠着配件契合成型。你试试能还原吗？零件上面有编号，你可以按顺序来做。"

虽然何夕不明白于岚为什么突然扯到这个模型上，但他还是依言摆弄起那堆零件。何夕知道于岚的老家是中国南部著名的水乡，那里有着很多这样的石拱桥，少女时的于岚一定时常从桥上走过。何夕想象着那时的于岚伫立桥上看风景是怎样一副纤弱的模样，而现在的她却只能在160光年之外摆弄一座石桥的模型，这样的联想突然让何夕有些心酸。何夕定定神，将注意力放到眼前，所谓零件其实就是一堆梯形的塑料块。何夕试了几次都失败了，模型总是在垒到一定程度的时候崩塌掉。何夕有些郁闷地盯着这堆不听话的零件，从道理上讲这应该是件很容易的事情，这些零件的形状肯定是能够契合成一座拱桥的，就像他刚才亲眼见到的一样，而且也的确和现实中的石拱桥一样不需要什么黏合物。

"你不会成功的。"于岚含有深意地开口，"零件一块不少，但你会发现你的工作总是进行到某一个时刻就崩溃了。"于岚从抽屉里拿出一个盒子，"你做不到只是因为还缺少一些东西，这个盒子里面的构件可以搭建一副脚手架来帮助你。翻开拱形桥建筑手册你就会发现，在造桥之前你需要搭建脚手架之类的辅助设施；但这些东西最后会被拆除，不留一点痕迹。"

"为什么和我说这些？"何夕若有所思地问，他觉得自己正在接近某个隐藏的真相。

于岚的眼睛变得很亮："其实建造这座桥的过程和人类的进化非常相似。这本来是进化应有的常态，30多亿年里我们身体的所有构件其实都经历了这样的过程。那些曾经出现但最终消失了的部件并不是无用的，没有它们也就不会有现在的人类。但是我们现在对先行者的改造却完全违背了这种自然规律，跳开了所有中间环节。人类凭借着已经堪比造物主的强大技术，直接依据移民星球的环境需要设计制造出了先行者。"

"你是说先行者是非自然产物，是吗？"何夕问。

"先行者完全就是纯粹计算的产物。"于岚的脸上滑过一丝悲戚，"他们不过是从移民星球的环境倒推得到的产品罢了，在人类委员会的眼里他们就是一群小白鼠，根据人类的需要被发送到一个个开拓地。出于开拓的需要，他们先天就被赋予了各种特殊的能力，但是这些能力却可能在几十年后带给他们灭顶之灾。"

何夕沉默了好一会儿才开口道："你说的这种极端情况并没有出现过。"

"只能说在渤海星之前没有出现过。"于岚直视着何夕的眼睛，"技术不是万能的，它不可能预见到所有的情况。你认为渤海星先行者会面临怎样的结局？"

何夕感到喉咙发干："宪章……宪章里提到过的。"

"宪章。"于岚语气冷得像冰，"要我背给你听吗？这些年里我早就把宪章翻烂了。不错，宪章里写满了公理正义，它的每句话听起来都代表了人类文明的最高法则，让人无从辩驳。它对所谓移民失败的先行者只说了两个字：抹除。"

"实验总有失败的可能，既然明知是失败了……"何夕艰难地吞了口唾沫，"这也是迫不得已的做法。"

"问题在于渤海星先行者们失败了吗？"于岚逼视着何夕，"你看到过他们，连同他们的孩子。这么多年来他们自由自在地生活在这颗星球上，没有任何不适应的地方，他们建立了自己的家园，同万物谐和，没有大的灾难他们还能这样生活100万年。你看到过孩子们建造的那些花房吗？"于岚眼里放射出动人的光泽，"我觉得它就像是一件美轮美奂的艺术品，是这颗蛮荒星球上最动人的事物。你敢否认自己曾经被它打动吗？"

"是的。"何夕低声说，"那些花房的确非常漂亮。还有，那些孩子也非常可爱，他们让我想起了自己的女儿。真的，我真的这样认为。"

"但是按照宪章的定义他们都是失败的样品，应该完全不留痕迹地抹除掉。就因为他们同我们产生了生殖隔离。"于岚话锋一转，"可这能怪他们吗？是人类在操纵这一切。"

"从生物学意义上讲他们的确不能称作人类了。"何夕肯定地说，"我承认这是人类犯下的错误，也许最严密的设计方案也会有出错的时候，看来人类毕竟还没有洞悉生命的全部秘密。这里发生的一切已经证明渤海星的环境超出了某个阈值，适合生存的先行者将注定异化成非人类。按宪章规定这个星球在抹除先行者后也不会再用于移民，它将成为又一个死海星。"

十一　蓝色雪花

"你已经做出了决定吗？"于岚幽幽地问，一丝奇异的光芒在她的眸子里浮动。

何夕努力控制自己的目光不要四处躲闪，他知道从道理上讲自己没必要感到一点愧疚，恰恰相反，他现在正是站在绝对正确的立场上："我明白你的心情，这的确不是一个容易下的决心；但是我们不能被感情左右，那些先行者……他们……他们的确已经不能算作人类。"

"不——你不会明白的！"于岚突然歇斯底里地大叫道，"你还是站在最狭隘的立场上看待眼前的一切。我认识这里的每一个人，熟悉他们的音容笑貌。秦忘很腼腆，李高喜欢在女人面前吹牛，星兰正在为自己长得太瘦发愁……他们体内的基因有97%和我们完全相同，他们和我们一样有智慧，有灵魂，还有——梦想。他们不是机器，不是小白鼠，他们是有血有肉的人！你明白吗？"

何夕面色惨白地看着这个狂躁的女人，一语不发。等到于岚变得平静一些之后何夕慢慢开口道："他们不是人类。按照门、纲、目、科、属、种的划分，我想他们最多只能到灵长目人科，到不了人属和智人种，他们和我们不是同一物种，生殖隔离是最有力的证明。我们同他们的差别之大也许超过了同为猫科动物的猎豹和非洲狮之间的差别。想想吧，只要有机会，草原上的雄狮会毫不犹豫地杀死并吞食猎豹；反过来也是一样。"何夕的喉结艰难地动了一下，"我们和黑猩猩也有96%的基因相同。所以……他们不是人，他们是绝对的异种。"

于岚颓然坐倒在椅子上，她的理智告诉她何夕说的都是真理。

"人类很幸运，掌握了虫洞这种超越时代的伟大技术，得以一窥浩瀚宇宙的面貌；而更幸运的是在运用这种技术的过程中，人类还没有遭遇到智能胜过自己的可怕异类。但在开拓异星的过程中人类却可能创造出这样的异类，谁敢保证某一天它们不会向创造者举起屠刀？"何夕冷酷地问。

"不会这样的！"于岚无力地嗫动嘴唇，头上的乌丝剧烈地摆动着。"他们很善良，我一直教育他们对地球怀有感恩之心。"于岚仿佛抓住了一根救命稻草一般抬起头来，"我会告诉他们地球人类是他们的根，我会让他们永远记住这一点。他们永远不会对抗人类的！"

何夕有些怜惜地看着憔悴的于岚："永远是什么？世界上有永远的事情吗？对人类的历史你应该比我清楚。现代欧洲人都来自非洲，但当他们的后代在15世纪重返非洲的时候，带去的却是无尽的杀戮和种族灭绝。还有一个时间间隔更短的例子，公元1000年左右，一些波利尼西亚农民移居新西兰成为毛利人，其中又有部分移居查塔姆群岛成为莫里奥里人。但没过多久之后的某一天，毛利人冲到查塔姆群岛杀光并煮食了这些莫里奥里人，因为他们视那些人为异类。一个毛利人解释说，'我们捉住了所有的人，一个也没有逃掉……我们抓住就杀——这符合我们的习俗'。"何夕露出残酷的表情，"这些例子里的双方其实还属于同一物种，人类自己的历史已经证明了一切。我承认现在的渤海星先行者都是善良而无害的，而且我内心里甚至很喜欢他们；但是，人类绝对不敢冒险去养大一个拥有智能的异种。"

"我要阻止你！"于岚有些失控地嘶喊，"你一定认为我是一个被感情冲昏了理智的巫婆，我已经当过一次人类公敌了，我不怕再当一次！"

"别这样。"何夕扶住于岚瘦削的双肩，"你已经尽力了，真相不可能永远隐瞒下去。"

"但是如果能多给先行者们一些时间，再给他们几十年时间，我可以教给他们更多一些知识，让他们拥有自己的先进技术，他们就能进步到足以同人类抗衡的程度。"于岚突然痛苦地抓扯头发，脸上是无所适从的绝望，"天啊！我在说些什么啊，他们永远都不会同人类对抗的，不会的！"

"你说出的正是真理。"何夕知道现在不是心软的时候，于岚已经执迷太深，他有义务唤醒她，"其实你自己早就看到了一切，只是不愿意承认罢了。"

于岚一步一步朝门外退去，脸上是无助与决然的混合："你们都是屠夫，我不会让你们毁灭这里的一切的！"

"你打算怎么做，就像20年前一样？让先行者们撕碎我？"何夕脸上挂着冰凉的笑，仿佛想掩饰内心的什么，"我知道他们现在就在外面，他们的武器应该比20年前进步多了。"

"求求你别逼我。"泪水从于岚眼中不可遏制地流淌而下。一边是曾经的挚爱，另一边则是无数她必须保护的生灵，一时间她仿佛听到了自己内心碎裂滴血的声音。

"是结束一切的时候了。"何夕突然扬了扬手，"人类委员会在20分钟前，也就是你昏厥的时候已经收到了关于渤海星情况的报告。我和你都是小小的棋子，只有人类委员会才有权决定渤海星的未来。"

"这不可能！启动量子通讯至少需要两个小时，你在骗我。"于岚惊骇莫名地摇头。

"也许世间真有所谓宿命的存在，出于某些难以说清的原因，我在几个小时前就让范哲启动了量子通讯。"何夕接着说，"我忠实地描述了渤海星的状况，其中也包括你所强调的渤海星先行者的'善良'和'无害'。人类委员会是最终的决定者，我想再过一会儿我们就知道渤海星的宿命究竟是什么了。"

于岚不再有话，实际上何夕的话已经让她完全僵立。何夕缓步上前，温柔地围住她的肩膀，然后他们一同望向外面的黄昏，就像一对看海的恋人。

在120公里的高处，虫洞飞船以黑丝绒般的太空为背景缓缓滑过，宛如一只巨眼君临万方。飞船核心处有一个内部冷到极点的黑匣，里面的温度甚至低于宇宙的背景辐射。在这样的温度下，运动几乎终止了，就连电子这种不可捉摸的轻子也表现迟滞。

突然，像是获得了某种古怪的魔力，其中一些电子开始无视低温的禁锢执着地骚动起来，它们迈开了奇异的舞步。电子们的舞蹈并不是无意义的，它们跟随亿兆公里之外孪生兄弟的脚步拼出了一条无比清晰的指令。几秒钟之后虫洞飞船整个震颤了一下，在指令的召唤下，从它的周围伸出一圈发着蓝光的管子，就像是一头从沉睡中苏醒的怪兽正在舒展四肢。

片刻之后，很多道流星般的亮迹破空而至，在黄昏的天空中显得夺目非凡。进入大气层之后亮迹急速地湮灭，与此同时无数淡蓝色的雪花开始在黄昏的天空中飘落，这幅无声的场景美得令人窒息。

天地间的异象迅速吸引了先行者的注意，许多人浮上水面争相目睹这从未见过的蓝色雪花。孩子们开心地大叫，他们甚至像海豚一样迫不及待地跃出水面去触摸满天美丽的雪花，却不知道这是与死神的致命邂逅。

"终结者病毒……他们还是做出了决定。"于岚喃喃开口，她的脸上一片幻灭。

何夕没有说话，在这样的时候语言根本没有任何意义。他知道这场雪会一直下12个小时，直到这个星球的每个角落都覆盖上足够的病毒。对应于每种先行者都预先设计有一种终结者病毒，它们是高度特异定向化的，一种病毒只能感染并杀死对应的先行者。当先行者全部死亡后，病毒也将失去宿主无法存活。按照实验结果，先行者受感染后存活率低于十万分之一，而现在整个渤海星人口只有几千，也就是说这将是一次完全彻底的饱和歼灭行动。

十二　人生不相见

夜很深了，在两个月亮的辉映之下可以看到近处的雪花仍然稀稀疏疏地飘洒着，这幅静谧的图景让人很难把它们同无数的死亡联系在一起。

"我们终于看到了渤海星的宿命。"何夕再次提起话头。于岚像现在这样一言不发已经十个小时了。

"他们都死了，对吧？"于岚终于开口说话，这让何夕觉得稍微放心了些。

"终结者病毒攻击神经系统，感染者将很快因为神经系统瘫痪而窒息死亡。"何夕小心翼翼地说，"这是一种快速的低痛苦死亡方式。现在先行者应该都已经死去了，包括个别感染得稍晚一些的。"

于岚机械地走到十米外的控制台边坐下，何夕知道从那里可以跟踪到每一位先行者，但于岚现在的举动已经毫无意义，在屏幕上她只会看到8754个一动不动的小点——那是先行者横陈的尸体。

"一切都结束了。"于岚从控制台前站起，脸上一派麻木，"从渤海星被发现算起已经过去50多年了，在这颗星球上发生过那么多故事，而现在一切都回到原点，就像是做了一场大梦。"

"这就是结局了。"何夕低声说，他转身指向夜空中的一个方向，"从这里看过去太阳系只是一个暗淡的白点，那里是人类共有的家园。在这个故事里最幸运的是经过那么多事情，我们的家园还在。"

于岚突然叹口气，像是有所触动："知道吗？以前我觉得所谓的星座只是古人的奇特想象力组合，但现在我却不这样想了。也许其中真的隐藏着某种我们永远无法彻底弄明白的东西，它超越了所谓的科学定理，也超越了人类全部的理解能力。"

何夕哑然失笑："怎么我们的生物学博士改行研究哲学了？"

于岚转头看着何夕："就像现在，我们站在这个位置上，能看到太阳系连同半人马座还有旁边的群星，你看它们像什么？喏，稍微把头偏左一点……"

何夕饶有兴致地凝视着那个方向，然后天地间突然沉寂了。何夕感觉到有滚烫的泪水从眼里涌出——他看到了一个小小的摇篮，下面是篮身，上面有一条提臂，那颗火红大星则是悬挂点……小小的摇篮就那么孤单地悬挂在这广袤无垠的宇宙中。

从这个位置上，何夕其实也看到了在地球上永远无法与猎户座同时看到的天蝎座群星，火红的大星便是天蝎座 α 星，中国古人称为"大火"，曾经专门设立"火正"一职观察它的位置确定节气。天蝎座群星参与了太阳系摇篮的组合，这幅图景是那样美妙绝伦但又蕴含着人类智慧永远不能理解的无尽深意。

良久之后何夕回过头来："该回家了。"何夕爱怜地望着于岚并且加重了语气，"我们的家。"

"回家？"于岚若有所动地重复一句，"我也很想回家，但是我再也回不去了。"

何夕有些意外："虽然你违背了章程但毕竟没有铸成大错，我想联邦政府也不会太难为你。我有把握替你脱罪，至少会是比较轻的判决。"

"你认为我们还能回到从前吗？不可能的。渤海星改变了我的一生，我已经同这里的一切有了永远无法分离的血肉联系。太阳系是人类温暖的摇篮，但孩子长大后终有离开的一天，不应该让摇篮成为永远的禁锢和桎梏。正是几万年前来自非洲的先行者闯进旧大陆，以及几百年前来自欧洲的先行者们挺进新大陆，才有了后来人类历史中一幕幕壮丽的篇章。终有一天人们会明白，宇宙的法则也许并不是汇聚，而是分离，就像地球现在已知的几百万物种其实都来自38亿年前的同一个体。先行者不在了，但是我要留在这里，用我剩下的生命守护他们无根的灵魂，我怕他们会迷路。"于岚转头凝视着何夕，星星在她的眸子里闪烁着动人的光芒，"我们的人生分开得太久也太远了，就像参宿与商宿，东升西落，已经无缘相聚。"

于岚说完这番话将身体从何夕的围抱中抽出，轻轻地然而也是决绝地步入了门外的黑暗。剩下何夕一个人孑子而立，仿佛一具被抽空了魂魄的雕像。

尾声　最后的音节

　　登陆舱缓缓升腾，越来越高，渐渐成为湛蓝天空中一个不可见的小点。于岚面无表情地注视着这一幕，这时主控室的地板滑开，两个纤细的身影扑进于岚的怀里大声哭泣，过去的这十多个小时他们一直生活在炼狱里。于岚紧紧搂住两个吓坏了的孩子，就像是搂着两样失而复得的珍宝。几小时前她在主控室屏幕上看到了两个移动的小点，也许是由于恒星辐射的缘故，这两个孩子竟然具有了抵抗终结者病毒的突变能力。就在那一瞬间，于岚做出了最后的决断。

　　"虫洞跳飞进入倒计时。"叶列娜向一直失魂落魄的领路人汇报，她忍不住提醒一句，"还有十分钟时间，如果想道别请抓紧。"这时她猛地瞪了范哲一眼说，"跟我出去呀，真是没脑筋。"

　　范哲稍愣，随即听话地跟着出门，他正好觉得有许多话想对叶列娜说。

　　屏幕上的于岚已经不复昨天憔悴的模样，似乎还淡淡地化了妆，看上去明艳照人："我已经在这里等了一阵了，我知道你会出现的。"

　　"再有几分钟飞船就会启动，这一别我们恐怕再也无法见面了。"何夕深深凝视着于岚，似乎想将她的容颜镌刻在自己的视网膜上，"我会在亿兆公里之外想你的。"

　　"我也是。"于岚柔声道。

何夕迟疑了一下，似乎在做什么决定，末了他平静开口道："秋生和星兰都好吗？"

于岚悚然一惊，脸色一下变得苍白："你、你说什么？"她的心急速地沉向无尽深渊的最底处。

"虽然你离开的时候关闭了控制台，但是后来我破译了启动密码，所以我知道有两位幸存者；很巧的是我居然见到过那两个孩子。我一直在回想你说的那番话。"何夕稍稍停了一下，"也许放手也是一种爱，而且是隐含着宇宙的至高法则，因而也是最深沉的爱。我知道该怎么做，不会有人来打扰你们的，就让人类和先行者各不相见吧。永别了，我的渤海星女神！"

"谢谢你，我会用心守护着他们，不让他们迷路。"于岚眼里流露出依依不舍的神色。时间飞逝，永世的分别就在眼前，两人透过屏幕深深凝望，口唇微动中不知不觉吟诵的正是那已经刻入彼此灵魂的诗句：

> 人生不相见，动如参与商。
> 今夕复何夕，共此灯烛光。

千年前的绝唱道尽了世间的离合悲欢，泪水渐渐在两张面庞上聚集成行，肆意流淌，冲刷过往的一切，将心中的块垒抚平。

> 少壮能几时，鬓发各已苍。
> 昔别君未婚，儿女忽成行。

前尘旧事在何夕眼前一一晃过，地球的初遇、20年的分离、渤海星短暂的重逢、紧接着的永远的诀别，以及人类与先行者的离合际遇。无数的慨叹划过心头，这一刻就像是历尽一生。

> 十觞亦不醉，感子故意长。
> 明日隔山岳，世事两茫茫。
> ……

炫目的闪光突然亮起，模糊了眼前的一切，宣告这个冗长的故事走到了终局；而空气中还停留着那最后的音节，在相隔亿兆公里的两端——盘桓、萦绕。

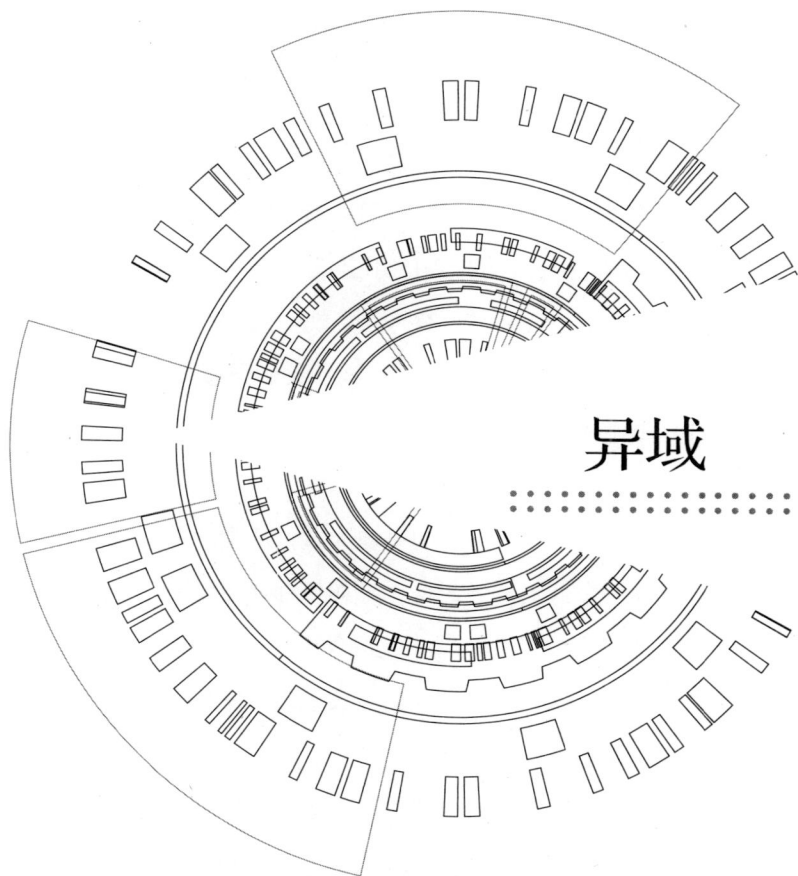

异域

我跨了进去，而后便觉得大脑中"嗡嗡"的乱响一通，开初眼前那种微微闪烁的白亮忽然间就变成了黄昏。四周长满了高大得给人以压迫感的植物，有种不应该的慌乱掠过我的心中，我不自觉地看了眼蓝月，她似乎没有什么不适的感受，于是我又觉得有一丝惭愧。戈尔在我身后不远处整理设备，仪器已经开始工作，当前的坐标显示我们正好处在预定区域。身后20米开外有一团橄榄形的紫色区域，那里是我们完成任务后撤离的密码门。

我始终认为这次行动是不折不扣的小题大做，从全球范围紧急调集几百名尖端人才来完成一个低级任务，这无论如何都显得过分。我看了眼手中最新式的M-42型激光枪，它那乌黑发亮的外壳让所有见到的人都不由得生出一丝敬畏。但一想到这样先进的武器竟会被当作宰牛刀一样使用，我心里就有股说不出的滑稽感。

"2号，你跟在我身后，千万不要落下。"蓝月在叫我，说实话，她的声音不是我喜欢的那种，也就是说不够温柔，尤其是当她用这种口气对我下命令的时候。

"我叫何夕，不叫2号，我也不想叫你1号。"我不满地看她一眼，老实讲我的语气里多少有点酸溜溜的味道。在演习时输给她的确让一向心高气傲的我有些沮丧，我本以为凭自己的力量是不会遇到什么对手的。

蓝月有些意外地看着我，微风把她额前的短发吹得有几分凌乱，而她那双黑白分明的眸子不知怎的竟然让我感到一丝慌张。如果站在客观的立场上来评价的话（当然我现在是根本做不到这一点），蓝月的确可算是具有东方气质的美人儿，就连我们身上这种古里古怪的特警服到了她的身上似乎也成了今秋最流行的时装，让人很难相信她竟会是那个又黑又瘦的蓝江水教授的女儿。从基地出发的时候蓝江水特意赶来给蓝月送行，一副畏畏缩缩的样子。在这个人才济济的全球最大的科研基地里，蓝江水是个没有出过成果的名不见经传的人物，我听说只是因为他曾经是基地的最高执行主席西麦博士的老师，所以才勉强担任了一个次要部门的负责人。蓝江水显然对女儿的远行不甚放心，一直牵着蓝月的手依依不舍。我想他应该知道我们此去的任务是什么，别说是危险了，恐怕连小刺激也说不上。当然，做父母的心情我多少也能体谅些。

之后西麦博士开始谈笑风生地给我们第一批出发的特警交代此去应注意的一些问题，他的话不时被掌声打断。在此之前我从未这样面对面地见到过西麦博士。他看上去比平时我们在媒体上见到的西麦博士要亲切得多，言谈举止间都显现出大科学家特有的令人折服的风采。我知道西麦博士是我们时代的传奇人物，正是他从根本上解决了全球的粮食问题，现在世界上能养活300亿人跟他的研究成果密不可分。像我这样的外行并不清楚那是些什么成果，但我和这个世上的所有人都知道，正是从"西麦农场"源源不断运出的产品给予了我们富足的生活。西麦农场是这个世界上唯一的农场，像我这种年龄的人几乎从生下来起就承受其恩泽。西麦农场最初规模并不大，但如今的面积已经超过了澳大利亚。多年以来，位于基地附近的西麦农场几乎已成了人类心中的圣地。当然，与此同时，西麦博士的声望也如日中天。他现在是地球联邦的副总统，不过普遍的观点是他将在下届选举中毫无疑义地当选为总统。在西麦博士讲话的时候，我无意中瞟了蓝江水一眼，发现他眉宇间的皱纹变得很深，目光也有些飘忽地看着远处，仿佛那里有一些令他感到很不安的东西。这个场景并没有激起我任何探究的念头。我只是个警察，对与己无关的事情没有知道的兴趣。

这时戈尔叼着一支雪茄走了过来，他是我们这个小组里的3号。戈尔是令我讨厌的那种人，尽管现在世界上多数人都和他一样。他好烟酒，爱吃肥肉和减肥药，不到50岁的人居然已经有了9个孩子，而且听说其中有3个还是特意用药物产生的三胞胎。当初分组的时候我就不太情愿跟他在一组。戈尔是我们这个小组之中体格最大的一个，背的装备也最多，就这一点还算让我对他有那么一丝好感。戈尔是我们小组中唯一参加过真正战争的人，那是20多前的事了，当时几个国家为了粮食以及能源之类的问题打得不可开交。有意思的是后来西麦博士出现了，一场战争在快要决出胜负的时候失去了意义。戈尔于是从军人变成了警察，他时时流露出没能成为将军的遗憾，不过我觉得他没有一点将军相。我记得从被选中参加这项任务时起，戈尔的脸上就一直罩有一团红晕，兴奋得像头猎豹，他甚至还宣布戒了酒。在这一点上我有些瞧不上他，不就是打猎嘛，何必那么紧张。西麦博士说过我们的任务就是到西麦农场去把那些逃逸了的家畜赶进圈栏，必要时可以就地消灭。不过说实话，我到现在仍然没看出这个地方哪一点像是农场，在我看来这里树高林茂，活脱脱是片森林。远处浓密的植被间不时跳出几只牛羊来，看见我们就惊慌地跑开了。我叹口气，连最后一丝抓枪把的欲望也失去了。

"4号、5号、6号以及第5小组在我们附近，他们暂时未发现目标。"

戈尔很熟练地浏览着便携式通讯仪上的信息，他的声音突然高起来，"等等，6号发出紧急求援信号，他们遭到攻击。好像有什么东西……"

"我们快赶过去！"蓝月说着话已经冲出去了。我抽出激光枪紧随其后。

……

眼前一片狼藉，三名队员倒在血泊中。我不用细看便知道他们都已不治，因为那实际上是三具血糊糊的彼此粘连的残躯。遍地是血，肌肉以及内脏组织的碎末飞溅得四处都是，骨骼在断裂的地方白森森地支楞着。我下意识地看了眼蓝月，她正掉头看着相反的方向，我看出她是强忍着没有当场吐出来。周围立时就安静下来了，我从未想到西麦农场安静下来的时候会这样可怕。我清楚地听到了自己的心跳声，空气中弥漫着强烈的死亡的气息。尽管我不愿相信，但眼前的情形明白无误地告诉我，他们竟然是被——吃掉的！我检查了一下，有一位队员的激光枪曾经发射过，但现场没有什么东西有曾被激光灼烧过的痕迹。

戈尔的嘴唇微微发抖，他满脸惊惧地望着四周，手里的枪把捏得紧紧的，与几分钟前已判若两人。其实我又何尝不是一样，事情的发生太过突然，从我们接到报警到赶到现场绝没有超过10分钟，但居然有种东西能在这样短的时间里袭击并吞吃掉3名全副武装的特警战士，世界上难道真有所谓的鬼魅？

差不多在一刹那间，我们3个人已经背靠背地紧挨在了一起，周围的风吹草动也突然变得让人心惊肉跳。我这时才发现周围的景物是那样陌生而怪异，那些树！天啊，那都是些什么大树啊？几乎在同时，蓝月和戈尔也都转过头来，我们三人面面相觑。

良久之后还是蓝月打破了沉默，她有些艰难地笑了笑："这里果然是个农场。"

蓝月说的是对的，这儿的确是个农场，而我们正好就在农场的某块田地里，那些先前我们以为是树的植物竟然都是——玉米。

二

戈尔在前面探路，他故意发出一些很大的声音，我想这是他原先就设计好的行为；因为这是猎人驱赶野兽时常用的一招，只是我不知道现在这招是否仍然管用。三名特警的死状让我甚至怀疑自己到底是猎人还是猎物。我们这一批特警的任务是到七公里外的管理中心查修设备，那里是西麦农场的中枢所在。本来每隔几分钟西麦农场就会向外界输出一批产品，但一天前这个惯例突然中断了。也许我们心中的所有谜团都要在那里才能找到答案。行动之前我们给其他四个小组发出了通知，但一直都没有收到任何回音。当然，我们谁也不愿去深想这一点意味着什么。

蓝月一路上显得心事重重的样子，她的嘴一直紧抿着，似乎还没从刚才那可怖的一幕中挣脱出来。她的这副模样让我的心中不由得生出一些软软的东西，我走上前从她肩上取下补给袋放到自己的背包里。她看我一眼，似乎想推辞，但我坚持了自己的意思。蓝月看了看前面咋咋呼呼一路吆喝的戈尔，心事显得更重了。

"别太紧张了。"我用满不在乎的口气说，"刚才我给基地发了讯号，援助人员就快到了。"

"援助？"蓝月突然用一种很奇怪的声音重复了我的话，"你真认为会有援助人员？"

我意外地看着她："当然会有。出发时西麦博士不是说过当遇到危险时我们可以发求援信号吗，你忘了？"

蓝月深深地看我一眼，没有搭腔，而是低下头去，似乎在想什么问题。过了一会儿她抬起头来，仿佛下了很大决心般地说："不会有什么援助部队的，那是根本不可能的事情。"

我大吃一惊："你的话我不太明白，连我们在内这次只派出了五个小分队，大部分特警都在基地待命，怎么会派不出援兵？"

蓝月没有回答，她拿出张纸条递给我："这是我父亲在我临出发前偷偷给我的，你看看吧。"

我接过纸条，上面的字迹很潦草，看得出是匆匆而就："西麦农场里很可能发生了超出人类想象的可怕事件，万望小心从事。如遇危险速逃，绝对不可抵抗。切记，切记！"

"这是什么意思？"我问道，"科学家的话好难懂。"

"说实话我也不太明白。"蓝月若有所思地说，"也许是有什么难言之隐再加上当时的时间实在太紧，他才会写下这么几句莫名其妙的话。不过有一点我是可以肯定的，基地是不会派遣援兵的。"

"为什么？"

"虽然我所知不多，但我能确定基地不可能收到我们的求救讯号，无线电波无法在基地和西麦农场之间进行穿越。"蓝月很肯定地说。

我如坠迷雾："可我们就在基地附近呀，要是没记错的话，我觉得基地和西麦农场中间好像只隔了一道墙而已。"

"可你知道这道墙之间隔着什么东西吗？这些奇怪的玉米树，还有那种在10分钟里吃掉3个人的……"蓝月语气一顿，看来她也不知该用什么词汇来描述那个东西，"你不觉得这一切太不正常了吗？"

"你是说……"

"是的，我要说的就是，这根本不合乎常理。"蓝月的语气越来越怪，"或者说，这根本不是我们的那个世界。"

"可这会是哪儿？"我差点要大叫起来，蓝月的话语中暗示的东西让我感到某种未知的恐惧，"我们到底在什么地方？"

戈尔突然在前面喊道："你们快跟上来，我们到达中心了。"

三

周遭安静得过分，中心的大门敞开着，安全系统显然早已失去了作用。我们径直由大门进入，里面也是死一般的寂静。我以前从来不曾见过像这样宏大的建筑，感觉上天花板的高度超过30米，简直就像室内大平原。很多硕大无朋的机械四处堆放着，如同一只只蛰伏的岩石，一时间看不出它们的用途。

"大家小心！"蓝月突然喊道，她手里的激光枪立即发射了。差不多在同一时刻我也发现了危险所在，在我倒地的瞬间里我手里的武器也开火了。一时间烟尘飞扬，一股焦臭的味道弥漫开来。

激战的时候时间过得很慢，等到我们重又站立时才发现我们以为的敌人其实是一种足有两米高的造型像怪兽的机械。它长有六只脚和两只手，口的部位上安有锯齿般的高压放电器。刚才我们击中了它的头部，一些散乱的集成电路块暴露了出来。显然，它是个机器人。

"快来看！"是戈尔在惊呼。我和蓝月奔上前去，然后我们立刻明白他为何惊呼了。在那个怪兽的脚爪和口齿间残留着许多残碎的动物骨骼，配合它那副狰狞可怖的模样真让人胆战心惊。

我倒吸一口气，转头看着蓝月。她一语不发地环顾四边，脸上写满了疑虑。

"是它干的？"我喃喃地说。有关机器人失去控制进而酿成大祸的事情近年来时有发生，西麦农场的变故也许就是因为这个原因。

"准是这种东西干的！"戈尔恨恨地说，他似乎不解气，又用激光枪打掉了怪兽的一只爪子，"干吗要造出这种武器来？"

"我还是觉得不对。"蓝月说，"你们注意到没有，这个家伙的标牌上写着'采集者294型'，从名字看它不像是武器，倒像是一种农用机械。它会不会是用来捕捉牲畜的？而且你们看别的那些巨大的机械像不像收割机，正好用来收割玉米树。"

我点头："这样讲比较合理。可是这些东西好像都失灵了。"

"它们自身的元件都完好无损，失灵的原因肯定是中心的计算机中枢被破坏后它们再也接收不到行动指令的缘故。我们先搜索一下周围，看看有没有别的线索。"蓝月很沉着地指挥着。

我们三人成一字排开，在杂乱无章的机械群中搜寻，如同穿行在丛林中。由于电力供应中断，大厅的绝大多数地方都是漆黑一团，我们的工作进行得很慢。除了偶尔传来的金属碰撞声外这里静得就像一座坟墓，我能很清楚地听见每个人的喘息声。虽然一路上的机器还是那些个样子，并没有什么不同，但不知为何，我的心中却渐渐生出一股异样的感觉。有几次我都忍不住停下脚步想找出这种感觉的来处，但我什么也没能发现。

差不多过了15分钟，我们才到达管理中心的计算机机房，里面所有的设备都死气沉沉的。我打开背包取出高能电池接驳到机房的电源板上，一阵乱糟糟的闪光之后机器启动了。

蓝月娴熟地操控着，她的眉头紧蹙着。我的电脑水平比戈尔高一小截，但比蓝月低一大截，于是我很自觉地和戈尔一起担任警戒工作。

"怎么会这样？"蓝月抬起头喃喃低语，"整个系统是因为能源供应受到破坏而中断运行的。系统最后一次工作的日期是……917402年的7月4日。"

"等等，你是说哪一年？"我大吃一惊地问。

蓝月急促地看我一眼说："我弄错了，对不起。"

我狐疑地看着重又低头操作的蓝月，她刚才的这句话分明是在掩饰，她肯定对我隐瞒了什么。可是917402年又是什么意思，这个时间难道会有什么意义吗？如果有意义又意味着什么呢？我越发觉得这次的任务不那么简单，简直透着股邪气。看来蓝月似乎知道某些秘密的东西，她本该对我讲出来的，但她显然顾虑着什么。

戈尔在一旁很焦急地来回走动，并不时催促着蓝月。他看来已经没有了当初的雄心，不过我这时反而没有了一点轻看他的念头，我知道像他这样经过残酷战争洗礼的人都不是胆小鬼，他们并不害怕危险，但我们现在面对的仿佛是某种超自然的东西，而这正是像戈尔这样的人的弱点。

"你们能快点吗？"戈尔大声说道，"这里我是一分钟都不想待下去了。"

蓝月从沉思中惊醒过来，对戈尔说："我正在拷贝系统瘫痪前的数据记录，以便带回基地作技术分析。现在我同何夕要到机房背后的区域查看，等拷贝完成后你带上磁带与我们会合。"

机房背后和中心别的地方一样，也是堆满了收割机之类的机械。不知怎的，先前那种奇怪的感觉又来了。我不由得放慢了脚步。

蓝月幽幽地看我一眼："你也感觉到了？"

我一愣："感觉？什么感觉？"

蓝月指着那种似乎叫什么"采集者"的机械说："你看它跟我们最初见到的那一台有什么不一样？"

我立刻就明白是什么东西一直让我感到不安了。眼前的这台"采集者"在外形上和最初的那台没有什么不同的地方，但在体积上却大得多了，足有6米多高。我这才回想起一路走来见到的"采集者"的确是越来越高大，那种让我感到异样的感觉正是因为这一点。我走近这台庞然大物，它的标牌上写着"采集者4107型"，从型号序列上看它是比294型更新型的产品。我有些不解地望着蓝月，她对此却是一副仿佛有所预料的样子。我想开口问她这是怎么回事，但她那副拒人于千里之外的神情让我打消了这个念头。

蓝月突然停下来，她像是被什么东西击中了般僵立不动了。

"怎么了？你……"我开口问道，但立刻就知道是怎么回事了，因为我也看见了那个耸入云天的东西——"采集者27999型"。如果说世上真有什么东西能称得上巨无霸的话我看也就是它了。相形之下"采集者4107型"只能算是小不点了。尽管我一再提醒自己这个足有20米高的大家伙其实根本动不了，但是我仍然不由自主地颤抖。按蓝月的分析，它应该是一种捕捉牲畜的机械，可那会是种什么样的牲畜啊？一时间我的背上冷汗涔涔。

这时我们听到了戈尔的呼喊声，他已经拷贝完了数据。蓝月拉了一下仍在发呆的我说："走吧，我们先返回基地再说。"

四

返程的路在我的感觉中比实际的要长得多，我想在蓝月和戈尔的心中一定也有这样的体会。有几次我们都听到一些奇怪的响声从周围的农作物丛林中传来，以至于我们三人都曾开枪射击。当然，除了在玉米树的茎干上穿出几个洞来之外没有别的任何效果。开始我们还保持着合适的速度，到后来，尽管我不愿承认但我们已的确是在狂奔。就在我感到自己已经快要崩溃的时候，我们终于远远地看到了密码门。

"别忙。"蓝月阻住就要进入出口的我和戈尔，"我们应该再和另外四个组联系一下，一旦我们出去就再也和他们联系不上了。大家是队友，说不定他们需要帮助。"

戈尔"咻咻"地喘着气，他看上去是累坏了："那可不成，这个鬼地方我一秒钟也不想呆了。我只想早点出去。"

蓝月咬住下唇，漆黑的眸子看着我。我有些慌张地低下了头，说实话戈尔的话正是我的意思，也许我比他还要急着出去。

戈尔大声对蓝月说："这是关系我们三个人的事情。现在我们两个打平，就看何夕的那一票。"

我沉默了几秒钟，感觉快要虚脱了。但我终于还是说："就等一会儿吧。"

蓝月感激地看了我一眼，没有说什么。她发出了联系讯号，并把重复发送时间间隔定为40秒："我们等30分钟，看看有没有回应。"

我在蓝月的旁边坐下，默默地看着她。过了一会儿她不自在地回过头来问道："你干吗这样看我？"

"为什么不把你知道的事情告诉我们？这不公平。"我尽量使自己语气平静。

蓝月的脸上微微一红："你在说什么，我不太明白。"

她的态度激怒了我，我有些失控地大声吼道："你一开始就瞒着我们很多事。你根本就知道这是个什么地方，你也知道这里发生了什么事，你为什么不对我们讲明呢？难道我们出生入死却无权知道一点点真相？"

戈尔走过来，他无疑是站在我这一边。我们两个人直勾勾地瞪着蓝月。

蓝月怔怔地盯着远方，似乎对我的话充耳不闻。良久之后她才轻轻地叹出一口气说："我并不是存心欺骗你们，从西麦农场开始运转以来从没有人进来过。我也是到了这里之后才最终明白了许多事情的，而在此之前我并不像你们认为的那样知道所有事情的前因后果。既然你们那么想知道真相，那我就把我知道的全说出来吧，反正一旦回到基地你们马上就会想清楚是怎么回事的。这件事情的源头要从32年前说起，当时我父亲取得了他毕生最大的研究成果，就在那一年他发现了'时间尺度守恒原理'。这个名字听起来复杂，其实意思很简单。根据这个原理，只要不违背守恒性原则，人们可以改变某个指定区间内的时间快慢程度。举例来说，人们可以使包含一定数量物质的某个区间的时间进度变为原先的两倍，与此同时减慢包含同样数量物质的另一个区间的时间进度为原先的1/2。"

我倒吸一口凉气："你是说西麦农场正是一块被改变了的时区？"

"准确地说是一块被加快了的时区。"蓝月纠正道，"我们从进入西麦农场算起已经过了5个小时，可是等到我们返回基地时你会发现时间停留在了5小时之前。送别的人群还在那里，在他们看来我们只是刚走进传送门就立刻出来了。这5个小时只是对我们才有意义。就算我们在西麦农场过上几十年甚至老死在这里，对他们来说也不过是过去了10多个小时。还记得在机房里我念到的那个'917402年'的时间吗？对人类来说西麦农场是在二十几年前修建的，但在西麦农场里却已经春播秋收过去了90多万年，也就是说西麦农场的时间进度是正常世界的4万多倍。西麦农场里的1年差不多只相当于正常时区里的10分钟左右，所以在我们的世界里会感到西麦农场总是按这个时间周期循环输出产品。你们无法体会当我见到这个时间时的那种惊心动魄的感受。正是西麦农场90多万年的生产供给了地球上300亿人这20年来富足的生活。"蓝月说着话转头看着戈尔，"你好像说过，你有9个孩子。"

戈尔一愣："是啊，我带有他们的照片，你想不想看？"

"等等，"我打断了戈尔的话，"有一点我不太明白，既然是你父亲发现了这个原理，那为什么却是由西麦博士创建的农场？"

"这件事正是我父亲心中的一个结。当年他刚一发现这个原理便立刻意识到了它在解决食物能源等问题上的应用前景，但几乎就在同时，他意识到了另外一个问题，一个称得上可怕的问题。想想看，我们人类其实也是从低等生物逐步进化而来的，如果我们把那些暂时比人类低等的生物放进一个比我们快了许多倍的时区……"蓝月不再往下说，也许她也知道根本不用再说了，因为我们已经见到了后果。

"所以我父亲忍痛放弃了他毕生为之奋斗的成果，对整个世界秘而不宣；但他没想到的是他最得意的学生和助手背叛了他。"

"你是说西麦博士？"

"就是西麦，"蓝月苦笑，"他创建了与外界隔绝的西麦农场，用高度聚集的太阳光束作为农场的能源。老实说西麦也是少有的天才，从'时间尺度守恒原理'到西麦农场之间其实还有不短的距离，就好比从爱因斯坦的质能方程到核聚变发电站之间还有莫大的距离一样。等到我父亲发现时一切都来不及了，西麦已经成了人类的英雄。我父亲唯一能做的事就是尽可能地避免他所担心的事情发生，可是这一切还是发生了。"

"为什么没有早一点发现问题？"我有些多余地问道。

"刚开始时西麦农场的时间只是比正常时间快两倍左右，但是人们很快就不满足了，他们不断提出要过更高水平的生活的要求，于是西麦加快了农场的时间。但是人类的欲求越来越高，以至于后来成了以需定产，人们只管对西麦农场下达产出计划，由农场的计算机自行安排时间速度，最终使得一切失去了控制。没有谁愿意到西麦农场里去工作，因为这实际上意味着和亲人的永别，所以人们将一切都交给计算机来管理。你们也看到那些机械了，它们都是农场的计算机根据需要自行设计的，单凭机械的升级换代速度你们就能想象出农场里的生物进化得有多快。如果你有一种办法能站在正常的时区观察西麦农场，你将会看到怎样一幅图像呢？"

　　蓝月没有再往下说，她的目光有些迷离了。其实用不着她来描述，因为我想像得出那是怎样一副可怕的情景：白天黑夜飞快更替，以至于天空像是灰色，人造太阳在空中飞快地划出道道连续不断的亮线。风雨雷电、云来雾去等自然景观走马灯似的频繁出现，永无终结。植物像是慢录快放的电影般地疯长和枯黄，看起来就像是动物一样，而那些真正的动物则如同跳蚤一样地来来去去，所有的生物都在以成千上万倍于人类的速度生长、繁殖、遗传变异。死亡以不可想象的速度追逐着生命，同时又被新的生命追逐，造物主在这片加速了的实验室里孜孜不倦地验证着生命最大限度的可能性……

　　良久都没有人说话，我只感到阵阵头晕，蓝月描绘的情景让我不寒而栗。戈尔的情况也不比我好多少，他无力地瘫坐在地，身体仿佛虚脱了一样。

　　蓝月看了下时间说："30分钟已经到了，我们回基地吧。不过我们今天的谈话内容一定要保密。"

　　就在蓝月低头去取通讯仪的时候，戈尔突然跳了起来，他的目光"钉"在了我身后。与此同时我也看到自己脚下出现了一片巨大的阴影。我马上明白发生什么事了，几乎是在本能的驱使下我立刻把蓝月扑倒在地，并一同向旁边滚去，手中也已多出了一把激光枪。但戈尔先开火了，我听到了一声令人肝胆俱裂的嚎叫，就像是由千万只野兽一起发出的声音。等到我回过头去的时候，却只看到一片犹自摇摆不定被践踏得狼藉不堪的玉米林，而我和蓝月刚才所在的地方留下了几道深达一尺的爪痕。

戈尔的眼睛瞪得很大，似乎在盯着什么，他的腰部以下都不见了，地上一片血迹。我默默地走过去，把耳朵贴在他仍在蠕动的嘴唇上，想听清他在说些什么。许久之后我抬起头来，用手合上了戈尔那双不肯闭上的眼睛。

"他说什么？"蓝月脸色苍白地问我，"他看到了什么？"

"他一直在重复着两个字。"我低声地说，"妖兽。"

五

我有两天没有见到蓝月了，作为此次行动唯有的两名生还者，我们一回到基地就被分隔开了，然后便是无休止的情况汇报。我的头上被接上了各式各样的仪器设备，以帮助我回忆那段经历，由此整理出的一切材料直接报送西麦博士本人审阅。我当然不会违背我和蓝月的约定，从我嘴里谁也套不出我们之间的那段谈话。这两天蓝月的样子时不时地总在我眼前晃来晃去，她的眉宇和长发，她的声音，还有她若有所思的神情。尽管我不愿承认，但是我内心中有一个快乐的小声音在执着地追问，你是不是喜欢上她了？有时候这句话甚至通过我的口突然地冒出来吓自己一跳。

今天看起来比较清静，都过了10点了还没有什么人来烦我。我当然不会让时间白白流逝，和往常一样，我无论如何都要干些有意义的事情，也就是说接着想蓝月。想她现在在干吗？吃了没有呀？吃的什么呀？还想象她如果穿上普通女孩的衣服会是什么样。如果没人打搅的话我可以这么神乎乎地想上一整天，我到现在才发现男人婆婆妈妈起来也是蛮了得的。不过今天我刚神游了几分钟就被拉回了现实，蓝月一身戎装地出现在了我的面前。我得出的唯一结论就是她不是按正规渠道进来的，因为随后我便看到负责看管我的几个人全都很无奈地躺在外面房间的地板上。

"等等！"我用力挣脱蓝月拉着我一路狂奔的手，"我不能就这样不明不白跟着你逃走。"

蓝月也停下脚步，她的脸上因为奔跑而泛起红晕："你太天真了。西麦是因为西麦农场而成为人类英雄的，难道他会让你揭露其中的隐情？你还不知道，为了巩固自己的地位，西麦正在筹划再建另一个农场。"

"那原先那个农场怎么办？尽管有密码门暂时把农场和我们的世界隔开，但如果那种……东西……再进化下去，密码门迟早会被突破的。现在西麦博士去创建的新的农场，几十年后岂不又和今天的西麦农场一样？"

蓝月含有深意地笑了笑："如果西麦还是一个科学家的话他肯定也会这么想，可是他现在已经是一个政治家了。西麦农场是他全部的资本，他如果放弃就会马上一文不名。"

"那他至少应该先把西麦农场的时间恢复正常，否则这样下去的后果太可怕了。"

"如果能够做到这一点我父亲当年就不用保守秘密了。"蓝月冷冷地说，"我们还是快走吧，车就在前面。我父亲在一个安全的地方等我们。"

……

蓝江水教授比我上回见到他时又仿佛瘦了些，一见面他就握住了我的手："听蓝月说你救过她一命，真谢谢你！"

蓝月的飞快地看了我一眼，脸上微微一红："谁说的？当时我自己已经发现危险了，他只是看起来像是救我一命而已。"

蓝江水正色道："受人之恩不可忘，还不过来谢谢人家。"

我自然连声推辞，同时把话题转到我向蓝月提的那个问题上。

蓝江水一怔，他没有立即回答我，而是点起一支烟来。我注意到他的手有些发抖，"我年轻的时候和现在相比对许多问题的看法都很不一样，简单点说，我那时在对待科学的态度上是非常乐观的，我相信科学能最终解决人类面临的所有问题。同时我还认为，就算科学的发展带来了一些负面影响的话也只不过是暂时的；而且随着科学的进一步发展，这些负面问题都会由科学自身来圆满解决。可是在几十年后的今天，我再也无法这么乐观了。"

"为什么？"

"到现在我仍然认为，所谓科学研究其实就是不断揭示自然的谜底。我常常在想，造物主为何要把它的谜底深深地埋藏起来？核聚变为何必须要在几百万度的高温下才能发生？微观粒子为何必须要在几千万亿电子伏特的能量撞击下才向人类展现其内部结构？反物质又为何要在极其苛刻的条件下才能产生？不过我现在已经想清楚了，或者说我认为已经想清楚了这个问题。你可以设想一下，如果上述这些反应能在很'常规'的条件上发生，那么在石器时代或是青铜时代的人类，甚至远古的一只玩火的猿猴都可能已经把这个世界毁灭了。即便是现在，又有谁敢保证人类有绝对的把握可以万无一失地操纵一切呢？"

我有点明白他的意思了，但我还是问道："那个'时间尺度守恒原理’也是这样的谜底之一？”

“好久没听到这个名词了，是蓝月对你讲的吧？世界上知道这一原理的人不超过十个人，而真正掌握它的核心内容的人就只有我和西麦。西麦农场里发生的事情是无法逆转的，它的时间可以继续被加快却再也无法被减慢；而与之对应的那块时区的情形则正好相反。”蓝江水的脸上不自觉地抽搐了一下，他猛吸了一口烟，氤氲的烟雾中他的脸变得模糊不清，“对一个从事科学研究的人来说，如果一生里都没有成果是一件很痛苦的事，但最痛苦的事情却不止于此。就好像一个农艺师辛勤一生才培养出新的作物品种，却发现它的果实虽然芬芳可口但含剧毒。我当时就是那种心情，后来的事你都知道了。直到今天我有时仍然忍不住问自己在这个问题上到底后不后悔，让我感到欣慰的是在多数情况下我都发自内心地回答：不。”

“那我们现在应该怎么办？”

蓝江水灭掉香烟说：“我要去和西麦谈一谈。”

蓝月叫起来：“不行！西麦是不会回心转意的，他已经不是科学家了，他现在是搞政治的人。”

蓝江水笑了笑，脸上的皱纹使他看上去比实际年龄要老得多：“要是我说在这个世界上我其实是最理解西麦的人，你们一定不会相信。”

“我当然不相信！”我大声说道，“你和他没一点相同。”

“可事实上我的确理解他。”蓝江水幽幽地说，“因为我自己知道我只是差一点点就成了西麦。放心吧，我不会有事的。这件事已经拖了20多年，是到必须解决的时候了。”

“那我们该做些什么呢？”我追问道。

"你们唯一能做也是必须去做的一件事就是——回西麦农场。"蓝江水无比肯定地说。

六

我做梦也想不到自己在两天后居然有胆回到西麦农场。说实话我不能算是有英雄气概的人，但正如蓝江水教授所言，除此之外我们别无选择。

来前蓝江水对我和蓝月说："西麦农场里的某种生物显然已经进化到了惊人的地步，根据上次从'采集者'上提取的部分组织标本做的分析来看，这种生物的智慧水平已和人类不相上下，更不用说它还有着那样强大的自然力量。如果现在不把问题解决的话，那么过不了多久，恐怕人类的末日就会来临。"

现在我们又置身于了西麦农场。正常时区里的两天在西麦农场相当于差不多200年。看着四周那片我们曾在200年前出没过的丛林地带，我的胸臆间涌起一种无以言表的感受。沧海桑田这个词在这里找到了最好的注释。由于缺乏管理，当年的农作物大部分都已消失，把土地让位给了生命力更为强大的高达数米的野草，物竞天择的原理在这片土地上充分显示了自己的力量。

我们这次的目的很简单。蓝月对上次拷贝的系统进行了分析，证实了西麦农场的计算机系统的能源供给部分曾经遭到了某种生物的恶意破坏，很可能就是那种妖兽。仅凭这一点就足见它们已经具有了多么发达的智慧。我们这次计划修复系统，以便利用西麦农场里的这些超级机械来对付那些我们至今都不知道长得什么样的可怕的东西。由于有过惨痛的教训，这次我和蓝月的装备和防护措施要严密很多。但即便如此我的心里仍是忐忑不安，不知道蓝月的感受会不会比我好点。

到中心的这段路上虽然有过几场虚惊但总算没出什么事，我们见到了不少已经变得有点不一样了的牛羊之类的牲畜，经过200多年的不受管理的自由生长之后，它们显然应该算是野兽了。这些家伙不时急匆匆地从我们附近掠过，一副警惕性很高的样子。在任何一个生态系统里，位于食物链顶端的只会有一种生物，看来它们也不过是妖兽的美食而已。

现在蓝月已经坐在中心电脑前开始修复系统。一切都还比较顺利，太阳能电站首先开始了工作，中心的照明也紧接着恢复了。从外面不断传来机器启动的声音，大屏幕红外遥感监视器上显示出了西麦农场的全图，上面一个个的移动的黄色亮点表示机器都动起来了。蓝月得意地冲我一笑，竟然美得让人头晕。

这时突然传来一阵嚎叫，正是那种让我一想起来就要发抖的声音，蓝月的脸色也是倏地为之一变。从声音判断妖兽离我们不会超过100米。

"快，下达采集命令！"我大声喊道。

"我正在找寻命令菜单项，正在找……"蓝月急速地操作着。

大地开始剧烈地颠簸，让人几乎站立不稳。在这样的情况下电脑很容易损坏，如果在此之前不把采集命令发出去的话就来不及了。我大声催促着蓝月，由于过度的紧张，我的声音有些变调。

"我正在找！"蓝月艰难地回应，她的语气像是在哭，"……找到了，我……"

一阵大的颠簸涌来，我和蓝月被掀翻在地。与此同时机房的顶盖被揭掉了，然后我们就看见了那种足有15米高的东西，我想那就是妖兽了。我看不出它是由哪种生物进化而来的，只看出它是四肢动物，分化出前肢和一对用于行走的后肢。它后足肌肉发达，十分粗壮，有6米多长，前肢显得很灵活，五指上长着黑色的利爪。它的脖子长度超过1米，上面支撑着一颗硕大无朋的头颅，呲开的嘴缝里露出尖利的牙齿；看得出来这是它强大的武器。黏糊糊的涎水从它口中滴落下来，散发出腐臭难闻的气味。这时候我看到了它的眼睛，在我看到它巨大的头颅时我仍不敢相信它是一种高级智慧生物，但当我看到它的眼睛时我相信了这一点。我和它对视着，我看到了它眼睛里有着藐视的意味，是那种居高临下的洞悉了对手全部心思的眼光。这是唯有智慧生物才具有的眼光。巨大的震撼之下我无法准确描述自己此时的感受，我想我第一个也是唯一的感觉就是它太强大了，在它面前我们简直弱小得可笑，就像是两只蚂蚁。我甚至没有了一丝拔枪的念头，因为我知道那根本不会有什么用处。

蓝月突然转身抱住了我，将她的脸与我紧贴在一起，我感到她的脸上满是泪水。她的这个表明心迹的举动让我感动不已，巨大的幸福充斥了我的胸膛。一时间我几乎忘记了死神就在眼前，或者说我的眼中已经看不到死神了。不过我仍旧无法抑止地流出了眼泪，并不是因为我就要死去，而是因为我的族类将要面临的灾难。我从来都不认为自己是一个高尚的人，但我相信任何一个人处于我现在的境地时都会流出意义相同的泪水。相形于整个物种而言，个体生命的命运其实是微不足道的。这时候妖兽缓缓举起了它的右前肢，然后以无法用语言形容的速度向我们劈了下来。风声凄厉……

但奇迹出现了，一台"采集者4107型"冲了过来。看来蓝月在最后的时刻点中了命令，它显然不是妖兽的对手，只两三个回合就变成了一堆废铁；不过这点时间已经足以让我和蓝月脱离险境了。我们一路飞奔，四周传来阵阵令人毛骨悚然的嚎叫。

西麦农场变成了战场和屠场，这是无生命的"采集者"和有生命的妖兽之间的战争。机器的爆炸声和妖兽的嚎叫声交织在一起，火光与血光纠缠在一起。妖兽张开巨口撕扯着"采集者"的合金身躯，如同撕扯着一张薄纸。除了"采集者27999型"外它显然没有任何对手。

"采集者27999型"的轰鸣声震耳欲聋，而当它的锯齿间突然拉出一道蓝白色的弧光时，天空中就会响起让大地也战栗不已的一声霹雳，与之同时传来的血肉被烧焦的气味会令人恨不得把胆汁也吐个干净。相形之下采集者比妖兽要残酷得多，因为它是一种收获并加工肉类食品的联合机器。每当一只妖兽被击倒后，采集者就会启动整套加工程序，将妖兽的尸体开膛破肚，剔骨剜肉，那种血腥的场面让人一见之下如同置身阿鼻地狱。

我和蓝月一路奔跑着朝密码门的方向逃去，随身带的与中心无线联网的便携式电脑不断显示着这场战争进行的状况。代表采集者的黄色亮点和代表妖兽的红色亮点都在急速地减少着。我焦急地关注着力量对比的变化，有几次采集者明显占据了优势，但很快又被超出。我在心里为采集者加油，我不敢想象如果采集者输掉了这场战争的话会是什么样的结果，我也不敢想象那些嗜血的妖兽又会怎样对待我们的世界。红色的亮点逐渐占据了优势，黄色的亮点一个个地熄灭，我的心向着深渊沉落。最后，有6个红色的亮点留了下来，那是6只妖兽。

我下意识地回头看着蓝月，她的眸子一片死灰。我有些歇斯底里地说："它们都是雄性，要不就都是雌性。一定是这样的，一定是的！老天会保佑人类的。"我无法自制地重复着这几句话，就像在念着一种维系着唯一希望的咒语。

蓝月苦笑："妖兽也有它们自己的上帝，6只妖兽全为同一性别的概率实在太小，但愿我们能活着逃出去报信，除了原子武器恐怕没有什么能消灭它们了。"

我绝望地摇头："人类准备好核进攻起码要一段时间，要知道正常世界上的1天在西麦农场里就是100年，到时候妖兽的数量还不知道会有多么庞大。而且对西麦农场这么广大的地方使用核武器就算能消灭妖兽，接下来持续数年的核冬天也会让人类付出无比惨重的代价。"

蓝月沉默半晌："那我还是和你一样祈求上帝吧，这是我们唯一能做的事。"蓝月作了个祈祷的姿势，这时她突然想起什么似的指着屏幕说，"这六个红点一直待在原地不动，会不会是受了伤？"

我观察了一下，然后抽出激光枪说："走吧，不管怎样先去看看再说。"

……

当我们穿过荒园来到南部的一片开阔地带时，眼前的景象让我们不禁大吃一惊。很明显，我们已经置身于了某个雏形初具的城市中。整齐的洞穴、完备的供水系统、储备了大量食物的仓库以及用于聚会的广场，等等，看来，妖兽们已经具备了自己的社会系统，它们和人类社会已经没有质的差距而只有量的差距了。

在城市角落里的一个洞穴里，我们发现了我们要找的东西。直到现在我才明白为什么在红外显影图像里它们会待在原地不动，因为它们是6只幼兽。一只身躯庞大的妖兽倒毙在不远处，嘴里犹自撕扯着一台"采集者27999"型的躯壳，看得出它是为了保护这几只幼兽而流尽了最后一滴血。6只幼兽显然不明白发生了什么事情，它们也许只是感到很久没有得到父母的哺喂了，一个个都有些焦急地在洞穴里嘶叫着。看到我和蓝月，它们并不害怕，相反还很卖力地围拢来，把头往我们身上蹭，讨好而焦急地发出索取食物的声音。

"四雌两雄。"蓝月简单地说道，然后回过头来看着我，一语不发。

我知道蓝月的意思，实际上我也正陷于一种不得不做出决断的挣扎中。说实话我现在很难把眼前这六只嗷嗷待哺的幼崽与那些嗜血的妖兽联系起来，尤其当它们把毛茸茸的头蹭到我的脚踝的时候。这种感觉很奇特，即使是狮虎等猛兽的幼崽也是惹人爱怜的；但是我的内心有一个清楚的声音在大声地说，它们是妖兽，它们是人类的死敌，它们必须死——尽管它们的产生根本就是由人类一手造成的。

"让我来吧，如果你不想看的话就去看看风景。"我轻声对蓝月说，然后抽出枪依次对准每只幼兽的额头扣下了扳机。它们中的每一只至死都以为我是同它逗着玩。

枪声悦耳。

一切终于都结束了，现在我站在山坡上有些后怕地环视着四处，仍不敢相信我们居然完成了这个几乎不可能完成的任务。空气中的血腥味正在消散，黄昏的原野上拂过阵阵清风，人造太阳正朝着地平线上连绵的草浪里滑落，那些无害的小兽们出没其间。我仿佛第一次意识西麦农场也具有一个普通农场一样的田园风光。想到我和蓝月即将离开这里永不再来，我心中居然有些不舍。我转头望着蓝月，她也同我一样眺望着四周，目光中若有所思。

"你在想什么？"我低声问道，"是你父亲的事？"

蓝月没有回答我，她转过身去："走吧，回我们的世界去，这个地方我们再也不用来了。"

不久以后我便发现蓝月和我都错了，西麦农场其实是一个幽灵，从一开始它就用它无比强大的力量给我们织了一张密密的网，我们生生世世都注定无法逃脱了。

七

我们在西麦农场的这场10多个小时的历险只不过是正常世界里的1秒钟，这样的反差总让人感觉是在做梦。当然，如果梦中总是有蓝月的话我倒是无所谓要不要醒来。想到这一点时我不禁朝蓝月咧嘴一笑，却发现她的眼光里也闪现着同样的意思——这就是所谓的心有灵犀吧，我喜欢这样的感觉。

"我们去哪儿？"我问蓝月，这段时间以来我已经习惯了由她拿主意。

"去找西麦。"蓝月似乎早有安排，她的语气中有隐隐的担心，"不知道我父亲和他谈得怎么样了。"

……

西麦在基地里的官邸守备森严，我和蓝月这样优秀的特警也费了不小的劲才潜入进去。幸好只要过了门口的几关之后里边也就没有什么障碍了——有谁愿意像在牢笼里一样地生活呢？

"快过来！"是蓝月的声音。我飞奔过去，在会客室的角落里我看到了倒在血泊中的蓝江水和西麦。蓝江水的手中拿着一只老式的枪，显然他是在射杀了西麦之后自杀的。

在蓝月连声的呼唤之后，蓝江水的眼睛缓缓睁开，他嗫嚅着问道："他死了吗？"

我过去查看西麦的情况，他的瞳孔已经散大，使得平时里充满睿智的眼睛看上去有些怕人。然后我又退回来对蓝江水说："他死了。"

一丝很复杂的表情在蓝江水脸上浮现出来，他足足沉默了有一分多钟，但他最后还是露出高兴的神色说道："这就好，这个世界上掌握'时间尺度守恒原理'的两个人终于都要死了。我本来只是想劝他放弃重建西麦农场的念头，可是他不同意，我没有办法只好这样做。我了解西麦，他并不是一个坏人，在整个这件事情里他并没有多少错。要说有错也只是因为他顺从了人类的需求。实际上在我所有的学生里他是最让我得意的一个。西麦只小我五岁，更多的时候我都只当他是我的助手而不是学生。"蓝江水说着话伸出手去拽住西麦已经冰凉的手，有些痛惜地摩挲着，"现在我们俩一同死去倒也是不错的归宿，也许在九泉之下我们还能续上师生的缘分，还能……在一起做实验。"

蓝月痛哭出声："你不会死的！我们想办法救你。"

蓝江水的目光渐渐发散："我自少年时便许身科学以求造福人类，没想到我这辈子对人类最后的馈赠竟是亲手毁去自己的成果。其实我到现在也不敢肯定自己做对了没有，我只能说我也许避免了更大的浩劫发生。没有了西麦农场，地球上的300亿人会在几个月里以最悲惨的方式死去大半。面对他们，我的灵魂看来是永远都得不到安宁了……"

蓝江水的声音越来越低终至渺不可闻，两滴浑浊的泪水自他苍老的眼角缓缓滑下，最后融入了脚下这片他深爱的曾经掩埋过无数像他一样籍籍无名者的土地。

死者已矣。

只有几天的时间，我便意识到蓝江水临死前所预见的是一副多么可怕的场景。储备的食物很快告急，这个星球上自从人类诞生以来最可怕的饥荒开始了。300亿张嘴大张着，就像是无数个黑洞。政府下令大规模地退林还田，但这对大多数人来说肯定是来不及了。养尊处优的人们在灾难到来时尤其脆弱，大规模的死亡场面就要出现了，过不了多久这颗星球的每个角落都将堆满人类的尸体，那是一副何等恐怖的场面啊。不过我毫不怀疑我和蓝月能挺过这场灾难，因为我们是训练有素的特警，生存能力远胜于常人。随着人口的减少，粮食的压力将得到逐渐缓解，只要熬过了最困难的时期一切都会好转的。世界一片混乱，我和蓝月在这个饥饿的星球上四处流浪。

"我快要疯了。"蓝月痛苦地伏在我的肩头，由于营养不良和精神上所承受的巨大压力，她瘦了许多，"这一切真是我父亲造成的吗？"

我安慰地拍着她的背："这不是他的错。这是人类向自然界索取所付出的代价，这样的索取自古以来就没有停止过；而到了创建西麦农场这一步更是在向自然界的未来索取，人们索取的是大自然根本就给不起的东西。如果没有西麦农场，世界上根本就不会有这么多人。现在死于饥荒和将来死于妖兽是两枚滋味相同的苦果，人类必须咽下其中的一枚。"

说到这儿我突然愣住了，我朝远方大张着嘴但却说不出话。蓝月用了很大劲才让我回过神来，她快吓哭了。

"你怎么啦？"蓝月有些害怕地抚着我的脸。

我艰难地笑了笑："我想起一件事，看来才过了十来天我们又要旧地重游了。"

八

1000年过去了，西麦农场里一片蛮荒景象。"采集者"不锈的身躯依然伟岸地耸立天宇，妖兽的残骸都已荡然无存，而当年埋骨于此的队友们却依稀音容宛在。想到差不多1200年前我和蓝月在这片诡异的土地上由相识而相知，以及1000年前那场惨烈绝伦的决定人类命运的大战役，我不禁有种恍如隔世的感觉。我甚至怀疑那些都只是一场梦中的场景，但此刻掌中所握的蓝月的纤纤小手又肯定地告诉我，这一切都是真实发生过的故事。

是的，我们又回来了，而且这一次我们将不再离去。我和蓝月正在写一封信，再过一会儿等我们将这封信通过密码门发出去之后我们将永久性地毁掉这个唯一的出口。在这封信里我们把关于西麦农场的所有事情都向世人作了说明，而蓝江水和西麦这两位天才之间的是非恩怨恐怕也只能任由世人去评说了。

　　……我们并不清楚会有多少人能看到这封信，更不知道会有多少人能理解我们的行为。今天我们回到西麦农场其实是迫不得已的事情，妖兽虽然不存在了，但这只是暂时的。在一个比人类世界的时间快了40000多倍的时区里任何事情都可能发生。按照严肃的进化观点，现在在西麦农场里的这些无害的动物甚至植物中，最终肯定会产生出比人类高级得多的生物，人类将永远不会是它们的对手。不要让我相信不同智慧生物之间和睦相处的神话，就算可能也不过是其中高一级生物的施舍罢了，就好比我们人类也为别的生物建造国家公园一样；而最大的可能性却是西麦农场里的这些生物会在将来的某个时候冲出西麦农场，给人类带来真正的灭顶之灾。如果那一天成为现实，先父蓝江水先生的灵魂将永堕地狱的底层。

　　所以我们决定回到西麦农场，最起码我们现在还是西麦农场里最高级的生物。我们将活在这个时区里，同这里所有的生物按同样的节拍进化。如果不出现大的意外，我们和我们的子孙将继续或者说一直保持进化上的优势（但愿我们的这种乐观估计是正确的）。凭借这种优势我们就能为人类守护西麦农场这块脱缰的土地。我们多灾多难的家园是那样的美丽，让人留恋万分。想到就要与之永别，我们不禁潸然泪下。现在我们最想问的一句话就是：这一切到底为何要发生？难道人类对自然的索求真的是永无止境？

也许过不了多久（相对于你们的时间感来说），我们这一族将进化成某种和人类大相径庭的生物，甚至于当有朝一日相逢时你们根本就认不出我们曾经是人，谁知道造物主会怎样安排呢？但是请相信，我们的心是永远和人类一起跳动的，而且我们要把这颗心代代传给我们的后人，要让他们和我们一样永远记住自己的根。

何夕，蓝月

绝笔于西麦农场时历918653年12月7日

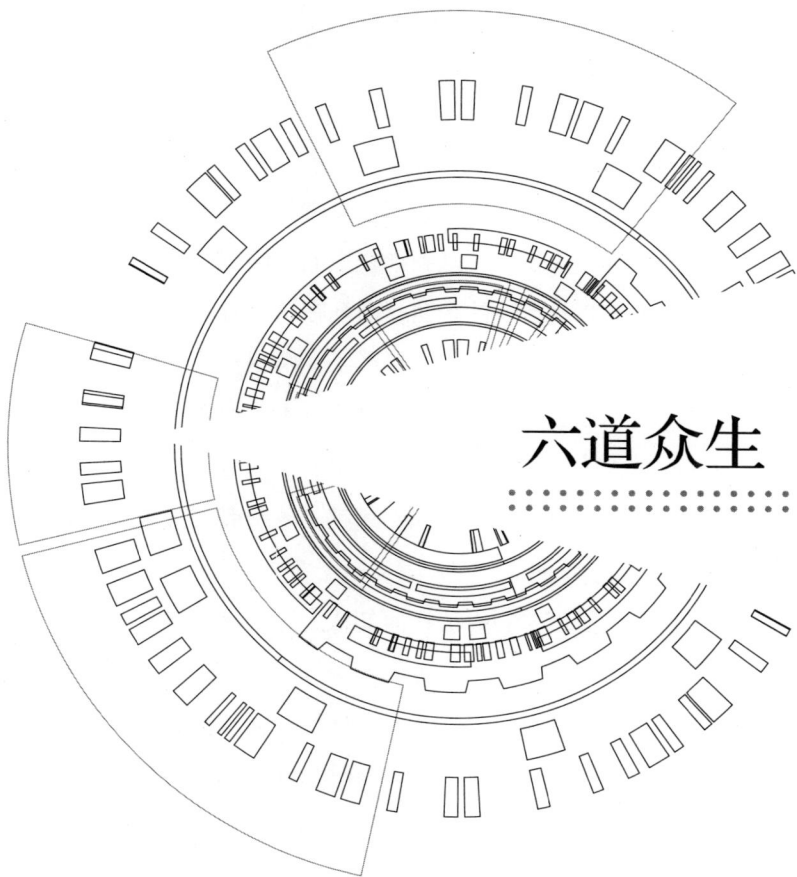

六道众生

引子

厨房闹鬼的说法是由何夕传出来的。

何夕当时才不过七八岁的样子，他们全家都住在檀木街十号的一幢老式房子里。那天他玩得有些晚，所以到半夜里的时候饿醒了。他懵懵懂懂地溜到厨房里打开冰箱想找点吃的东西，而就在这个时候他看见了鬼。准确地说是个飘在半空中的忽隐忽现的人形影子，两腿一抬一抬地朝着天花板的角上走去，就像是在上楼梯。何夕当时简直不明白发生什么事情了，他的第一反应并不是害怕，而是认为自己在做梦。等他用力咬了咬舌头并很真切地感到了疼痛时那个影子已经如同穿越了墙壁般消失不见了，何夕这才如梦初醒般地发出了惨叫。

家人们开始并不相信何夕的说法，他们认为这个孩子准是在搞什么恶作剧。但后来何夕不断报告说看到了类似的场景，也是那种人形的看不清面目的影子，仿佛厨房里真有一具看不见的楼梯；而那些影子就在那里晃动着，两腿一抬一抬地走，有时是朝上，有时是朝下。有时甚至会有不止一个影子悄无声息地出现在那具并不存在的楼梯上，它们盘桓逗留的时间一般都不长，和人们通常在楼梯上停留的时间差不多。家人们无奈地看着这个可怜的孩子越来越深地陷入恐惧之中，整天都用那种惊怖的眼神四处观望，就像是随时准备着应付突如其来的灾难。

尽管别的人从来就看不到何夕描述的怪事，但这样的日子使得家里每个人都感到难受。于是五个月后何夕全家都搬走了，他们一路走一路冒着被罚款的巨大风险燃放古老的鞭炮。几年过去，何夕已经是14岁的少年，他觉得自己长大了。有一天傍晚他出于某种无法说清的原因又回到檀木街十号，来到他以前的家。但是他只驻足了几分钟便逃也似的离去。

何夕看到在厨房上方的虚空里有一些影子正顺着一具不存在的楼梯上上下下。

很普通的一天，很凉爽的天气，在这个季节里这是常有的事。大约在凌晨3点钟的时候何夕就再也睡不着了。他走到窗前打开窗帘，一股清新的空气透了进来。但是何夕的感觉并不像天气这么好，他感到隐隐地头痛，太阳穴一跳一跳地就像是有人用绳子在使劲地牵扯。

何夕正在努力回忆昨晚的梦境，那具奇怪的隐形楼梯，以及那些两腿一抬一抬地走动的影子。多少年了，也许有20年了吧，那个梦，还有梦里的影子时常地伴着他。经过这么多年以后何夕也有些怀疑当初自己看到的东西也许只是幻觉，但他其实也很清楚没有什么幻觉能达到那么真实的程度。只要闭上眼睛何夕就能清楚地看到那些影子的形态，它们奇怪的步履，以及影子与影子之间相遇时明显地避让，就像人们在楼梯上对面相逢时的情形一样。一般来说何夕并不是在梦里能意识到自己是在做梦的那种人，但是与影子有关的梦除外。每当这个梦出现的时候何夕就会意识到自己做梦了，并且他就会在梦里焦急地想要醒来。有的时候他很快就能达到目的，但有的时候他不管用了什么方法——比方说拼命大叫或者是用力打自己耳光——都不能从梦魇中挣脱出来。那种时候他只好充满恐惧地一遍又一遍地重复观赏影子们奇异的步态，并且很真切地感受自己"咚咚"的心跳声。

但是昨天的梦有点不同，何夕看到了别的东西。当然，这肯定来自他当年的目睹，可能由于极度的害怕以及当初只是一瞥而过，以至这么多年来他都没能想起这样东西，只是到了昨夜的梦里他才重见到了这样东西，如同催眠能唤醒人们失去的记忆一样。当他在梦里重见到它的时候简直要大声叫起来，他立刻想到这个被他遗忘了的东西可能正是整个事件里唯一的线索。那是一个徽记，就像是T恤衫上的标记一样，印在曾经出现过的某个影子身上。徽记看上去是黑色的，内容是一串带有书法意味的中国文字："枫叶刀市"。这无疑是一个地名，但是何夕想不起有什么地方叫这个名字。

何夕冲动地打开电脑，在几分钟的时间里他对所有华语地区进行了地名检索。在做着这一切的时候何夕始终处于非常兴奋的状态，想到一个埋藏了多年的秘密有可能马上被揭开，何夕的心里就按捺不住地感到紧张。许多年来由于那个事件，在家人的眼里何夕不是一个很健康的人。尽管他们并没有因此而嫌弃他，但是他们显然把他看成与他们不一样的人。何夕至今还记得父亲临去世前看着他时的眼神。父亲已经说不出话，但他对这个自小便与众不同的儿子显然放心不下。何夕读懂了他的这种眼神，如果翻译成语言的话那就是"你什么时候才能和别人一样正常？"，正是这一点让何夕至今不能释怀。何夕从来都认为自己是正常的，但他也不明白为什么只有自己才看得到那些影子。出于可以理解的原因，家人都非常小心地保守着这个秘密，但还是有一些传言从一个街区飘到另一个街区。当何夕走在大街上的时候，他会很真切地感到有一些手指在自己的背脊上爬来爬去。每当这种时候何夕的心里就会升起莫名的伤悲，他甚至会猛地回过头去大声喊道"它们就在那儿，只是你们没看到"。一般来说，他的这个举动要么会换回一片沉静要么会换回一片嘲笑。

当然，还有琴，那个眼睛很大、额前梳着宽宽刘海的姑娘。每当想到这个名字的时候何夕的心里就会滚过一阵绞痛。她离开了，何夕想，她说她并不在乎他的那些奇怪的想象，却无法漠视旁人的那种目光。她是这么说的吧……那天的天气好极了，秋天的树叶漫空飘洒，真是一个适合离别的日子。有一片黄叶沾在了琴穿的紫色毛衣上，看上去就像是特意做出来的一件装饰。琴转身离去的背影真是美极了，令人一生难忘。

检索结束了，但是结果令人失望，电脑显示这个地名是不存在的。何夕感到自己的心脏在往低处沉落，他不死心，重新放宽条件检索了一遍。这次的结果让他彻底失望了，不仅没有什么"枫叶刀市"，就连与它名称相似的城市也是不存在的。

何夕点燃一支烟，然后非常急促地把它吸完。他不明白发生什么事情了，那个城市，为什么那个城市是不存在的，它应该存在，他明明看到了它的名字。它肯定就在世界的某个地方，由于海市蜃楼或是别的什么很普通的原因使得何夕看到了在这座城市里生活的人，一定是的。何夕有些发狠地想，我是正常的，和别人一样正常，我会证明给所有人看。但是，那座城市究竟在什么地方？那座枫叶刀市。

就在这个午夜梦回的晚上，何夕做出了一个大胆的决定——他要去寻找一座叫做"枫叶刀"的城市。秋虫还在窗外不知疲倦地呢喃，月光把女贞树以及盆栽的龟背竹的身影剪裁后贴放在窗帘上，当晚风拂过的时候就会很有韵致地摇曳。何夕那时还不知道，为了这个决定他将经历那么多常人无法想象的事件，并且付出无比沉重的代价。

二

天亮之后何夕没有到他工作的报社去上班，他打电话请了假，然后便开始在电脑上写一封信，大意是向每一位收到这封信的人询问关于枫叶刀市的线索，同时希望他们能够把这封信发给另外一些他们认识的人。信写好之后何夕做了些必要的润饰以便不显得过于唐突。做完这些之后，何夕便向他能找到的所有电子邮箱发出了这份邮件。本来何夕也想在这封信里简单交代一下自己为何想要去寻找这座城市，甚至包括那些影子的事情，但是他最终没有这么做，同时他还在多处电子公告牌上发出了询问信息。做完这些事情之后何夕有种如释重负的感觉，他坚信自己能够达到目的；因为几天之后这个世界上起码会有好几万人会知道这个枫叶刀市，而且随着时间的推移知道的人会越来越多，就像是从山坡上往下滚一个雪球。何夕感到满意的还有另外一点，那就是以前是他一个人为这件事感到苦恼，而现在苦恼的应该不只是他一个人了。

快了，就快有消息了。何夕非常惬意地想，反正这个世界上是有枫叶刀市这个地方的，现在通过世界各地的这么多人去打听一定找得到的。这样想着的时候何夕觉得自己真是聪明。何夕曾经设想过那封信会招致的各种后果，但他从没有想到那封信竟然会招来警察。发出信息后的第二天下午，20名武装到牙齿根部的警察冲进了报社，以涉嫌危害公共安全的罪名带走了他。何夕当时正闲着没事，他看到一群警察进屋来根本没想到和自己有什么相干，待到人家目标明确、如临大敌地冲上前来的时候，他还下意识地朝自己身后看去——当然，他的身后没别的人了。

何夕没料到警察会抓走自己，同时他更想不到警察并没有把自己送往警局。当何夕眼前蒙着的黑布被除去的时候他发现自己处在了一个完全陌生的环境之中。这是一间很大的屋子，装饰风格是那种简练的豪华，这样的品位可以看出此间主人必定不是常人。何夕局促地站了一会儿，一直没见有什么人进来。从窗户看出去外面山清水秀风光迷人，从高度上判断这是一幢建在山腰上的建筑。何夕正想仔细探究一番的时候门突然开了。

来人是一位40出头的男子，衣着样式考究做工精良，目光中显露出只有地位尊贵者才具有的非凡气度；整个人都给人一种高高在上的感觉。

"下午好，何夕先生。"来人彬彬有礼地点点头，"我是郝南村。"

"是你让人带我来的？"何夕小心地问道。

"虽然显得有点虚伪，但我还是要纠正一个字，不是带你来，是请你来。"郝南村不紧不慢地说，给人感觉是那种做事不紧不慢的人。

"就算是吧。"何夕含糊地答道，他并不想惹眼前这个人，"可是你们，请——我来有什么事？"

"是为你发布的消息。我们在互联网上的公告牌里看到了那则消息。"郝南村眯缝着的双眼给人的感觉像是两把锋利的刀，"你在找一座城市。"

何夕来了精神，他甚至忘了自己当前的处境："难道你有那个地方的线索？快告诉我。说实话，这个问题已经困扰我很久了。"

郝南村不易察觉地皱了下眉："你还是先说说你为什么会想到去找这

个地方吧。"

何夕犹豫了一下，他在想有无必要把自己的秘密告诉给对方。但是对真相的渴望压倒了一切，何夕最终还是把整件事情的前因后果交代了一个彻底，说到兴头上的时候就连那个离他而去的姑娘也抖落了出来。他实在是太想知道这一切都是为什么了。

这回郝南村的眉头明显地皱到了一起，一副百思不得其解的样子。他紧盯着何夕的脸，目光里有毫不掩饰的怀疑。

"从小时候……"郝南村喃喃地说，"也就是说有20来年了。"

"唔，"何夕点头，"我看也差不多。那会儿我才七八岁，现在我都快30了。喏，就因为这事连个女朋友都找不到，人家都以为我不正常。"

"你是说只有你能看到那些影像？"郝南村问道，"你确认别人都看不见？我是说在那些影像出现的时候。"

"那些影像从来就没有消失过，它们一直在那儿，只不过别人看不到而已。"何夕说着话有些出神，"我觉得它们仿佛就生活在那里，那座叫枫叶刀的城市。"

"是吗？"郝南村笑了笑，"可是并没有那样一座城市。"

何夕一愣，他没想到对方会这样说："这不是真话，一定是有那么一个地方的。你带我来也是一定因为这个原因。"

"这只是你的想法。"郝南村摇摇头，"这个世界上并不存在那样一座城市，不信的话你可以去周游世界来求证。你的古怪念头是出于幻觉。忘了告诉你，我是一名医学博士，这里是一所顶级的医院，负责治疗有精神障碍的病人。我是医院的名誉院长，我们愿意为你支付治疗费用。"

"你的意思是……"何夕倒吸一口凉气，"我是个病人？"

"而且病情相当严重。"郝南村点头，"你需要立刻治疗。我们已经通知了你的家人，他们听说有人愿意出钱给你治疗都很高兴，并且他们也认为这是有必要的。喏，"郝南村抖动着手上的纸页，"这是你家人的签字。"郝南村摁下了桌上的按钮，几秒钟后便进来了四名体形彪悍身着白大褂的男人。

"带他到第三病区单独病房。他属于重症病人。"郝南村指着何夕说。

何夕看着这一切，他简直不知道发生什么事情了。自己转眼间成了一名精神病人，他感觉像是在做梦。直到那四个男人过来抓住他的胳膊朝外面走去时，他才如梦初醒般地大叫道："我没有病，我真的能看到那些影子，它们在上楼梯。它们就住在那里，住在枫叶刀市。我没有病！"

但是何夕越是这样说那四个男人的手就握得越紧。走廊上有另外几名医生探头看着这一幕，一副见惯不惊的模样。郝南村笑着耸耸肩，做了一个表示无奈的动作，然后回身进屋关上了门。几乎与此同时他脸上的笑容立刻便消失了，代之以阴鸷的神色。

三

牧野静出门的时候显得很慌张，她几乎是一路小跑着冲到地下停车场的。进到车子里后她立即拨通了可视电话，屏幕上欧文局长的脸色相当紧张。

"第36街区148号，华吉士议员府邸。知道了！"牧野静大声重复着欧文的话，"我立刻赶过去！还有别的人吗？"

"这件案子暂时由你一个人负责。"欧文强调一句，"根据初步情况判断，这件案子可能又与'自由天堂'有关。"

牧野静悚然一惊。自由天堂，新近崛起的神秘组织，与别的一些组织不同，这个组织出世之初简直就像是警方的盟友；因为它只干一件事情，那就是铲除别的组织。在不到一年的时间里，它接连不断地颠覆了不下十个警方一直束手无策的老牌社团组织，但是谁也不知道它用的是什么办法。总之在这一年里警方的日子真是好过得很，每天都有好消息传来。但是这样的情形没有永远持续下去，警方很快发现这个神秘组织的势力越来越大，那些被颠覆的组织实际上是被它吞并了；而它后来的几次行动更是让警方认识到真正可怕的对手出现了。

应该说这些都只是警方的猜测，因为没有任何证据能够证明这个组织与近来发生的几起恐怖事件有关。警方只是发觉凡是与"自由天堂"作对的人或组织最终都莫名其妙地遭到打击。两个月前的一个雨夜，主张对所有非法组织采取更强硬态度的刘汉威议员突然死于家中；一个月前与刘汉威持相同观点的另一位议员也暴毙街头。而现在轮到了华吉士议员。

"那我原先负责的那些CASE怎么办？"牧野静问道，"尤其是我最关心的那件。"

欧文皱了下眉："你是说那件热带沙漠发生雪崩的谣传？"

牧野静忍不住插言道："我不认为那是谣传。我相信那些当地人的说法，他们不像是在编故事。我已经花了近一年的时间来调查这件事情了，现在可不想半途而废。"

欧文淡淡一笑："还有比赤道沙漠雪崩更离奇的故事吗？我老早就想劝劝你了，有些事情就算还有疑问也没必要去过多地深究；因为这是违背常识的，最终你会发现这只是在早期的某些陷阱让你误入歧途了。"

"可我当初去过现场。"牧野静坚持道，"我见到了冰雪融化后留下的冲击痕迹。"

"谁能保证不是那些企图制造假新闻来促进旅游业的当地人撒上去的？"

"可是气温呢？当时那里的温度明显低于正常值，这肯定是冰雪融化造成的。"牧野静涨红了脸，几乎是在喊叫了，"而且雪崩还压死了两个当地人，那可是两条人命！我可不相信这是什么假新闻，除非那些人都疯了。"

欧文面色不豫："我不想争执，你已经在那件事情上耗了太多时间。我们没有太多闲钱来做一些看起来无希望的事情，有些案子必要时只能挂起来。这样吧，你自己选择，要么负责调查眼下这件事情，要么继续调查神奇雪崩。"

牧野静懂事地闭上嘴，露出无奈的表情。过了一会儿她点点头说："那好吧，雪崩的事情以后就算是我的业余爱好。我现在就去36街区。"她甩甩头发，竟然有潇洒的味道，"现在这件事听起来也很有趣。"

"不是有趣，是危险！"欧文正色道。

36街区是一片环境优美的居住区，有不少知名人士都住在这里。整个街区都笼罩在翠绿的树影里，显得幽静而舒适。但是现在这里不再平静了，因为发生了恐怖事件。在街区的东角正围着一大群人，警车的嘶鸣打破了这里固有的宁静。

"请让我进去。"牧野静一边举起自己的证件一边往里挤。

这时一名体形彪悍的警察走过来非常负责地查看她的证件，他有些迟疑地看着牧野静的脸说："好吧，你可以进来，不过里面可能有危险。"

"什么情况？"牧野静问道。

"我们接到华吉士议员家人报警，称华吉士议员被劫持了，我们立即赶了过来。现在我们正在想办法和对方谈判。"

"是什么人干的？"

"不知道。"警员指着不远处的一扇门说，"那是洗手间，华吉士议员就在里面。我们已经封锁了所有出口。"

牧野静朝门的方向走过去，有几名警员正用枪指着门，大声地朝里面喊话。从门缝里可以看到灯光的闪动，说明里面还有动静；同时可以听到一些沉闷的声响不时从门里传出来，像是有人在挣扎。

"你们已经被包围了！"有一名身材高大的警员一遍接一遍地喊道，"立即放下武器出来投降，否则一切后果自负！"

这时突然从门里传来一阵很大的响动，之后便再没有了丝毫动静。牧野静心里暗暗叫了一声糟糕，几乎与此同时，警员们立刻开始了行动。他们开枪打掉锁冲了进去，但立刻便僵立在了当场。

牧野静紧跟上前，她立即明白警员们何以会呆若木鸡了；因为洗手间里面居然只有华吉士议员一个人。窗户紧闭着，其实就算窗户打开也不可能有人能够从那里逃逸，因为窗户上打着钢条。华吉士议员面朝上倒在血泊中，身上只穿着睡衣，一柄样式古怪的小刀贯穿了他的右胸。牧野静冷静地看了眼华吉士议员的伤势，然后摇了摇头。很显然，他的伤已经不治。这时华吉士议员的嘴唇突然翕动了一下，牧野静急忙将头埋下去想听清楚他最后的遗言。

"……那个人……要我撤销提案……我不同意……"

"他人呢？"牧野静急切地追问。

"朝那儿走了……"华吉士一边说一边将目光扫过房间，牧野静知道这就是那个人离去时的路线。但是华吉士的目光斜向了房间的上方，最后停在了天花板的左上角。

华吉士的目光渐渐迷离："……他两腿一抬一抬地……走上去了。"

"然后呢？"牧野静大声问道，她感到自己正在止不住地冒汗。

"然后……"华吉士议员的嘴里冒出了带血的浮沫，"然后……不见了。"他的头猛地一低，声音戛然而止。

四

"2074，来拿药！"胖乎乎的格林小姐扯着大嗓门叫道，她推着一辆装满药品的小车。躺在床上的男人立时条件反射地弹起，伸出瘦得像鸡爪一样的手接过格林小姐手中的小口袋。

格林满意地点点头，在她的印象里2074还算进步得比较快，刚来时他不仅拒绝吃药，并且和每一位医务人员都像是仇人一样。第一次给他喂药还是凭着几个壮汉才成功的。

"把药吃了。"格林柔声道。其实格林也并不清楚2074到底吃的是些什么药，感觉上好像和别的病人完全不同，都是些没有见过的奇怪的小丸子；当然，这是院长亲自安排的，格林小姐并不打算弄明白。自从一年多以前2074入院以来她每天都给他送药，但让她心里有些不解的是一般病人的药都会随疗程不同而改换，但2074的药却一直没有什么不同。但是这药无疑是有效的，因为现在的2074安静得像是一只小绵羊。

2074把药倒进嘴里，然后接过格林手上的水杯。他吞下药丸之后以一种讨好的表情指着自己的腹部对格林小姐露出笑脸。

"吃了。"他说，"都在这里了。"

格林小姐心里滚过一阵柔柔的感情，相比之下2074算是那种比较好侍候的病人，用非专业的话来说他是一个"文"疯子。一般说来像这种病人都是住在集体病房的，但2074却一直享受单间。

"乖。"格林很少有地拍拍2074的手说，"吃了就好。"

2074受了表扬之后有些脸红，憨憨地低下了头，露出几分害羞的神色，一缕口涎顺着他的嘴角流到了被子上，与原先的那些污迹混在了一起。他对口涎拉出的亮线显然有了兴趣，伸手揽住那道悬在空中的黏液，一牵一牵地把玩着，两眼笑得发痴。

格林小姐看到2074一边玩一边在念叨着什么，她注意地听了几秒钟，那好像是一个词。

"楼梯……那儿有个楼梯……"

格林小姐叹口气，楼梯，又是楼梯，从入院开始他就不停地在告诉每个人有一个楼梯。格林小姐撑起身，推着小车准备出门到下一个房间去。这时突然有一个男人拿着一页纸冲了进来，他一边走一边大声地喊："何夕，谁是何夕？"

格林拦住来人："马瑞大夫，你找谁？"

来人没有回答，他的目光四下里搜索着，然后像是有大发现般地叫道："2074，对啦，就是你！"他冲到床前对着那个干枯瘦削正在玩口水的男人说，"恭喜阁下，你的病全好了，可以出院啦。来，签个字吧！"

何夕一脸茫然地看着这个突然闯入的男人，有些害怕地往格林小姐身后躲去。

"吃了。"他露出讨好的笑容指着腹部说："我吃过药了。"

马瑞不耐烦地把一支笔朝何夕手里塞去："你已经病愈了，该出院了！"他厌恶地皱了下眉，"我就知道免费治疗只会养出你们这些懒东西，好吃好喝又有人侍候，这一年多可真是过的好日子呢。别装蒜了，检验报告可是最公正的！"

何夕不知所措地看着手里的笔和面前这个嗓门粗大的男人，像是急得要哭，过一会儿他突然调转笔尖朝嘴里塞去。

"这不是药！"格林小姐急忙制止了何夕，转头对着马瑞说，"你是不是弄错了，虽然我只是一个护士，但我一直负责看护这个病人。我能够确信他还不到出院的时候。"

"那我可不管。"马瑞摆出公事公办的样子，"反正上面安排这个病人出院。如果是病人自己出钱的话他愿住多久就住多久，不过这可是免费治疗。现在上边让他出院，以后也不会给他拨钱了，你叫我怎么办？"

"可是他的病真的没好！"格林看着何夕，"他这个样子出去只能是一个废物。"

"这不是我管得了的！给他收拾一下吧，病人的家属还等在外边呢，以后自然由他们来管他，可没咱们什么事。"

格林小姐不再有话，马瑞说得对，这不是她管得了的事情。她摇摇头，开始给何夕换上一套干净的衣服。马瑞做了个手势，从门外走进来一个理发师模样的年轻人。然后他便很娴熟地操着家伙给何夕理发。格林小姐沉默地看着这一切。随着何夕乱糟糟的头发逐渐理顺，格林小姐才发觉何夕其实是一个相当英俊的男人，如果不是因为这个病的话他一定会迷死许多女孩子的。

理完发格林将何夕的手放到马瑞的手里说："你跟着他去。"

何夕害怕地想要挣脱马瑞的手，但是格林小姐用严厉的目光制止了他。片刻之后这间狭小的病房里便只剩下了格林小姐一个人，她低头理着床褥，但是却静不下心来。走了，那个病人。格林有些神思恍惚地想，他还是一个病人，谁都能一眼看出来；可我们居然让一个根本没有痊愈的病人出院，谁来告诉我这到底是怎么一回事？

五

牧野静刚刚走进会议室就感受到了巨大的压抑。在这间足以容纳100人的房间里只坐了不到10个人，但是他们中的每一位都是令人无法轻松面对的人物，在此之前牧野静从未想到自己有朝一日竟然可以这样面对面地见到这些大人物。同时她立即意识到自己此行的任务绝不是上司交代的那样简单。此次她受命将华吉士议员遇刺案向国际刑警总部专程前来的高级官员汇报。

牧野静详细地叙述了华吉士议员遇刺案的经过，尤其是他最后那番奇怪的话语。牧野静注意到她的听众都很认真，其中大多数是她的同行，只不过他们之中每个人肩上的徽章都令她不敢喘口大气。另外有几个身着便装的老人看不出他们的身份，但从另外那些人对待他们的态度上看，他们的地位似乎极为尊崇。面对他们牧野静心里有种奇怪的感觉，怎么说呢，他们举手投足间都有种令人无法漠视的威严，就像是——法老。法老？牧野静愣了一下，为自己心里突然冒出的这个词。但是这几个人的确让她有这种感觉，只是她也不知道自己为什么会有这种感觉。

"等等。"这时一位头发雪白的老人打断了牧野静的发言，"我是江哲心博士，我想确认一下那个叫华吉士的议员真是那样说的吗？他当时的神志是否清醒？"

牧野静点点头："他的确是那样说的。至于说他是否清醒我很难判断，因为他当时就快死了。不过，"牧野静停了一下，"从我的感觉出发我认为他的话是可信的；因为当时他简直是拼尽了全身的力气来告诉我那些话。我觉得他正是为了说出这几句话才硬撑着没有立刻死去，所以要是说这只是些濒临死亡的人的幻觉的话我是决不会相信的。"

会议室里的几位老人交换了一下眼色，似乎接受了牧野静的说法，但是他们脸上的神色变得更加凝重了。

另一位表情刻板的老人开口道："我是崔则元博士，我想知道华吉士议员是否提到那个人的性别。"

牧野静想了一下，然后摇摇头："从他的话里判断不出那个人的性别。"

"看来出现了一个奇怪的人。"江哲心小声地对旁边的几个人说，"可怕的概率数，我们有大麻烦了。"

牧野静迷惑不解地看着这群人脸色严肃地议论，她不明白发生什么事情了，不过从直觉上她能感到这是一件非同小可的事情。

她忍了一下但还是开口问道："你们可不可以告诉我这是怎么回事？"

正在讨论的人们停了下来，注视着牧野静。过了一会儿江哲心说道："对不起，这件事涉及政府最高机密，我们不能对你说明。现在你可以走了。"

牧野静不再有话，这里每一个人的级别都能够叫她乖乖闭嘴。她左右看了一眼，知趣地退出了会议室，不过还是有一些低低的絮语钻进了她的耳孔。

"以前的那个人现在什么地方？"一个嘶哑的声音问道。

"让我查查……唔，就在本市，47街区61号。"

"能否联系上？"

"这……恐怕没有什么意义。"

"为什么？"

"因为当时按照五人委员会的指示已经做了常规处理。"

牧野静只听到了这些，因为她刚刚退出，会议室的门就关上了；但是这几句话已经在她的心里埋下了一个很大的结。她回到办公室，想要稍微整理一下近来这个案子的进展情况。但是电话响了，她拿起听筒，是欧文局长打来的。

"什么？"牧野静大叫，"要我交出这件案子。那怎么行，我一直都负责'自由天堂'的案子，现在一点眉目都没有就让我交出来可不行。"

"这是命令。"欧文的口气不容商量。

"难道是怀疑我的能力？"牧野静不想退让，"你准备把案子交给谁？"

"你错怪我了，这件案子以后不归我们管了，上边另有安排。你把卷宗整理一下，准备移交。"

牧野静放下电话，咬住下唇怔怔地站立了半晌。在她五年的职业警官生涯里这已经是第二宗被强行终止的案件，而且这种强迫行为都发生在近几天；更要命的是这件案子又是那么吸引人，这样的案件对于一名尽忠职守并且渴望成功的警官来说其诱惑力简直大得没治。

"这件案子是我先接手的，我不能就这样交出去。"牧野静突然说出了声，她自己也被吓了一跳；但是她的决心就在这一刻下定了。

六

47街区在这座城市里算是比较破败的区域，充斥了大量低矮老旧的公寓房子。牧野静花了好几个小时才找到了61号在什么地方。那其实是一片行将拆除的老式院落，住着大约三四户人家。牧野静打听到这里有一个人患有精神疾病，曾经有不明身份的人出资给他治疗过但是没能治好，除此之外这里再没有什么值得注意的人物。牧野静直觉地感到自己要找的也许就是这个名叫何夕的人。

牧野静推开没有上锁的门走进院子，地上到处流着脏水，散发出难闻的气味，几盆失于照料的蔫兮兮的花在院子的角落里瑟瑟地颤抖着。牧野静看到在院子的左方的墙边坐着一个满脸络腮胡的男人，他正半眯着眼惬意地晒着太阳，一丝亮晶晶的口涎从他的嘴角直拖到显然已经很久没有洗过了的衣领上，在那里濡湿出一团深色的斑块。有一些散乱的硬纸板摆在他面前的地上，旁边还有半桶糨糊和一些糊好的纸盒。

这时一个老妇人突然从一旁的屋子里走了出来，猛地朝那个正在打瞌睡的男人的肩上揉了一拳："死东西，就知道吃饭睡觉，干一点活就晓得偷懒。"老妇人说着话不觉悲从中来，眼睛红红地用力搋着鼻子，"30多岁的人了，就像个废物。不知道上辈子造了什么孽，老天爷叫你来折磨我。"

那个男人从睡梦里惊醒，万分紧张地看着老妇人挥动的手，一旦她的手靠近他的身体他就会惊惧地尖叫。过了一会他确信老妇人不会再打自己了，便慌忙拾起地上的家什开始糊纸盒，但眼睛却一直紧盯着老妇人的手丝毫不敢放松。

"请问……"牧野静小声地开口，"这里有没有一个叫何夕的人？"

老妇人怔了一下，这才注意到有人走进了这个院子，她露出疑惑的神情看着牧野静："你找他有什么事情？"

牧野静一滞，她其实也不知道自己找到何夕又能做些什么，她甚至不知道何夕到底是个什么样的人。那天她只是无意中听到了这个地址，并且凭猜测认为那些人提到的"另一个人"就住在这个地方，就连这个人同一名叫何夕的精神病患者之间存在联系也是猜测的结果。除此之外，她根本不知道其中到底有什么奥秘。

"何夕。"老妇人念叨着这个名字，仿佛在咀嚼一样年代久远的事物。一些柔软的东西自她眼里泛起，她的目光投向那个被她称作"死东西"的男人。"何夕。"她轻声地呼唤了一声，然后转头看着牧野静说，"他就是何夕，他是我的儿子。他本来是很好的，最多算是有点小毛病……"老妇人悲伤地揉了揉眼睛，"可现在却成了这个样子。"

那个男人并不知道旁边的两个人正在谈论他，现在他的注意力已经全部集中到了糊纸盒的工作上。蘸着糨糊的刷子在他手里飞快地运动着，只几秒钟便有一只形状整齐的纸盒从他手里诞生。不过当老妇人眼里的泪水滴落在地，浸出小块水渍的时候，他的动作会不由自主地放慢半拍，仿佛被什么东西触动。但是这个反应很快就会消失，只一秒钟后他便又沉浸到了那单调而无休止的工作之中，一丝口涎在他的嘴角与衣领之间牵扯着。

牧野静正想要说些什么的时候突然听得院外传来一片嘈杂声，像是有大群人在朝这边走来。

"就是这里！"有人高声叫嚷着。

过了一会儿，院子的门被推开，不下20个人一拥而入。牧野静惊奇地发现这些人她居然认得一些，比如说江哲心，还有国际刑警总部的几名高级官员；另外一些人居然是荷枪实弹的士兵。牧野静想不到这些人会突然来到这个地方，而且他们显然也是为了这个叫何夕的精神病人而来。

"你怎么在这儿？"江哲心意外地看着牧野静，"是你们局长派你来的？"

牧野静摇头："这是我自己的主意。"

"你知道些什么？"江哲心冲口而出，但他立刻意识到这样问反而显得事情复杂，"我是问你来这里做什么？"

牧野静心念一动，她决心不让对方知晓自己其实什么都不知道。她有一种直觉，这件事会跟"自由天堂"的案子有关。

牧野静淡淡地笑笑："我只是在同何夕聊天。"

"聊天……"江哲心狐疑地看着牧野静的脸，目光犀利得绝对不像是一个老人，过了足有几秒钟他才又开口说，"那我不得不打断你们了，现在我必须带走这个人。"

牧野静紧张地在心里打着主意："刚才我们正谈到关键地方，这件事情可能和'自由天堂'有关。"

江哲心愣了一下，看上去有些无奈："好吧，看来我们除了带走他以外还必须连你也一块带走。"他做了个手势，然后那些全副武装的士兵围拢过来。站在一旁的老妇人这时才明白发生了什么事，她挡在儿子面前说："你们不能带走他！"士兵们不知所措地回头看着江哲心，等他下命令。

江哲心放低了声音说："我们只是带他去治疗。"

老妇人警惕地看着那些士兵，眼里是不相信的神情。她的态度影响了何夕，他站起身，不信任地看着每一个人。这时牧野静才发现何夕的身材相当高大，如果要强行带走他肯定会费上一番周折。

江哲心博士想了一下，然后回头拿出对讲机低声说了几句什么。过了几分钟，一个胖乎乎的妇人从门口进来，她的目光一下子就盯在了那个仍在糊纸盒的男人身上。

"2074。"她说。

何夕稍微愣了一下，然后便摊开手露出了讨好的笑容。

七

这是格林小姐见到过的最为漂亮的病房，超过500平方米的面积，设施齐全应有尽有，豪华程度绝对不亚于五星级饭店的总统套房；而整间病房只住着一个病人，一个月来格林小姐也一直护理这一个病人，相对于她以前的工作这真算是享福了。

何夕正在吃药，品种花色相当复杂。按照格林小姐的经验来看这些药肯定不是治疗精神病人的，因为那种药通常会使服药的人表情越来越淡漠，脾气也会越来越趋于平和。而何夕现在却变得越来越烦躁，有时又长时间地沉默着发呆，像是在想什么问题。江哲心和另外一些格林小姐不认识但显然身份显赫的人每天都会来探望，他们注视着何夕的眼神简直就仿佛何夕是他们在这个世上唯一的亲人。格林看得出他们的这种关心的确不是做作，因为何夕的每一个变化都能够极大地左右他们的情绪。他们的内心似乎正在受着某件事情的煎熬，而何夕可能正与这件事休戚相关。

现在的何夕已经与一个月前判若两人，格林小姐如果不是一直陪着他的话肯定认不出现在这个时时眉头紧锁、眼睛里含着深意的男人，竟会是当初的那个白痴。也许他的病真的给治好了，格林想。不过有一个念头盘桓在格林小姐的心里挥之不去，她觉得现在的何夕与当初她第一次见到他时没多大不同，也就是说何夕当年被送进那所医院时可能是一个正常人。这个念头让格林小姐觉得可怕，因为如果承认这一点的话就意味着正是医院给何夕吃的那些药将他变成了白痴；而她正是亲手给他喂药的人。这个假定同时也可以解释后来为什么会匆匆忙忙地让何夕出院，因为那正是治疗的目的。每当格林意识到这一点时背心里就会浸出一层冷汗，然后她会立刻半强迫地甩甩头扔掉这个不该有的念头。

今天何夕并没有像往常一样在吃完药之后立刻休息，而是点起了一支烟。格林以前从不知道何夕会吸烟，但是在大约十天前何夕突然对香烟发生了兴趣，并且真的燃起了一支烟。当时格林小姐所下的结论就是这绝不会是何夕的第一支烟，因为他的姿势及享受的表情都老练之极。

何夕旁若无人地吐着一个个烟圈，仿佛根本不知道格林在一旁注视着自己。过了一会他像是下了决心般地对着面前的空气说了句："叫他们来。"

......

江哲心的内心并不像他的外表那样镇定，当他听到格林小姐传话说何夕想要见他时内心的狂跳简直无法自已。尽管他不愿承认，但是这个叫何夕的人对他及所有人而言都是极为重要的，从某种意义上讲，整个世界的未来可能都与这个人息息相关。

"你是说……"江哲心擦拭着额上的薄汗，现在房间里只有他和何夕两个人，他没有让别的人进来，"你完全想起来了。"

何夕冷冷地看着面前的这个老人："是的，我想起来你们是怎样把我抓走，又是怎样宣布我是一个疯子。"他的声音渐渐变低，"当然，我后来的确成了疯子和白痴……"

江哲心沉默着坐下，他的腿有些软："我知道这件事伤害了你，但是你现在必须帮助我们……"

"帮助你们？"何夕打断了他的话，"我为什么要帮助你们？"他大声吼道，"你们毁掉了我的人生，是你们把我变成了一个废物。我的天……"何夕涨红了脸，"而现在你居然说要我帮助你们！"

江哲心尴尬地笑笑："我只能说抱歉。我知道没有什么能够弥补你的损失，但是你真的要帮助我们。"

何夕平静了些，他直直地看着江哲心的脸："这样吧，你先告诉我这一切到底是因为什么。如果你们对我做的一切能够说出正当的理由的话我会考虑这个问题。"

江哲心的面部肌肉不易察觉地颤抖了一下，像是陷入了一个极难做出决断的问题之中。过了一会他迟疑地开口道："这件事情不是我一个人能够做主的，同时这个地方也不安全。除非'五人委员会'集体同意，否则我不能告诉你真相。"

"那好吧，我跟你走。"何夕点点头，"还有件事，我希望见到那天比你们早一些找到我的那个女警官。"

"为什么？"

何夕叹口气："因为我实在不想那么漂亮的一个女士变成白痴。"

八

"五人委员会"是一个充满神秘色彩的机构，它的成员是5名年龄从40多岁到80有余的著名专家。它实行的是终身制，如果某一位委员去世了才会由另几名委员推选新的成员。谁也不知道这个机构到底是干什么事情的，只知道它的级别很高，也许是最高的，因为谁也没有听说这个委员会隶属哪个部门。本来它的成员都各有各的工作，但近来这几个人却是联系频繁，这种情形已经许多年没有出现过了。

何夕一直不肯走进密室，直到他见到了江哲心带来的牧野静。当天她被带到一个荒僻的处所接受了足有半个多月的询问，她这才意识到问题严重，但事情的发展已经不由她控制了。三天前她被带到一所医院，大夫宣布她需要治疗。当时她用尽全身的力气挣扎嘶喊但都无济于事，而就在这个时候江哲心来到医院带走了她，这两天她一直住在酒店里。

何夕之所以让江哲心把牧野静带到今天会议的现场也是为了保护她，何夕想让她真正介入到这件事情中来。对秘密一无所知的人和对秘密了如指掌的人常常是安全的，而对秘密一知半解的人却多半处境危险——何夕自己的遭遇就是一个例证。尽管现在下结论还为时尚早，但何夕的直觉告诉他，整个事件里隐藏着一件很大的秘密。

密室的门在人们身后缓缓关闭，进入密室的人第一眼便会看到大厅正中那个直径超过10米由三维成像技术制造出来的半透明地球影像，它缓慢而静谧地转动着，如果仔细分辨的话甚至能看到海洋巨浪掀起的小小波纹，淡淡的经纬线标志在球体的表面浮动着。屋子里只剩下7个人——何夕、牧野静以及"五人委员会"。这些人里头何夕认识两个人，江哲心和郝南村。当何夕的目光落到郝南村脸上时久久都没有移动，看得郝南村有些不自在地左右四顾。

"我知道你的感受。"江哲心用规劝的口吻对何夕说，"当年郝南村博士只是尽自己的职守，有些事我们其实也是迫不得已。"

这时座在左首的一位满头银色卷发的老妇人开口道："何夕先生，我是'五人委员会'的凯瑟琳博士。"她又指着坐在她旁边的两位身着黑色西装的瘦高个男子说，"这是蓝江水博士和崔则元博士。我想另外几位就不用介绍了，你都认识。出于安全原则，我们五人以前虽然经常联系还从未像今天这样同时出现在同一个地方，所以，请你一定相信我们的诚意。现在由我来解答你的问题。当然，如果你愿意的话也可以向别的委员提问。"

何夕想也没想地就开口说道："我想知道枫叶刀市在什么地方。你们谁来答都行，喏，"他指着蓝江水说，"就是你吧。"

"何夕先生，你的历史学得怎么样？"蓝江水没有立即回答，并且反过来提问道，"我是说近代史。"

何夕不知道蓝江水为何有此一问，他想起了自己羞于见人的考分："老实说不太好，我对历史缺乏兴趣。"

蓝江水微微一笑："你还算诚实，你的回答和我们调查的结果一样。当初你在中学读书时历史成绩没有一次及格。"

"为什么调查这个？这有什么关系！"

"你如果处在我们的境地说不定比我还要小心，我们有必要知道你过去的一切。好了，暂时不说这个。我想问你知不知道'新蓝星大移民'？"

"是这个呀？"何夕有点小小的得意，因为这事他正好知道，"那是150年前发生的事件，当时人类已经发现了宇宙中有众多适宜生命存在的行星，于是他们挑选了一颗和地球情形差不多的，让许多人接受了冷冻，出发移民到那颗新行星上去了。我记得那颗行星同地球的距离是40光年，以光子飞船的速度算起来第一批上路的人已经到达很久了；而且我还知道在130年前的时候另外一些人移民到了另外一颗行星。"

蓝江水博士看着侃侃而谈的何夕，不禁摇头苦笑道："我不得不佩服政府高超的保密手段，这么多年过去了居然还能让人不起一点疑心。天知道我们哪里来的什么光子飞船，而且就算是有什么新蓝星又有谁能保证上面不是已经被其他智慧生物所占据，难道准备去打星球大战吗？"

何夕立时打住，他不明白蓝江水这句话是什么意思："你说什么？你不会是在告诉我那只是一次骗局吧。这可是载入了史册的伟大事件，正是这件事彻底缓解了地球的生态与发展的危机。"

凯瑟琳插话道："如果说那是一次骗局的话它也不是出于恶意，最多算是一种手段而已。政府花了大力气把某个蛮荒星球描绘成一片充满生机的新大陆，以此来吸引人们自愿移民。说实话，当时的地球确实已经相当糟糕了，超过200亿人居住在这颗其实最多只适宜居住100亿人的星球上。"

"如果这是骗局的话那么那些人都到哪里去了？"何夕倒吸一口气，"总不会是被消灭了……"何夕脸色变得发白，"我记得前后加起来超过150亿人。"

江哲心博士在一旁摆摆手说："你的想象力未免过于丰富了。'新蓝星大移民'计划虽然是场骗局但也不至于那么恐怖。至于说那些人……"他的目光投向了面前地球上深黄的一隅，"他们就生活在类似于枫叶刀市的城市里，和我们生活的城市并无什么不同。"

"枫叶刀市。"何夕念叨着这个名字，这个城市已经与他有着千丝万缕关系，甚至于改变了他的人生；但是他又的的确确对这个地方一无所知。

"他们生活在许多像枫叶刀市那样的城市里。"蓝江水的语气像是在宣读着什么，"他们一样地呼吸空气，一样地新陈代谢，一样地出生并且死亡，和我们没有任何不同——只除了一点。"蓝江水直视着何夕的脸，不放过他的任何一丝情绪变化，"组成他们的世界的'砖'和我们不同。"

九

何夕觉得自己越听越糊涂，他打断蓝江水的话："你还是没告诉我枫叶刀市到底是个什么地方。"

凯瑟琳博士笑了笑："我来告诉你吧。枫叶刀市是海滨的一座中型城市，人口约90万，大部分是华人。"

何夕有些恼怒地补充道："我是问它的地理位置。"

凯瑟琳的神色变得严肃起来："它大约位于东经105度，北纬30度。"

"等等。"何夕打断她的话，他的目光看着那个三维地球，"这不可能，那个地方是内陆，而且，"他倒吸一口气，"就在我老家附近。"

"不对。"凯瑟琳执着地说，"枫叶刀市位于枫叶半岛南端，面临枫叶海湾。"

何夕有些头晕地看着凯瑟琳博士一张一合的嘴唇，有气无力地说："我们两个要么是你疯了要么是我疯了。"

"你们都很正常。"是郝南村的声音，"凯瑟琳博士说那里是海滨，这是对的；你说那里是内陆丘陵，这也是对的。你甚至还可以说那里是雪山或是负海拔的盆地，这都是对的，因为那里的确有雪山和盆地。"

"你……你说什么？"何夕扶住自己的额头，他看不出郝南村有开玩笑的意思，"你知道自己在说什么吗？"与他同样吃惊的还有牧野静。

"我当然知道自己在说什么。"郝南村毫不迟疑地点头，"你们只要听完其中的原因就会明白我为什么这样讲了。"

"知道什么是普朗克恒量吗？"凯瑟琳博士轻声问道。

何夕在自己的脑海里搜寻着，那个东西大约位于大学阶段。他点点头说："我以前学过，那大概是一个常数，所有物体具备的能量都是它的整倍数。"

凯瑟琳颔首："你说的不算离谱，那的确是一个常数，具体数值是6.626乘以10的负34次方，单位是焦耳秒。按照量子力学的基本观点，世界并不是连续存在的，而是以这个值为间隔断续存在。间隔之间的能量值都是没有意义并且也是不可能存在的。这个世界上所有物质的能量和质量——你应该知道，按照质能方程这两者其实是一回事——都是这个值的整倍数。如果我们把这个常数看成整数1，那么这个世界上任何物体所具备的能量值都是一个很大的整数。比方说是15000，或者是9亿4千万零76，这些都可以，但是绝没有一件物体会具有诸如8.54这种能量值。从这个意义上讲我们不妨把普朗克量子数看作一块最基本的砖，整个世界正是由无数这种砖堆砌而成。”

何夕很认真地听着，他的嘴微微翕开，样子有些傻。应该说凯瑟琳讲得很明白，但何夕不明白的是她为何要讲这些。何夕看不出这些高深莫测的理论和自己会扯上什么关系。

“等等。”何夕终于忍不住打断了凯瑟琳博士的话，“我只想知道枫叶刀市在什么地方，你不用绕那么多圈子，我对无关的事情不感兴趣。”

凯瑟琳博士叹口气：“我说这些正是为了告诉你枫叶刀市在什么地方。”她的目光环视着另外的几名委员，似乎在做最后的确认，“枫叶刀市的确就位于我说的那个位置。”

“这不可能！”何夕与牧野静几乎同时叫出声。

“这是真的。”江哲心博士肯定地答复。

“你是说它是一座建在地底的城市？你们在地底又造了一座城市，甚至——还造出了地下海洋？”何夕有些迟疑地问，也许连他自己都觉得这个推测过于荒谬，他的声音很低。

凯瑟琳摇头：“我说了那么多你应该想得到了，我看得出你的智商不低。”

何夕心中一凛，凯瑟琳的话让他想起了一件事。是的，还有一种可能……但那实在是——太疯狂了。

“不可能的！”何夕喃喃道，他的额上沁出了汗水。

凯瑟琳的表情变得有些幽微，她的心思像是已经飞到了很远的地方，银白的须发在她的额头上颤巍巍地飘动。她的目光停在了地球上的某处，那里是一片深黄色：“枫叶刀市就在那里，一座很平常的城市，但是……”凯瑟琳顿了一下，“它是由另一种砖砌成的。”

十

"量子力学的基本原理给了我们一个强烈的暗示，那就是我们并不像自己通常认为的那样占满了全部空间。实际上即使这个星球上已经看不到一丝缝隙了它仍然是极度空旷的，因为在普朗克恒量的间隙里还可以有无数的取值，就好比在"1"到"2"之间还有无数的小数一样。"凯瑟琳博士露出了神秘的微笑，"你明白我的意思吗？"

"在枫叶刀市所在的那个世界里，普朗克常数有另外的起点。如果把我们的普朗克常数看作整数1的话，枫叶刀市的普朗克常数的起点大约是1.16。"江哲心语气艰难地开口道，看得出他每说出一个字都费了不少劲，"这就是答案。"

"另外的……值。"何夕仍然如坠迷雾，"这意味着什么？"

"你不妨想象一下一队奇数和一队偶数相遇会发生什么事情。"江哲心像是在启发，他注视着何夕的神情，"你应该想到那其实不会发生任何事情，因为它们都将毫无察觉地穿过对方的队伍；而我们与枫叶刀市之间正好相当于这种关系。"

"也许我的表述会引起误会。"江哲心补充道，"枫叶刀市的物质与能量仍然是按普朗克常量的值呈现出量子化的分布，却与我们的世界之间有一个确定的偏移量。如果把构成你身体的物质看作1，2，3，4，5……的一个整数等差数列的话，那么在枫叶刀市生活的某个人的身躯则是由1.16，

2.16，3.16，4.16，5.16……构成的一个非整数等差数列。如果你和这样的一个人相遇了的话……"江哲心停顿了一下，"你认为会发生什么事情？"

何夕的表情有些发傻："发生……什么事情。"他用力思索着，"我是不是会看到他身上有很多小洞。"

江哲心博士缓缓摇头："答案是你根本就感知不到他。他在你面前只是一团虚空。"

"可是他总会反射光线吧？"何夕插话道。

"问题是他所在的世界的所有物质都和他具有同样的普朗克常数偏移量，光也不会例外。"江哲心指指头上的灯光，"我举个例子，红色光的波长大约是0.0000006米。一个光子具有的能量值是普朗克恒量乘以光速再除以光的波长。在我们的世界里一个红色光光子的能量大约是3.31乘以10的负19次方，由这样的光子组成的光束能够被你的感官所感知只是因为你的身体处于与之相同的能量序列之内；而来自枫叶刀市的光线则不然，它们具有完全不同的能量序列，同样波长的一个光子的能量将是3.86乘以10的负19次方，而这个能量值对我们这个世界来说根本是不可能存在的。包括光线在内的那个世界的所有物体都可以毫无阻碍地穿越你的身躯，对它们来说你也只是一团虚空。你们之间的关系就像是数学里的平行线，永远延伸却永远不能相交。"

"你的意思是想告诉我就在我身体的周围还生活着另外一些奇怪的东西？"何夕神经质地伸手在空中抓挠着，"它们可以任意穿过我的身体，就像是我并不存在。"何夕突然哈哈大笑，他盯着自己的手，"这太荒唐了，你们不会是在告诉我现在我手里可能正好托着某个妙龄少女的芳心吧。"

"理论上的确有此可能。"江哲心博士严肃地说，"我们现在的这间密室在枫叶刀市所在的世界里是另一座中型城市的市区，你的手此时刚好

科幻乃梦中白马，
承载我们对未知世界的永恒追寻！

何夕

放在某位少女的胸腔里也未可知。"

汗水自何夕的额头上沁出来，他颓然地扶住墙壁，防止自己倒下去。牧野静的情形也不比他好到哪儿去。何夕吁出口气："好吧，我相信你们了，虽然从理智上讲我难以接受这一切。"他转头环视着屋子里的另一些人，"我想你们花这么多工夫告诉我这些不是为了让我长见识吧？说实话，你们要我做什么？"

江哲心博士没有直接回答这个问题，而是自顾自地往下说，"有件事情我还要告诉你，记得郝南村博士说过在枫叶刀市所在的位置上还有高山和盆地吗？"他停下来，"你明白我的意思吗？"

何夕想了一下："难道说还有另外的世界存在？"

"在200多年前的那个动荡不安的年代里，由于人口问题以及对自然的过度开发，我们的地球已经不堪重负。"江哲心的语气变得沉重，"不知道在你心中是怎样看待我们这些以科学为职业的人，不过我倒是觉得我们之中的大多数人都是良知的奴隶。当我们目睹人类的苦难时内心总会感到极大的不安——哪怕这种处境根本就是咎由自取。就在这时候我们的一位伟大的同行出现了，他是一位名叫金夕的华裔物理学家。金夕博士找到了一种他称作'非法跃迁'方法，可以将物质跃迁到另一层本来不可能的能级上。在他的方程式里总共找到了6个可能的稳定解，我们原有的世界只是其中的一个解罢了。"

"那另外的5个解岂不是对应着5个不同的世界？"何夕插话道。

"可以这样理解。当时的世界已经无法承受人类的重负，金夕博士唯一的选择是立即把所有的解都用上，尽管连他自己也不知道这样的做法到底是福是祸。也许你不明白这一点，但我理解他的心情。作为一位严谨的科学家，当面对这种重大问题的时候总是希望万无一失。但是他没有时间做进一步的验证了，人类的现状迫使他不得不尽快做出决定。政府全力支持了这项计划，从某种意义上讲我们现在的世界其实是由六重世界构成的。"

"六重。"何夕喃喃而语，似乎有所触动。

"的确有点巧合。"江哲心仿佛看透了何夕的心思，他的目光停在虚空中。那个孤独的地球开始闪烁起来，浩瀚的太平洋的腹心突然涌现出深黄的陆地；北美洲眨眼间消失得无影无踪，就像是被一场灾难吞没；而北冰洋成了北极洲，南极大陆则成为一片汪洋。

这是一个全新的地球！但这一幅新的版图并未保持太久，十几秒钟后另一幅完全不同的地球景象出现了……如此循环往复。

江哲心理解地望着何夕，他尽量使自己的声音平稳："当年佛陀把欲界分成包括地狱道、饿鬼道、畜生道、阿修罗道、人道、天道在内的六道，它们在业力的果报下永无止境地流转轮回。"他稍停一下，语气变得像是宣判，"此所谓六道众生。"

十一

"众生门"国家实验室位于南太平洋上的一座孤岛，从外表看这只是一座平常的热带岛屿，但是附近的渔民都知道这里是不能随便靠近的。而每天都有一些行踪不定的神秘船只和直升机从岛上驶向外界。

一号实验室位于小岛东侧约20米深的地底，在何夕身后有几十个人正在忙碌着，他们中除了少数几个人外何夕都不认识。

"我们已经很久没有启用过'众生门'了。"江哲心走到何夕的身后，他的思绪显然已经飞到了往昔，"我的前辈们设置了这个装置，用来将当时过多的人口发送到另外五个新创的世界去。"

"恕我直言。"何夕半开玩笑地说，"从感觉上讲我觉得你们的方法有点像是做'千层饼'。"他看了眼江哲心博士，"你是华裔，应该知道什么叫作'千层饼'吧。实际上还是那么多面粉，不过是人们凭借高超的手艺把它做成了一层层的，赏心悦目倒是不假，但对于肠胃而言它仍然和'一层饼'毫无区别。也就是说它骗得了眼睛可骗不了肚子。"

但何夕没料到的是江哲心竟然发了火，他涨红了脸说："我不喜欢把严肃的科学研究同一些无关的事物相类比，况且这也不是你应该关心的问题。"

何夕感到意外，他不知道自己的这个比喻怎么就冒犯了江哲心。从内心讲何夕倒是觉得江哲心是一个可亲近的人，至少何夕对江哲心的印象比对郝南村要好得多。

江哲心平静下来："请原谅，我不该发火。我可能是有些紧张。"他转头看着不远处高大的"众生门"说，"这套装置还从未有过失败记录。它的原理并不复杂，你应该知道，如果一个电子吸收了光子的话它就会跃迁到某个新的能级轨道上去。在'众生门'里有一种具备特殊能级的粒子将会辐射你的躯体，其能级不到普朗克常量的十分之一，在自然界中是不存在这种能级的。通过控制其强度，我们可以让你到达其余五个新创世界去。实际上我们之所以知道另外五个世界上的大概情形也是通过这种粒子传递讯息，比方说我们知道在其中一个世界上存在着一座叫作枫叶刀的城市。"

"如果失败会怎样？"何夕急促地问。

江哲心笑了："我知道你最关心这个。如果失败的话你会被送往非预期的某个世界，但肯定是另五个世界中的一个。放心吧，我们能够让你回来。"说完话江哲心急匆匆地朝忙碌的人群走去。

牧野静若有所思地看着江哲心的背影："我觉得有地方不对。"

"你说什么？"何夕吃了一惊。

牧野静小心地看了眼四周，同时压低了声音："你不觉得这里有些事情不能解释吗？"

"解释？解释什么？"

"你知道我是个警员，我是因为调查'自由天堂'的案子才牵涉到这件事情里来的。"牧野静说得很认真，"如果把这些事情同那件案子联系起来想的话……"

何夕愣了一下，那件案子他是知道的，这段时间他和牧野静几乎无话不谈，这也难怪，同是天涯沦落人嘛。当牧野静知道自己险些面临当年何夕的命运时吓得直吐舌头，而何夕也是从牧野静口中知道了整个案子的详情。当他听到华吉士议员死前描述的场景时很自然地想到了自己以前目睹的怪事，但他并未从中悟出什么来。现在牧野静突然提到这一层倒是让他心中一动。

"我甚至还有个更大胆的想法。"牧野静兴奋得满脸发红，"大约在一年前我调查过一件发生在热带沙漠的离奇雪崩事件。你想想看，这里边会不会有联系。"

"你不会是在说……"何夕欲言又止，他觉得这个想法太荒唐了。

牧野静却点头道："也许那就是真相。"

"我还没说呢，你怎么知道我说的什么。"何夕禁不住笑了。

"这就叫'身无彩凤双飞翼，心有灵犀一点通'嘛。"牧野静得意地跟着笑，以何夕的眼光来看她这副自鸣得意的笑靥真是动人极了。

"哎哟！"她突然轻叫一声，双颊泛起红晕。

"怎么啦？"何夕问，但他立刻知道是怎么回事了，因为他想起了牧野静刚才的那句话里可以包含的另一种意思。这样想着何夕也不禁有些讪讪然："你别多心嘛，说错了就说错了，我们……我们之间什么事也没有嘛。"话一出口他就知道自己又错了，遇上这种场面只能装糊涂，哪能有意卖弄明白呢。

"谁说错了。"果不其然，牧野静当即白了何夕一眼，"要你多事。"

"还是说正事吧。"何夕换了话题，"如果把雪崩看作是位于另一层世界的物质由于某种原因突然进入了我们这层世界的话也就好解释了。同样的，如果把那个人的突然消失解释为进入了另外一层世界的话也就没有什么奇怪了。"何夕的眼中放着光，"可是那个人根本没有凭借什么'众生门'之类的装置，难道？"何夕的脸色有些变了，"他能够在六个世界里自由往来？"

牧野静的声音有些发抖："而这个人居然还是个——杀人凶手。"

何夕倒是很平静，他重复着牧野静的话，觉得这一切简直令人发疯："是的，他是个凶手，来无影去无踪，执掌六道众生生杀大权的凶手。"

十二

江哲心博士颓然坐倒，他本来就是个老人，但现在他看上去又仿佛老了很多。过了好半天他才回过神来幽幽开口："原来你们叫我过来就是说这个，你们终于还是想到了。不错，这就是我们眼下的处境。"

何夕注视着面前这张苍老的脸庞，他知道这个老人还有许多话要讲。

"我们刚刚听到'自由天堂'的案子时就知道什么事情发生了，因为除此之外没有别的解释。'五人委员会'本来就是一个管理层叠空间的组织。"江哲心注意到了他的听众的茫然，"层叠空间就是指包括我们这个世界在内的六层空间。'五人委员会'成立于200年前，当时世界刚刚凭借人类智慧的伟大力量分化为六层平行的物质空间，其后又花了几十年的时间使得另外五层世界变得适宜人类居住。我想强调一点，我们说到空间分层的时候其实是指物质与能量分层。站在我的观点上看，空间和时间都是并不存在的抽象概念，空间只是对应着物质的存在，而时间则对应着物质的运动。当物质世界分层的时候空间和时间也就自然分层了。我们现在这个世界看上去并无变化，而另外五个世界则是全新的。整个空间范围以地球为中心，包容进地球以及大气层。如果区域之外的物质进入该区域的话也将被分层。比如说太阳光照射进这个区域时将被分为六层，并分别被每一层世界所感知。在这个空间范围内的原有物质元素都被分出了新的五层，新的物质元素层次在新的空间里组合出另一层世界。从理论上讲在那一刻它们甚至可以组成生命，但是这种概率实在太小。那些世界和我们这层世界相当类似，它们在初创之时拥有除生命之外的一切，比如水和空气，适宜的温度，以及土壤——虽然相当贫瘠。不过这已经足够了，因为它们是行星，是和地球同样规模的气势磅礴的超巨系统。对于一颗行星级别的系统来说，这些条件已经足以承载宇宙间无与伦比的奇迹，那便是生命。由于出自同一原始物质，所以这六层世界在位置上始终是大致重合的，但在效果上却是我们仿佛有了六个地球。"

"那'五人委员会'又是做什么的？"何夕插入一句。

"当时成立'五人委员会'是为了应付可能出现的异常情况。应该说在

200年来这个组织虽然地位崇高但却是无事可干，因为没有出现过任何异常情况。不过金夕博士倒是预言，按照量子力学的观点，这个世界本质上是按概率存在的，故而任何事情都可能发生，不过是概率大小不同。所以不排除可能存在某些可以穿梭于不同能级空间的特殊物体，比如说某一个质子，或是某一个光子，其概率按方程式解出的值都小于千亿分之一。"

何夕心念一动，"如果是一个大的物体呢，比如是某个人？"

江哲心的身躯颤抖了一下："以人这样大小的物体来说，出现某个可以自由穿梭层叠空间的人的概率不到百万亿分之一。这种概率可以认为是不可能。"

"你撒谎！"何夕突然说道，声音之大令他自己都有些吃惊，"我们这个世界上大约有100亿人，我想另外几个世界也差不多，加起来不到700亿，但是居然出现了可以自由穿梭层叠空间的人，这和概率数的反差太大了吧？"

江哲心的脸色立时变得惨白，汗水从他的额头淌下来，他的眼里充满复杂的神情。过了半晌他才叹了口气说："看来我必须告诉你们另外一些事情。当初我告诉你金夕博士的方程式有六个稳定解并非实话，真正的稳定解只有五个，这也是自由物质出现概率数足够小的解。当年世界只是分成了五层，这样的情形保持了近200年。但是……"江哲心再次叹了口气，"在现在的委员会里我算是资格最老的一名委员，我是在50年前进入'五人委员会'的，当时我把这看作至高无上的荣誉，我从内心真诚地希望在这个位置上为人类做出自己的贡献，当时的我可说是雄心万丈。"江哲心突然露出惨淡的笑容，"如果我能够知道事情后来的发展的话，我倒是宁愿自己是个胸无大志的人。"

"后来到底发生了什么事？"牧野静小声问道。

"我不知道金夕博士遇到这种情形会怎么办。"江哲心陷入了往事的回忆之中，"也许他也会和我们一样。大约在50年前，五重世界人口增长到了600亿，几乎是'新蓝星大移民'之前的三倍。自从'新蓝星大移民'之后，人们认为宇宙间自然而然地应该为人类准备下舒适的居所，只等着人类去发现罢了。在日趋强大的压力面前我们屈从了，于是有了第六层空间。"

"我明白了。"何夕扶住自己的额头，心里升起一股寒意，"那是一个不稳定的解。"

"当时'五人委员会'以3：2的表决结果通过了这个决定。"江哲心的目光看着高处，"我投的是赞成票。现在第六重世界正处于生态改造的最后阶段，第一批移民计划将在三年后进行。本来一切都是好好的，没有什么事情发生。从理论上讲这个举动使得自由物质出现的概率加大了，对人而言大约是2000亿分之一。"

"2000亿分之一？"何夕喃喃而语，"也就是说从理论上讲并不到一个人。"

江哲心苦笑一声："那是理论上的概率，但是我们中彩了。实际上不仅出现了这样的人，而且是两个；当然，我想也不会再多了。其中一个是那个可怕的凶手，而另一个人就是——"江哲心的声音颤抖了一下，"你。"

十三

"我？"何夕惊奇地反问，尽管他心有预感但还是受到了巨大的触

动，"你是说我就是那种可以自由穿梭层叠空间的人？"

江哲心郑重地点头："2000亿分之一的概率让你遇上了。"他沉吟了一下，补充道，"相当于连中几千个六合彩。你可以将自己连同周围小范围的空间一起跃迁到另一层世界去，比方说你自己连同身上的衣服或是一些小玩意儿；当然，也不会更多了。

何夕回头看了一眼忙碌的人群，江哲心的比喻让他觉得好笑但却笑不出来："不会吧！如果我是那种人，你们又何必花这么多精力来启用'众生门'？"

"我们是为了帮你。通过'众生门'你可以尽快发现自己的全部潜力，'众生门'只是起一个引导作用，过不了多久你就能够凭自己的力量自由来往于层叠空间了。"

何夕若有所思："但是那个人是怎么做到这一点的？你们总没有帮助过他吧。"

江哲心博士蹙紧了眉头，像是在思考一件令他费解的事情，过了好半天才说："关于这一点我们不知道。他并不一定来自我们这一层世界。"

这时凯瑟琳博士在不远处招手道："可以开始了。"随着她的话音，大厅中响起一阵奇异的声音，半分钟之后一个巨大的深不可测的黑色圆洞突兀地浮现在了大厅正中。四周安静下来，所有人都目不转睛地注视着黑洞。它是人类智慧最伟大的发现，它是奇迹，它通向宇宙中原本不存在的物质区域。

江哲心博士满脸虔诚地注视着这一切，一种近于神圣的光芒在他的眉宇间浮动着："这是一个小的装置，当年用以传送大批人的'众生门'比这大得多。"

何夕突然露出一个奇怪的笑容，对江哲心说："你们很自信嘛，凭什么就认为我会愿意做这个实验呢？"

江哲心吃了一惊，他看着何夕的目光就像是看一个陌生人："这是什么意思，我们不是有约定吗？"

何夕脸上仍然是那种奇怪的笑容："你不妨回忆一下，从头至今我何曾说过一句同意的话？我只是保持沉默罢了。"

江哲心沉不住气了，他看上去就像是一个因为棋错一着面临着满盘皆输局面的人："你……你不说话就是默认。"

何夕倒是气定神闲："我只不过是想知道整件事情的来龙去脉，现在我的目的达到了。至于别的事情嘛，与我无关。"

江哲心涨红了脸，他指着何夕的脸想说什么但只是引起了一番剧烈的咳嗽。不远处有几个人想过来看看发生了什么事，但是江哲心摆手制止了他们。

何夕有些怜悯地看着这个老人，但是他的语气却冷得像冰："你也许认为我是一个反复无常的小人，抑或是一个疯子，这些都不重要。你知道吗？因为你和你的那些同行们的开创性研究，我从小就被认为是一个怪人，一个神经病！我失去了正常人应有的生活，失去了一切。当我想要弄明白这是为什么的时候你们甚至真的让我变成了一个白痴。"何夕的脸变得扭曲了，看上去有些狰狞，"我看过自己病中的照片，我像是一块面团似的靠在肮脏的床头，嘴里挂着几尺长的口涎，脸上却在满足的笑。我的天——"何夕闭上眼睛，"那是什么样的笑容啊，就像是一头吃饱了泔水的猪！可那就是我，的确就是我啊。如果不是因为现在你们有了麻烦需要我的帮助的话，我的一生都将那样度过。这就是你们对我所做的一切，而你们全部都心安理得。"这时何夕的目光落到牧野静的脸上，她的眼里有莹莹的泪光闪动，"还有她，你们当初是不是也打算让她变成那样的白痴？"

江哲心的语气变得很低："我只能说抱歉，为了保守秘密我们没有别的办法。"

何夕粗暴地打断他："那是你们的事！自始至终我有什么过错吗？我根本是无辜的。我不知道你们在研究些什么，也从不想知道；但是你们却不放过我。2000亿分之一的概率，相当几千个六合彩，这是你说的，可对我来说这根本不是什么六合彩，而是一场厄运。如果现在要我去选择的话，我宁愿去做另外那个人。"

江哲心又是一惊："你说什么？另外那个人？"

何夕捉弄地看着江哲心，就像是一只猫看着一只老鼠："你不觉得那个人比我聪明得多吗？他没有像我一样傻乎乎地到处去寻找答案，也没有寄希望于别人。现在他能够自由往来于六道众生之间，在每一层世界里他都是一个不受拘束的人，而这在实际上就相当于——神。"何夕注意观察着江哲心的脸，对方的表情让他的心里涌起阵阵快意，"他掌握了对六道众生生杀予夺的无上权力，他可以随心所欲地主宰这个世界；而这一切都是你们造成的。"何夕大笑起来，"如果说他是魔鬼的话，那么你们就是造就并且放出魔鬼的人。"何夕咧咧嘴，又说道，"还有件事。我想清楚了，发生在撒哈拉沙漠的离奇雪崩也是你们造成的，来自另一层世界的冰雪——对了，你们管这叫自由物质吧——压死了两个人。"他残酷地笑了笑，"那次算运气好，如果雪崩发生在某个上千万人的大城市的话，比如说纽约，不知道你们有没有胆量欣赏自由女神像手中的火炬从无边的雪原下面伸出来的画面。"何夕凝视着江哲心的眼睛，"是的，这种概率很小，可是别忘了，你说的概率里没有考虑时间。随着时间推移，这种机会将越来越多，直到成为一种必然。就好比某一地方在某一时刻发生地震的概率很小，但只要时间够长，任何地方都终究会发生地震一样。"

江哲心的脸已经变得苍白如纸，何夕说的每一个字都像是一把锋利的刀割在他的内心。何夕说的每一句话都是实情，有一个声音在他耳边萦绕着，是你们放出了魔鬼。江哲心博士再也站立不稳，他缓缓地瘫倒在地，而与他的身躯同时倒塌的还有他自己的世界。

十四

花香扑鼻的林荫道，风中飘洒的落叶，执手并肩的英俊男子和漂亮的女孩。一幅很协调的图画，但是还有——荷枪实弹的士兵，目光鹰隼般警惕扫视四周的警卫，吐着红舌、挂着口涎的警犬。

"好啦，别送了。"牧野静放开何夕的手，"你看那些人一个个都紧张死了，生怕你有什么意外。你跟他们回去吧。"

何夕体味着手掌里的余温："让他们等着，反正我是不会配合他们的。这段时间那个郝南村看着我的眼神就像是要吃人一样。"

"当然了，江哲心因为你的那番话心脏病突发，这里恨你的人肯定不少。"

"我才不管！只是这段时间连累了你。"何夕歉意地说。

"哪儿的话。"牧野静伸手拂去何夕肩上的一片落叶，"我只是想回去干老本行，我在这里闲得都要生病了。你回去吧。"

"好吧。"何夕转身，但是走了几步又回过头说，"有件事得问清楚。"

"说吧。"牧野静笑嘻嘻地看着何夕。

"我们都老大不小啦，凑合着就行。我是说——"何夕甩甩头，"当我女朋友你没什么意见吧？"

还没等牧野静做出表示，何夕已经回头大步走开了。他一边走一边嚷嚷，声音之大恐怕所有人都听得清清楚楚："你不吭声我就当你是愿意了，可不许反悔啊。以后没事可不能随便和男同事搭腔。"

牧野静突然也大声说："我要是吭声呢？"

何夕一愣，脚步停了下来。

牧野静接着说："我现在就要吭声了。"她的声音变得很低，但何夕每个字都听得非常清楚，"我愿意。"她柔声道。

……

郝南村反手关上了门，然后他转过头来有些恼怒地瞪着何夕的脸，语气冷得像冰："按照章程，现在由我接替江哲心博士执行委员的职务。他是我的老师，没有他的提携就没我今天的一切。如果他有什么不测的话我绝对不会放过你！我说到做到。"

何夕满不在乎地看着面前这个面色阴沉的中年人："我是不会合作的！"

"也许你对我有成见。"郝南村不紧不慢地开口，"老实说我并不想为自己辩解，谁让我当年是一个执行者的角色呢。你要是恨我尽管恨好了，但是我不希望你因此而违背自己的意愿。"

"违背自己的意愿？"何夕重复着这句话，"我不知道你在说什么。"

郝南村洞若观火地笑笑："何苦强撑。我知道你的性格，你和江哲心博士其实是同一种人。"他稍稍停顿了一下，"你们对世界和他人的苦难绝对不可能做到置之度外的。我知道你会同意的，只是时间早晚的问题。"

何夕的表情有些发呆，郝南村的话让他有异样的感觉，就像是被人点中了要害。

"这次反复只是你内心不满的表现，你只是忌恨当年我们那样对你。"郝南村悠然开口，"实际上你早就已经妥协了。不过我觉得与其说是向我们妥协，倒不如说是向你自己内心深处潜藏的某些东西妥协了更为恰当。我说的对不对你自己知道。"

何夕有些惊恐地看着郝南村，在这个人面前他感觉像是被人剥光了衣服。妥协，他回味着这个词，然后他极不情愿地发现郝南村说的居然是对的，这个人的目光竟然完全看透了他的内心世界。

郝南村递给何夕一支烟，自己也点上一支，袅袅上升的烟雾中他棱角分明的脸庞柔和了许多："同我的老师不同，我从不认为科学家们应该为这个事件负什么责任。"郝南村用目光制止了何夕想要反驳的举动，"你先听我说完。我知道你想说这是我在为自己开脱，但这是我内心真实的想法。人类缺乏能源，于是我们找到了原子能；人类缺乏粮食，于是我们找到了转基因生物；人类缺乏生存空间，于是我们找到了层叠空间。我们许身科学以求造福人类，难道能够对人类的苦难不予理睬？不错，我们同时给人类带来了核爆炸，带来了新变异的可怕物种，带来了自由物质和'自由天堂'，可是这难道是我们愿意的吗？我们其实就像是一头在麦田里拉磨的驴，为了给人们磨麦而转着永无止境的圆圈；同时因为踩坏了脚下的麦苗还必须不时停下来想办法扶正它们。这就是我们的处境。"

何夕叹口气："好吧，我承认被你说服了。实验可以继续了。"

……

"众生门"再次开启，如同一只怪兽大张的嘴。何夕朝黑洞走去，他突然觉得一阵心慌，仿佛有什么地方让他觉得不放心。别紧张，他安慰自己说，这个玩意儿传送过上百亿人呢。但是那种感觉越来越强烈，他觉得浑身都不舒服起来，就像是一把很钝的锯子在他的耳边锯钢条，让他起鸡皮疙瘩。

何夕突然逃也似的退回来，脚步踉跄险些摔倒。

直到面对凯瑟琳博士的眼睛时，何夕才醒悟到这件事多么难以交代，他讪讪地笑着说："可能是有点热。"

郝南村倒是没有说什么，他看着何夕只是摇了摇头，然后对其他人摆手示意行动取消。

"等等。"何夕突然说，"可能是因为我没有经验心里有点不踏实。"何夕脱下身上的外套扔进黑洞，它立即消失在了那片神秘区域中，"不如先拿它做个实验。"何夕说。

郝南村轻蔑地哼了一声，不知道是针对这个想法还是针对何夕刚才的举动："你知不知道做一次跃迁要花多少精力和费用？请不要总是用实验这个词，在200年前可以这么说，而现在已经不是实验而是实用了。"他转头对着另外几个人下命令，"关闭能源。"

何夕拦住他："我只是一个俗人，不敢相信自己没见过的东西。就当是给我点信心。"

"我看就依他吧。"蓝江水没好气地说，"否则他是不肯合作的。"

黑洞的方向发出低沉的声音，控制台上的提示灯开始急促地闪烁。十几秒钟之后一切静止下来，黑洞消失了。何夕第一个冲上前去，身后传来凯瑟琳平静地话语："那里什么都不会有的，你的衣服已经不在这个世界上了。"

但是何夕转过身来，他的手里拿着一样东西——是他的外套，只不过上面已经是千疮百孔。那些孔洞都有一个特点，它们的边缘相当整齐，这个世界上绝没有任何一把裁衣刀能切出这样整齐的孔来。"看来——"何夕古怪地笑笑，"实验是部分成功。"

所有人都面面相觑。"我的上帝，有人破坏了'众生门'"凯瑟琳博士低声惊叹。郝南村警惕地环视着四周，他的目光停在了大厅左角，那里堆放着一些很大的仪器，在灯光的照射下地上留下大片的阴影。这时从那里突然传来一声响动，郝南村立刻冲了过去，蓝江水紧随其后。

两声枪响。

人们这才反应过来，乱糟糟地朝着那边赶去。但是一个奇景出现了，有一个影子凌空朝着大厅的天花板走去，两脚一抬一抬地就像是在上楼梯。等到警卫们冲进来开始朝这个影子开枪射击时，那个影子突然消失在了天花板的一隅。

人群愣立着，枪声还在回响着。这时何夕才猛地想到郝南村和蓝江水。他急步朝前走去。

郝南村倒在一台仪器的背后，他的肩上中了一枪，人已经昏迷；蓝江水的情况更糟，子弹穿过了他的头颅。

十五

清晨的太阳从东方升起，慷慨地将喷薄万丈的光芒倾泻在大地上。云

彩被阳光染成了火红的颜色，幻化出无尽的变迁。

何夕走在一条已经废弃不用的道路上，周围没有什么人，道路两旁是一望无际的原野与低矮的山丘，四周分布着浓密的植被。微风起处，送来一股潮湿的带着咸味的味道。何夕走得很卖力，他已经出汗了。在他的正前方已经可以隐隐看到一些高大建筑的身影，这使得他受到了鼓舞。

这时旁边的一块路牌吸引了何夕的目光，他停下来注视着这块朽烂不堪的牌子，并且点燃了一支烟。何夕一直等到到这只烟燃完，他的两指间产生剧烈的灼烧感时才如梦初醒般地扔掉。他重新把手抄到裤包里，朝前走去。

何夕的身影渐行渐远，只留下一块朽烂的路牌在风中颤抖。这时一阵风将路牌吹得变换了方向，阳光照在了上面，显出一行已经不太清晰的字迹：

七公里，枫叶刀市。

……

"实验对象没有按期返回。"凯瑟琳博士注视着'众生门'，时间显示何夕离应该返回的时间已经超出了近六个小时。她没来由地一阵阵担心，如果这个何夕不愿意回来的话他们是一点办法都没有的。问题还不止于此，这个何夕实际上可以做他愿意做的任何事情。因为他是超出六道众生之外的另一类人，从某种意义上讲他就是想扮演上帝也不是不可能。

牧野静坐在旁边的椅子上，她咬着下唇一言不发，但眼睛里的焦急却是人人都看在眼里。

江哲心博士坐在轮椅上，才短短几天他看上去苍老多了。那天与何夕的争论引发了他的心脏病，如果不是因为郝南村博士正在治疗人手不足的话他本是不用来的。

"有没有重点观测枫叶刀市所在地区。"江哲心博士轻声问道，他自然明白凯瑟琳博士的心思。他补充道，"我的直觉告诉我何夕是可以信赖的，他的晚归一定是因为到那座城市里去了，如果换成我也可能这样做的。"

凯瑟琳明白了他的意思，对身边的人说："继续观测。"

但是何夕突然出现在了"众生门"里："我回来啦。"他有深意地看了一眼轮椅上的江哲心，

显然他听到他们的对话。

凯瑟琳博士指挥众人围着何夕做一些数据测量："对一般人来说穿梭一次层叠空间就如同脱胎换骨一样，最起码也像是大病一场；而且他们体内残留的辐射会持续很长一段时间。而你就没有那么多麻烦，那些特殊能级的粒子可以被你的身体包容，不发生一点辐射。你可真算是有运气。"

何夕反驳道："我可从来没碰到过什么好运气，有的只是被人当成疯子和白痴的坏运气。"

凯瑟琳一时无话，她沉默着做自己的事。

江哲心直视着何夕的脸说："你感觉怎么样，现在如果没有'众生门'你能不能穿梭层叠空间？"

何夕迟疑了一下说："还没那么快，我想起码还需要两三次实验吧。"

出乎何夕意料的是江哲心竟然笑了起来："你不要想骗我，我是相信理论的人，通过'众生门'获取经验一次就足够了。"

何夕有些尴尬地点点头："看来瞒不过你。我只是不愿意看着你们高兴的样子。"

江哲心叹口气："如果我是你的话也不愿意看着我们这些人高兴，甚至我还巴不得这些人撞得头破血流整天哭丧着脸才好。"

何夕也学着叹口气说："你比我想象的要聪明得多。"

江哲心笑笑，这使得他脸上的皱纹越发地沟壑纵横："这不关聪明的

事，而是近不近人情的问题。我站在你的立场上自然就能够猜度到你的心思。"

何夕稍愣，过了一会他幽幽地说："你真的是一个好人。"他环视了一眼四周，"有件事情我想单独同你谈。"

......

何夕推着轮椅走进密室，从这个角度看过去江哲心脑后的头发已经所剩无几。何夕关上门，转圈来到江哲心博士面前，看上去有些情绪激动。

"可以说了吧。"江哲心探询地望着何夕。

"我……"何夕给自己倒上一杯水，"我这次实际上去了两层空间。"

"为什么？"

"因为我在枫叶刀市看到了很不寻常的事情。你知道'自由天堂'吧。在我们这里它还是一个没有被正式承认的非法组织，但是在枫叶刀市的那个世界里它已经合法化。"

江哲心的脸色阴沉了，他望着墙角一语不发。

何夕继续说道："在那一层世界里'自由天堂'已经是第一大组织，有近30%的人口成为会众，而且人数还在急速增加之中。我同其中的一些人谈过，据他们说'圣主'是受命拯救世界，力量无边，可以操纵世间众生的生死祸福。他们中的一些人还目睹过'圣主'显灵。"何夕叹口气，"你不知道他们有多么虔诚，我觉得即使'圣主'要他们马上去死他们肯定不会有丝毫的犹豫，因为他们相信'圣主'将令他们永生。我感觉自由天堂主宰那一层世界是迟早的事情了。"

"你不是说你还去过另一层世界吗？"江哲心插话道。

何夕艰难地笑笑："情况更糟。'自由天堂'在那个世界里的影响更大，几乎所有人都陷于狂热了，站在教堂的神坛上接受礼拜的已经不是上帝，而是一个影子一般的雕像，他们说那是自由天堂的'圣主'。"何夕回想着他目睹的情形，"我觉得并不是那些人愚昧，因为他们目睹的的确是超出想象的事物，不由得他们不陷入狂热。"

江哲心摇摇头，脸上的肌肉不住地哆嗦着，想说什么但终究没有开口。过了一会他稍稍平静了些："还有别的事情吗？这次你到枫叶刀市去还有没有别的收获？"

何夕的身体抖动了一下，江哲心的问询触动了他。这次他违反了计划私自到枫叶刀市只是顺应了内心的一个声音。当何夕面对着枫叶刀市那宏伟壮观的城市风景时，当他看到巨大的玻璃幕墙反射出万丈阳光时，当他的手真切地在粗糙的建筑物表面划过时，当他的眼睛被滚滚红尘带起的喧嚣所灼痛时，他清楚地听到自己内心有一个声音在大声地说：我看到枫叶刀市了，我亲眼看到枫叶刀市了，我不是疯子。他的心思飞回了檀木街十号那幢老式的建筑，耳边回响着母亲的叹息，眼前划过漫天黄叶和黄叶里大眼睛姑娘离去的背影。两行滚烫的泪水顺着何夕的脸庞滑下来，滴落在异域的土地上发出清越的声音……

"你怎么了？"江哲心关心的询问惊醒了何夕。

何夕摆摆手说："没什么，我只是想起了一些事情。"他喝口水，平静了一下心绪，"我想说的是另一件事。你有没有发觉事情不对？我是说关于上次'众生门'被人破坏那件事。"

"我知道的，看来'自由天堂'的确势力庞大，我觉得那个影子——他们就是这样告诉我的——就是我们要找的人。"

"问题是他怎么进来的？"何夕焦急地表述着。

江哲心不以为然地笑笑："你这样问反倒让我奇怪。对能够穿梭层叠空间的人来说整个世界都是透明的，他可以天马行空往来无碍。如果别人这样问还情有可原，而你本身就是具备这种力量的人。"

"你没听懂我的意思。"何夕强迫自己冷静下来，"他自然是想上哪儿就上哪儿，问题是他怎么知道我们那天刚好要进行跃迁实验？事先知道这件事情的只有几个人，他还不至于能跑到别人的脑子里去吧？"

江哲心的表情有些迷茫，他喃喃道："是啊，除了'五人委员会'之外只有你和那位叫牧野静的女士事前知道这件事。会不会是牧野静？"

何夕大大咧咧地打断他："我可不这么想，那女孩虽然有些莽撞但是心地好着呢。"

"那你是认为问题出在我们这边了？"江哲心低声说。

"我也不是武断的人，现在我只是提出这种怀疑，毕竟事情过于巧合了一点。"何夕稍稍停顿一下，"我不知道该怎么说。"

"你就直说怀疑谁吧？"

何夕迟疑了一下："跃迁实验那天崔则元博士为什么没有来？"

江哲心悚然一惊："你怀疑他？"

十六

送走客人之后崔则元博士独自走进书房，他的神情显得很疲惫，自从3年前过了70岁生日之后，他自感精力已经大不如前。是时候退下来了，他想，同时他在脑海里搜索着一些后学之辈的面孔。他根本没有注意到有一个人已经站在他的背后很久了。

"你好。"来人大方地打着招呼，他整个身体都站在大书架的阴影里，看不出面容。

崔则元只是稍微表示了一点奇怪，几十年来他见过的东西太多了。

"如果不介意的话请将门反锁上。"来人不紧不慢地吩咐道。等到崔则元从命之后他低头拖过去一张椅子坐下来，竟是一副打算长谈的架势。

"你是怎么进来的？"崔则元决定一个一个问题地搞清，他知道自己作为"五人委员会"的成员一向受到最高级别的保护，一个人想要混进来即使从理论上讲也几乎是不可能的。

来人笑了，从笑声里崔则元听不出恶意："我是大摇大摆走进来的，没有人能够阻止我。"来人说着话走出了那片阴影，崔则元立刻知道来人的话并不是夸口了，因为那个人是何夕。

但是崔则元的惊讶之情反而胜过了刚才："你来做什么？"

何夕若有深意地沉默了几秒钟："我想弄清楚一件事。现在我怀疑五人委员会里有'自由天堂'的人。"

崔则元博士想了想："这么说你怀疑我。"他环顾四周，"这没别人了，你直说吧。"

何夕没料到崔则元竟会这么直接，反而有些被动地嗫嚅道："我也不是这个意思，我只是觉得只有作这个假设才能解释一些事情，实验出事那天只有你不在场。"

崔则元博士叹口气："原来你是因为这件事。"他摇摇头，指着桌上一叠厚厚的文件说，"两个月前我正是因为身体原因提出退出'五人委员会'。你知道以前我们一直是终身制，所以这次的变化应该算是很大的。这段时间我一直忙于这件事情，不想反而惹得你怀疑。"

何夕愣住了，凭他的眼睛看不出崔则元博士有丝毫的隐晦之处。

崔则元接着说："江哲心博士知道这事情的，他没有告诉你吗？"

"江哲心博士？他没有对我说过。"何夕苦恼地回忆着，他不明白自己那天向江哲心提出对崔则元博士的怀疑时，他为什么没有说出其中缘由。这时何夕脑子里突然闪过一个念头，一时间他的两腿几乎站立不稳。

"我必须走了。"何夕匆匆转身，"如果冒犯了你的话请多原谅。"

崔则元刚刚想要表示自己并不介意的时候何夕已经突然消失了，就像是他根本没有来过。尽管知晓其中的技术原理但是崔则元还是立刻就僵立在了原地。

十七

何夕驾着车一路狂奔，窗外的景物飞一样地朝后逝去。走过两个街区突然道路被阻断了，一些拉着横幅的游行队伍鱼贯而过。所有的横幅上都写满了"自由天堂"这几个字，横幅边是无数表情狂热的人。他们喊着口号喧哗而过，更多的路人加入其中。何夕知道近段时间以来"自由天堂"的活动已经日趋公开，在政府里也有不少人支持。这个日益庞大的组织取得合法地位只是迟早的事情。

游行队伍好不容易才过去了，何夕急不可耐地踩下油门。刚才崔则元博士的话提醒了他，现在他终于想清楚了事情的前因后果。"五人委员会"里肯定有"自由天堂"的人，这是何夕早就认定的。因为在另五个新创空间里根本没有"众生门"，而如果没有"众生门"作引导的话没有人能够达到自由穿梭层叠空间的境界，所以这个人一定来自这一层世界。更为关键的一点是，如果有这么一个人，那么他一定也会同何夕一样从小就目睹到一些奇怪的现象，从人之常情出发他也一定会发出询问，想要找到答案。但是他却没有这么做，而是采取了另外一种完全不同的利用这种能力的方式。这就说明他是一个知道内情的人，而且很可能知道何夕的悲惨遭遇。除了"五人委员会"之外还有谁能具备这些条件？

何夕一分神车头擦上了前面一辆车的尾部。镇定，他在心里对自己说，同时不无歉疚地看着已被自己超出犹自在后边骂不绝口的那位司机。如果撞车的话你不会有事但别人会死，要珍惜生命，他对自己说。自从知道自己的特殊能力之后，何夕曾经恶作剧地突然冲上公路，惹得那些惊出一身冷汗的司机臭骂一顿，他觉得这就像是一场游戏。

五人中蓝江水已经不用怀疑了，而对于江哲心何夕是怎么也想不到他头上去的，凯瑟琳在实验出事时一直没有走出过何夕的视线，现在如果崔则元没有嫌疑，那么就只剩下了一个人。当天在实验室他第一个朝大厅左角跑去的，他和蓝江水到底看到了什么事情已是死无对证。他那天如果不那样做的话人们很容易会想到"众生门"被破坏是内部出了问题，他那样做便可以引开人们的视线。他可以先打死蓝江水之后再故意显出一个身体的影子来吸引人们的注意力，然后他从另一层空间里快速返回原地，再给自己补上一枪。当时警卫们一直在外面开枪，枪声是根本无法区分的。何夕感到一阵阵的心悸，郝南村阴鸷的脸在他眼前晃呀晃的。

何夕没有从正门进入基地，他点起一支烟，望着门口森严的守卫，过了一会他转身钻进了小车。一名警卫踱着方步过来，拍着小车的前窗大声嚷嚷道："快开走，这里不能停车的！"他埋下头，"咦，人呢？我明明见到有人进去的。妈的，大白天见鬼了！"

十八

江哲心微微喘息着，他感到自己的心脏一阵阵的紧缩。自从何夕同他谈过对"五人委员会"内部的怀疑之后，他就知道什么事情发生了，他几乎是直觉地想到了郝南村。但是要他怎么能正视这一点？郝南村是他最得意也是最心爱的学生和助手。

"这么说你承认了。"江哲心低声问，他脸上的肌肉止不住地哆嗦。

郝南村面无表情地看着自己的脚，江哲心的询问让他心烦意乱。什么地方出了差错，他仔细地回想着。他并不怕江哲心发现这个秘密，实际上这也是迟早的事，在他的计划里他迟早会露面的，因为他将主宰六道众生——谁会愿意当一个不能见人的主宰呢？那还有什么意义。问题是他不想这么快就和江哲心摊牌，毕竟他是对自己恩重如山的老师。

"我在问你！"江哲心提高了声音。

"我没什么好说的。"郝南村开口道，"你不会明白的。"

江哲心气得浑身发颤："你说什么？我有什么不明白的。"

郝南村突然站起身，他有种一吐为快的感觉："你不会明白的。一个人从小就被迫目睹无数说不清来处的奇怪的影子，它们无时无刻不在你的眼前飞舞。我不敢对任何人讲自己亲眼看到的东西，如果那样做的话我就会被当成疯子。你知道吗？我从几岁起就天天陷于这种无法解脱的恐惧之中，我怕他们把我关进疯人院去，我听大人们说里面关的全是疯子，如果疯子的病治不好的话人们还会烧死他们。我怕极了。"郝南村捂住了头，他的眼睛里充满痛苦，"你不会明白的。"

江哲心的神色平静了些，他轻抚着郝南村的肩头："我知道你受过很多苦，在整件事情里我们都是有责任的。只要你解散'自由天堂'，放弃那些荒唐的做法，以后你就还是我的好学生，还是我的合作者。你的前程是不可限量的。"

"前程？"郝南村仿佛有所触动，他直愣愣地望着墙，目光像是痴了。叫他怎么给江哲心说得清楚，江哲心知道站在神坛之上享受亿万人的顶礼膜拜是什么滋味吗？知道自己脚下的尘土被人亲吻的滋味吗？可他知道，那种感觉真是令人永远难忘。如今在六道众生的世界里已经建起了无数"自由天堂"的神龛，当他降临其上的时候四周狂热的欢呼声响彻云霄。他的一颦一笑、一喜一怒都可以左右亿万人，他们愿意为他生为他死，无数人愿意为他奉献金钱，无数少女愿意为他奉献贞操。在"自由天堂"的世界里他的话就是圣典，就是金科玉律，那个时刻他就是世界的中心，就是亿万人的主宰——而现在江哲心居然要他放弃这一切。

江哲心的神情有些恍惚："这些日子以来我一直在想，也许我们和金夕博士都大错特错了，我们实在是过于迁就人类的意愿，总是想尽一切办法满足他们。六道众生，"江哲心悲叹一声，"佛陀本来就只给人类准备了'人道'这一层世界，我们挖空心思做的这一切根本就是逆天而行，只能是饮鸩止渴。何夕说得对，随着时间的推移，自由物质出现的总体可能性将越来越大，如果那次雪崩或是某一次火山爆发发生在某个大城市的话后果真是不堪设想。"江哲心闭上双眼，显出痛苦的神情，"倘若如此，我们的灵魂将永堕地狱的底层。所以，我决定了一件事。"

"什么事。"郝南村有些紧张地问。

"我决定由我们这一届委员会来终止'众生门'计划。"江哲心睁开眼，"我已经和凯瑟琳、崔则元谈过，他们已经同意了。"江哲心凝视着郝南村，"现在，就差你的一票。"

"如果我不同意呢？"郝南村幽幽地说。

江哲心脸上显出决绝的神色，他明白了郝南村的意思。这个时候他看上去不再像是一个风烛残年的老人，而更像是一名斗士。一丝痛苦的表情在他的苍老的眼睛里浮动着，但他的语气里不再有丝毫的感情："那我们只能恩断义绝。"他拿起桌上的电话。

但是江哲心立刻捂住了胸口，一柄样式古怪的刀子贯穿了他的右胸。他看着殷红下滴的鲜血，脸上的表情像是面对一件不可想象的事情。

"不——"何夕突然从墙角现身出来，刚好目睹了弑师的一幕。郝南村的脸一下子变得惨白，他惊恐地朝后退去。

何夕看了眼江哲心的伤势，他愤怒地瞪着郝南村："你还算是人吗？"他悲愤地问，"他是你的老师，你说过他对你恩重如山。"

郝南村镇定了一些，他神经质地叫喊着："他要阻止我！无论谁要阻止我都是死路一条。我是神，是至高无上的神——"

"你是魔鬼！"何夕狂怒地打断他，与此同时他手里多出了一把枪，"你该下地狱。"

郝南村突然笑了，他满不在乎地盯着何夕手里的枪："你应该知道这没有用，我们两人都是上天凭借概率之手选中的人，世界上没有什么东西能够伤害我们。等你的子弹打过来时我早就跃迁到另一层空间里去了。"

"我相信报应，报应啊——"何夕虔诚地大喊，似乎想借助上天的力量帮助自己除去眼前这个恶魔，几乎就在同时他手里的枪喷出了长长的火舌，震耳欲聋的枪声充斥了整个密室。

硝烟散尽，对面的墙上布满了弹孔，但是郝南村不见了。没有报应，也没有上天的力量，什么也没有。何夕扔掉枪绝望地跪倒在地，掩面长泣。

"你是……谁？"是江哲心的声音，他苏醒过来，迷茫地看着何夕。

何夕急忙迎上去："是我，何夕。"他握住江哲心的手，感觉生命正一点点地从这个老人身上消失，"我该怎么办？"何夕痛苦地呻吟，"他是超出六道众生的恶魔，任何力量都奈何不了他。告诉我，我该怎么做？还有什么能阻止他？还有什么？告诉我——"

一丝淡然的近于彻悟的神色自江哲心苍老的脸上漾开，他低垂着眼睛一字一顿地说：

"天——网——恢——恢——疏——而——不——漏——"他的头猛地一低。

何夕一动不动地跪在原地，他的心中麻木得没有一丝感觉。没有人知道这里发生的事情，密室向外隔绝了刚才的一切。不知过了多久，一阵急促的电话铃声突然响起，何夕抓起听筒。

"江哲心博士，"听筒里是一个焦急的声音，"几分钟前凯瑟琳博士和崔则元博士在实验室里遇刺身亡。据郝南村博士分析这是一名叫做何夕的恐怖分子所为，政府已经发出了通缉令……"

何夕不禁哈哈大笑，这太荒唐了，自己居然成了通缉犯，而真正的恶魔却依然正人君子般高高在上。他大笑着对着听筒说："我就是何夕，江哲心博士就在我旁边，他已经死了，来抓我吧！哈哈哈……"

何夕扔掉听筒，继续放声大笑。密室的门打开了，荷枪实弹的警卫冲了进来。但是何夕的身躯渐渐变淡变空，最终消失不见，只有凄厉的绝望到极点的笑声还在四处回荡……

十九

　　牧野静穿过拥挤的人群，她的目光须臾都不敢从前方那个身影上滑落。四周充满了男人的汗臭与女人的香水混合而成的刺鼻气味，让人呼吸不畅。天知道这么多人怎么会突然聚拢来，看上去也许超过100000。这里本来是一片荒园，现在却变得像是在开交易会。不同的是这里没有什么货物，只有狂热的人群。所有人的精神都健旺之极，他们的脸上充满兴奋，一个个红光满面，就像是过足了瘾的吸毒者。四下里的火堆照亮了天空，"噼里啪啦"的木头爆裂声清晰入耳，松枝燃烧析出的油脂"滋滋"地往下淌，恰如人们高到极点的情绪。在广场的前方搭有一个几米高的平台，台子正中是一具巨大的十字架。在十字架的中心处悬挂着一张精美的座椅，在平台的四周都牵着条幅，上面书写着血红的大字——"自由天堂"。

　　牧野静不知道何夕为何一到晚上就到这里来，自从十多天前他突然失魂落魄地找到自己之后每天都要到这里来。当时何夕的样子就像是刚刚走了几十里路似的，人一倒在床上便人事不醒了。那一觉足足睡了将近20个小时，醒来后便像是换了一个人一样，脸上是一种大彻大悟的神情。牧野静问他到底发生了什么事，为什么政府现在要通缉他，他是不是真的杀了人。对于这些问题何夕的回答只是一个，那就是一语不发。不过他每天都会消失一段不算短的时间，回来的时候总是面色苍白，疲倦得像是散了架，有时身上还带着青紫的伤痕。牧野静问他到底在干什么，但他只是笑着摇摇头，然后便是蒙头大睡，醒来之后又是一副大彻大悟仿佛看透了一切的神情。

　　人群突然爆发出一阵巨大的欢呼声，牧野静知道准是快到那个时刻了。往日里也是每到这个时候人群都会像炸锅一般地掀起震耳欲聋的狂喊，直到那个什么"神"突然出现在高台上的椅子上时却又立刻静得连一根针掉在地上的声音都能听见。而接下来便是更加狂热的声嘶力竭的呼喊和掌声。那时的人群就像是疯了一般且歌且舞，无数人朝那个高台冲过去，口里嘶吼着"带我走吧""你与我同在""我愿意为你死"。片刻之后"神"却悄然逝去，就如同他的出现一样的神秘。牧野静感到这里的人是一天比一天多，她记得十多天前只有几百人而已。听别人说以前这里的"神"是极少显身的，但是近段时间以来却从未让人失望。

　　牧野静心里有一个猜想，虽然她实在不愿相信这是真的。每当"神"显身的时候她就会发现何夕不知上哪儿去了，而当"神"离去之后何夕却又会悄无声息地突然出现，脸上是一种极度满足的神情。那种神情让牧野静没来由地感到恐惧，她疑心那个"神"就是何夕。她甚至想如果何夕真的决定去当一个"神"的话自己应该怎么办，她知道何夕不是常人，甚至他本身就可以说是一个神。这样想着的时候牧野静觉得何夕就像是一个令人不安的陌生人。

　　牧野静咬咬牙，决定今晚一定要一眼不眨地看住何夕。她快步向前几步，拽住了何夕的手。何夕悚然回头，见是她立刻轻松地吁出口气，脸上露出明朗的笑容。牧野静看着他的笑容，心里想为什么有着这样明朗笑容的人会想到去做一个"神"。她轻声叹口气说："你今晚一直陪着我好吗？"

　　何夕怔了一下，笑容消失了，他低头看表："等一会儿吧，我办完事情就回来陪你。"

　　牧野静盯着何夕的眼睛："什么事情？是不是比我重要。"

有一丝亮光自何夕的眼睛里闪过，但立即就变暗了，他缓缓地将手从牧野静手里挣脱："比什么都重要！"他停一下，眼里滑过一丝无奈，"包括你。"

说完这句话何夕就无声无息地从牧野静面前消失了。周围的人群都狂热地盯着高台的方向，没有人注意到这奇怪的一幕。

但是人群突然安静了下来，所有人的脖子都拼命地伸长了，朝着高台的方向望去。牧野静擦干顺着脸庞流下的泪水，她的心已经碎了，她终于知道一个女人的柔情在男人的所谓理想面前是多么的渺小可笑。她真想一走了之，离开这个伤心的地方；但是她还是本能地望向了高台的方向，她知道"神"就在那里，不，应该说是何夕就在那里，享受着万众的膜拜。

但是事情变得有些古怪了，因为高台上突然凭空出现了两个身影——两个"神"？！他们居然还在说着什么，只是无人能够听清他们的话。其实就算听得见也没有人听得懂他们在说些什么，因为那是神与神的对话。

二十

"怎么你会在这儿？"郝南村坐在高台上的椅子上，一条长长的披风斜拖在身后。他居然化过妆，使得他的面容看上去更加威严和神圣，如果不仔细看的话几乎认不出他是郝南村。

"我为什么不能在这儿？"何夕惬意地伸了个懒腰，环视着疯狂的人群，"这里很不错嘛。"

郝南村突然笑了："我听说这里每天都有神在这个盛大的聚会上现身，原来是你在这里。"他了解地看着何夕，"你终于想通了。其实你何必冒我之名来偷偷享受这种无上之福呢，凭你的实力你可以另起炉灶的，我保证和你井水不犯河水。不过也好，像今天这种规模的盛会并不多见，说起来我还应当谢谢你才对，毕竟你帮我扩大了'自由天堂'的影响。"郝南村陶醉地聆听着震耳欲聋的欢呼声，"想想看，造物主待你我不薄。世界就在我们的掌中，六道众生也在我们的掌中。这真是妙不可言的感觉。"

"我不大懂你的意思。"何夕淡淡地说。

"这有什么难懂的？"郝南村轻慢地指着黑压压的人群，"我知道你迟早会想通的。我和你属于另类，相对于这些人来说我们是神。人生短促如朝露，何不利用上苍的恩赐享受。"他志得意满地大笑，"我和你都将有精彩的人生。这些人心甘情愿地供我们驱使，这个世界上的一切都将属于我们。"

"可是你想过没有，这样的世界是不稳定的。"何夕插话道，"随着时间的推移六层空间的世界将面临越来越多的问题，也许在下一个时刻灾难就会降临。"何夕指着狂热的人群，"这里有100000人，如果地下突然冒出火热的岩浆来会是怎样一副情形？"何夕紧盯着郝南村的眼睛，"就算是炼狱也不过如此吧。"

郝南村稍稍愣了一下，也许何夕描述的情形让他有些害怕，但只一瞬间之后他即恢复了常态："这对你我都是没有影响的，我们可以马上穿梭到另一层安全的世界去。"

"可他们呢？这里有100000人，你就看着100000人在火海里挣扎着死去吗？"何夕激动地大叫，他的脸涨得通红。

过了几秒钟后他平静下来，用同样平静的口吻说："不过我倒是很满意你的回答，简直可说是满意透顶。"他的脸上露出奇怪的笑容。

"满意？为什么？"郝南村问道，他隐隐觉得什么地方有些不妥。

"因为这使我永远都不必为自己下面要做的事情感到后悔。"何夕的手指微微一动。一道亮闪闪的金属圈从椅子上弹出来，箍住了郝南村的身体。

"你这是什么意思？"郝南村迷惑不解地看着何夕，"你要做什么？"

何夕的手上多出了两样东西，那是一个足有两尺长的锈迹斑斑的铁钉和一把同样锈迹斑斑的铁锤。

"这根钉子是我特意委托一位牧师替我找的，据说曾经钉在魔鬼的胸口。"何夕认真地说。

郝南村哑然失笑，他觉得何夕大概是受刺激过度有点神经不正常了："不要玩这些噱头了，你知道这不会有用的。这个世界上没有任何东西能够伤害到我，子弹不能，你手里的玩意儿更不能。"

何夕没有理睬郝南村的话，他一脸虔诚地朝前逼近。"你没有试过怎么就知道不行？等到铁钉的尖锋刺进你的胸膛里你就不会这么说了。记得我说过一句话吗？"何夕的眼神迷蒙了，"我说过我相信报应。我知道你是不信报应的，这正是你我之间最大的不同。不过快了，你马上就会知道什么是报应了。"

郝南村有些惊慌地盯着何夕，就像是看着一个疯子："你准是疯了，我不想和你纠缠。我奈何不了你，可你也同样奈何不了我。你慢慢玩吧！"说着话郝南村的身体开始变淡，轮廓也开始消失，只一瞬间的工夫何夕的面前便只剩下了一团虚空。

但是何夕的姿势没有变化，他依旧一手执锤一手执钉，脸上满是虔诚地望着苍穹，目光里有希冀的光芒闪现，他的口里念叨着什么，就像是在祈祷。

大约只几秒钟的时间郝南村突然又出现在了何夕面前的金属圈里，他的脸由于极度的惊恐已经扭曲变形，看上去令人害怕。

"你做了些什么？"郝南村挣扎着大叫。

何夕低叹口气："你终于知道害怕了。你知道你的老师江哲心博士临死前对我说了句什么吗？他说天网恢恢疏而不漏。"何夕指着那个金属圈说，"我给它起的名字就是天网。它并不是单一的，在六道世界里的同一位置里都有这样的一个圈，所以无论你逃到哪一层世界都会发现自己刚好仍然被它牢牢地箍住，这就是天网。"

"天网。"郝南村面无人色地重复着这个词。

"你以为我每天到这里来就是为了享受这种令人作呕的狂热崇拜吗？"何夕鄙夷地看着郝南村，"我承认那种滋味的确让人飘飘欲仙，但是它不值得我留恋。你想主宰这个世界可我不这么想，我从不认为哪个人有权那样做；而且我说过的，我相信报应。我每天来这里只是为了等你。如果你想避开我的话我是毫无办法的，所以我设计了这一切，我知道这样的盛会对你的诱惑力是不可抗拒的。你不是喜欢万众的膜拜吗？你不是喜欢坐在宝座上面高高在上的感觉吗？这些我全给你。当然，还有天网。为了布置好这些，我在每一层世界里费尽周折。"何夕撩开衣袖露出伤痕，"这个位置在其中一层世界里甚至是火山口。"何夕扫视台下激动无比的人群，"这些人都是你的信徒，你是他们心中至高无上的'神'。不过——"何夕露出冷酷的表情，"他们将亲眼看着你死。"

"还有这根取自魔鬼身上的铁钉。"何夕将手里的器物高高举起，"它也不是单一的，在六道世界里都安排有一根这样的铁钉。你无处可逃了！"

郝南村彻底瘫软了，他的身体剧烈地哆嗦着，汗水从他的脸上大滴大滴地滚落下来。"你放过我吧。"他呻吟着哀求，"我不是人，你不要杀我！"

何夕用更高的声音打断了他的话："到现在才说这些已经太迟了。"他的眼里有隐隐的泪光闪动，他的眼前晃过一些故人的面孔，"想想为你而死的那些人吧，想想你将把世界引向的去处吧，这就是你的报应！"何夕突然举起了铁锤，"纳命吧——恶魔！"他高声喊道。

全场哗然。

"以圣灵的名义——"何夕击打着铁钉。

血光飞溅，郝南村在惨叫。座椅跌落在地摔得粉碎，人群发出惊呼。

"以圣子的名义——"何夕睁大了双眼，污血溅得他满脸都是。

郝南村喉咙里发出咕咕的响声，他已经说不出话。

"以死难者的名义——"何夕继续挥动铁锤。

郝南村的身躯扭曲着忽隐忽现，他在六道世界里左奔右突却无路可逃，他的眼睛瞪得很大，就像是要暴突出来。污黑的血顺着铁钉往下淌。

"以正义的名义——"何夕的神色已是极度的亢奋，他的心里升起一股嗜血的快感。

郝南村抽搐着，口里吐出血沫。

何夕停下来，但是立刻又补上一下："以我的名义——"

铁钉贯穿了郝南村的身体，直达背后的十字架，他的身体已经以铁钉为支撑悬挂在了上面，有如某种象征。

何夕朝郝南村的尸体上啐上一口，他已经筋疲力尽，但是他还是强打精神转向已经惊呆了的人群。一时间何夕有些茫然，他不知道应该如何向人们解释发生的一切。是该让所有人知道真相的时候了，尽管这个真相并不美好，里面浸透了人类的贪婪与疯狂，但是，它是真实的。

"这就是你们的'神'"何夕走到麦克风前，他指着郝南村的尸身大声说，"但是他死了，和所有人一样，他也会死，所以他不再是神了！"何夕扔下手里的铁锤，打在地上发出巨大的声音，"我来告诉你们这一切究竟是怎样发生的吧，这个故事实在太长了，它从200多年以前蜿蜒至今，但几乎所有人对它一无所知……"

四下里的火堆已经燃尽，收敛了曾经喧嚣直上的妖冶的火光，有气无力地冒着烟；而东方的天空已经现出了淡淡的天光，预示着真正的光明就要来临。

何夕还在讲述着。

周围安静极了，所有人都静静地站立着，就像是一座座雕像。

"后来的事你们都看到了。"何夕轻声叹口气，他像是要虚脱了一般，"这就是真相。也许你们现在还不愿意相信我，但是迟早你们会明白的。"何夕呲牙笑了一下，目光惨淡，"有时我会忍不住想人类真是伟大，能够凭借智慧发现那么多自然的秘密，用以造福自己；而有时我却又想，如果大自然是一位母亲的话，那么人类就是她最聪明但也是最可怕的一个孩子。这个小家伙顽劣不堪却又自以为是，他总是不断地向母亲要这要那。母亲疼爱自己的孩子，但是她并不想纵容他。可是这个孩子实在是太聪明了，他总能够变着花样从母亲那里得到自己想要的东西；而有些东西是母亲本不愿意给不能给同时也给不起的东西。但是因为孩子的聪明，他总是如愿以偿。他每一次背着母亲偷偷地火中取栗都是有惊无险，每次都自以为得计地享受着自己的聪明，却不知母亲一直站在他的身后，默默地为他将来的命运暗自垂泪。"

何夕说不下去了，他的眼中淌出了泪水。泪光中他见到一个人走上高台，轻轻地依偎在他的胸前——那是一个姑娘。这就是结局了，何夕想。

尾声

微风扫过无人的城市，蓝色天幕上巨大的云影缓缓移动。

134岁的何夕已是白发苍苍，他站在宽大的街道上，环视着雄伟壮观的枫叶刀市。一座高大而荒凉的过街天桥横亘在他的面前，昔日人流上下奔忙的景象已是苍狗浮云，周围没有一个人，也没有有人的迹象，就像是一座死城。死城，何夕回味着这个词，是的，这里是一座死城。"重归"计划是从100年前启动的，也就是郝南村死后不久。何夕想着这个时间，他在心里惊叹自己居然活了这么久，也许是因为他的身体异于常人，但是他知道自己确实老了，他已经能够看到死亡的身影。在这个计划里，人们用了100年的时间返回故里——谁能想到回家的路竟然有这么长。

牧野静已经离开这个世界很久了，在不太遥远的未来的某一天，何夕自己也终将离开这个世界；但是这个世界将继续存在下去，连同他们的子孙。何夕想到这一点时内心充满宁静。

阳光还在，反射万丈光芒的玻璃幕墙还在，但是人们已经归去了。这片异域的土地本来就是不存在的，它也不应该存在。它只是空中楼阁，就如同镜子的反光。但是它毕竟存在过，并且在那么长的时间里承载过许许多多的人，连同他们的爱与悲哀；只是，现在不需要它了。

何夕看了下时间，再有几分钟，当"重归"计划结束之时，位于另一个世界的一些人将启动巨大的机器湮灭五个新创的世界。何夕周围的一切将消逝无痕，就如同它们根本就不曾存在过。这个时刻何夕想了许多，无数思绪在他的脑子里匆匆而过。他仿佛看到了百余年前那个惊梦的童稚少年，仿佛看到许多故人向他微笑着走来。

何夕抬起手臂，做了个挥手道别的动作——向往昔的一切，也向这座令他永世难忘却终将在繁华落尽之后归于虚幻的城市。微风吹过来，掀动着他的白发。当何夕的手还停在空中的时候，他的眼前突然闪过一阵亮到极点的白光，他不自觉地闭上了双眼，他知道，那件事情发生了。

等到何夕重新睁开眼睛的时候刚才的一切都已消逝不见，他发现自己身在一间亮着灯光的屋子里，脚下是真正坚实的大地。何夕跺跺脚，享受着沉闷踏实的声音。不会有雪崩了，也不再有离奇的大灾难，这很好——他想。

这时房门突然"悉悉索索"地被推开了，一个小脑袋小心翼翼地钻了进来，那是一个七八岁的长得胖乎乎的小男孩。

男孩见到有人先是一惊，但是立刻问道："你在我家厨房做什么？"

"厨房？"何夕一怔，他环视了一圈，这里果然是个厨房，"我……路过这里。"他来了兴趣，"那你到这里又是做什么？"

小男孩不好意思地笑笑，他指着肚子说："我饿了，想找东西吃。我妈妈只要过了吃饭时间就不准我吃东西。"

何夕心念一动，他这才发觉周围的景物是那样熟悉。时光的流逝终止了，窗外小园子里花草的身影随风摇曳。"告诉我，这是什么地方。"他轻声问道。

小男孩打开冰箱，食物的香气扑鼻而来，他的脸上立刻写满幸福。"檀木街，十号。"男孩咽了口唾沫，嘟哝着说。

后记

　　向来没有写后记的习惯，主要因为我一直以为作者想说的话应该通过作品反映出来，除此之外不必多言。不过写完《六道众生》之后倒是有写点东西的想法。这篇小说可以看作发表于《科幻世界》1999年8期的《异域》的姊妹篇。《异域》发表后我常觉得还有些话想说，因为自己比较喜欢《异域》所表达的主题，而此作品应该说对这个主题有所深化。这两篇作品都是反映了人类对自然的过度索取带来的后果，《异域》里的"异域"是在时间上的，而《六道众生》里的"异域"则是在空间上的，能够在时空两个方面写出自己心里假想的"异域"，我个人是感到愉快的。

　　顺带在这里和读者诸君讨论一下文中的科幻成分。《六道众生》的幻想比较大胆，一眼看去有点神怪的味道。不过我只想申明一点，就是我没有打算写怪力乱神的事物，因为我不愿意给读者讲述我自己也不相信的东西，这是我给自己定下的几条原则之一。关于物质空间可否分层这个思想在我脑中存在已久，当代科技面临的难题之一就是物质的连续与断续。相对论作为一种场论，所描述的世界是连续存在的；而与它同样伟大的量子力学却认为世界是按照普朗克恒量断续存在的。而这也是两者至今无法统一的根本分歧之一。问题的关键在于两者都是正确的，它们在各自适用的领域内都可以得到无数现象的证明。像这样富有挑战意味的带有某种"终极"特性的谜题永远都能给人以激情和灵感，而我也一直认为正是因为宇宙间有这些伟大谜题的存在所以才有科幻的存在，而科幻的魅力也如同这些谜题的魅力一样永恒。

顺便以此文纪念三天后将要来临的"世界60亿人口日"。

1999.10.09

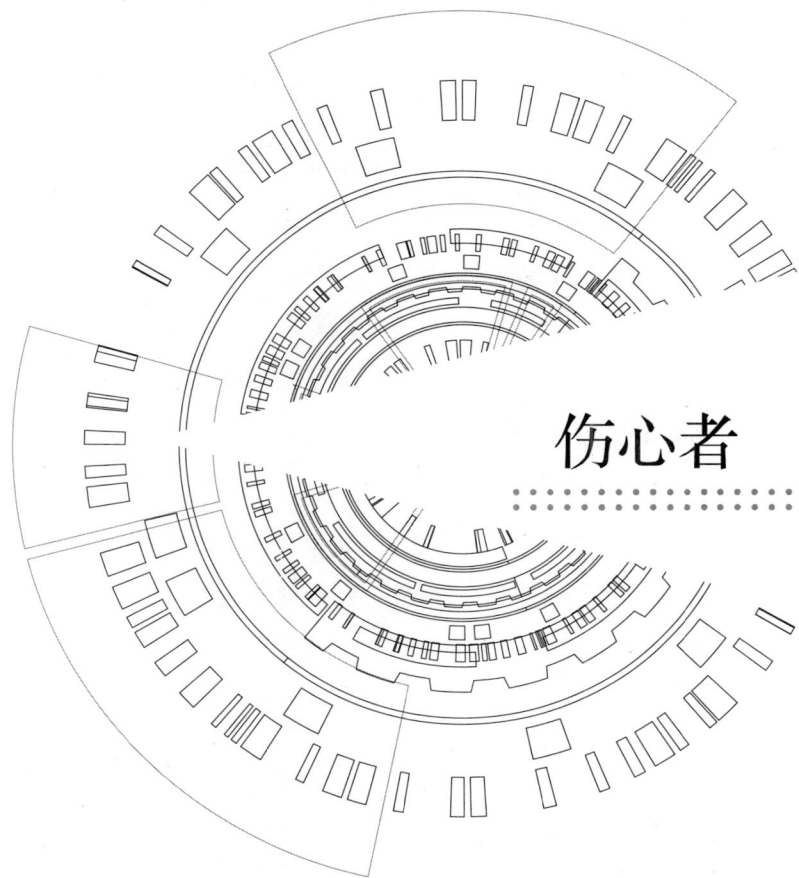

伤心者

上午的菜场正是最繁忙的时候，我看着夏群芳穿过拥挤的人群，她的背影很臃肿。隔着两三米的距离我看不清她买了些什么菜，不过她跟小贩们的讨价还价声倒是能听得很清楚。从这两天的经历我知道小贩们对夏群芳说话是不太客气的，有时甚至于就是直接的奚落。不过我从未见过夏群芳为此而表现出生气什么的，她似乎只关心最后的结果，也就是说菜要买得合算，至于别的事情，至少在从表面看上去她是毫不计较的。现在她已经买完菜准备离开，我知道她要去哪儿。

这座城市的4月是最漂亮的时候，各个角落里都盛开着各种各样的花。气候不冷也不太热，老年人皮帽还没取下，小姑娘们就钻空在天气晴朗的时候迫不及待地穿起了短裙，这本来就是乱穿衣的季节。"乱花渐欲迷人眼"在这样的季节里成了不折不扣的双关说法。夏群芳对街景显然并没有欣赏的打算，她只是低着头很费劲地朝公共汽车站的方向走，装满蔬菜的篮子不时和她短胖的小腿撞在一起，使得她每走几步就会有些滑稽地打个趔趄。道路两旁的行道树都是清一色的塔松，在这座温带城市里这种树比原产地要长得快，但木质也相对要差一些。夏群芳今天走的路线与平时稍有不同，因为今天是星期天，她总是在这个时候到C大去看她的儿子何夕。

由于历史的原因，C大的校园被一条街道分成了两个部分，在这条街上还开着一路公共汽车。夏群芳下车后进入校园的东区，现在是上午10点，她直接朝着图书馆的方向走去，她知道这个时候何夕肯定在那里。同样由于历史的原因，C大的图书馆有两个，分别位于东西两区，实际上C大的东西两区曾经是两所独立的高校。用校方的语言来说这两所学校是合并，但现在的校名沿用了东区的，所以当年从西区那所学校毕业的不少学生常常戏称自己是亡校奴，并只对西区那所学校寄予母校的情怀。何夕严格来讲也该算作亡校奴，不过何夕是在合并后才开始读C大的硕士，所以在何夕心中母校就是东区和西区的整体。

何夕坐在东区图书馆底楼的一个角落里静静地看书，不时在面前的笔记本上写上几句。这时候有一个人正从窗外悄悄地注视着他，窗外的人就是何夕的母亲夏群芳，她满有兴味地看着聚精会神的何夕，汗津津的脸上荡漾着止不住的笑意。我看得出她有几次都想拍响窗户打个招呼，但她伸出手却最终犹豫了；倒是临近窗户坐着的两个漂亮女生发现了窗外的夏群芳，她们有些讨嫌地白了她几眼。夏群芳看懂了她们的这种眼神，不过她心情好不跟她们计较，她有个读硕士的儿子呢，夏群芳在单位里可风光了。想到单位，夏群芳的心情变得有些差，她已经四个月没有从那里拿到钱了。当然她这四个月并没有去上班，她下岗了，现在摆着个杂货铺。按照夏群芳一向认为合理的按劳取酬原则，她觉得这也是很自然的事情。夏群芳在窗外按惯例站了20来分钟，她的脸上显得心满意足。我算了一下，为了这一语不发的莫名其妙的20分钟夏群芳提着10来斤东西多绕了5公里路。这种举动虽然不是经济学家的合理行为但却是夏群芳的合理行为。

其实今天夏群芳是最没有理由来看何夕的，因为今天是星期天，何夕虽然住校但星期天总是会回家一趟。不过他不会在家里住，吃过晚饭又会回学校。夏群芳知道在何夕的心里学校比家里好，不过对于这一点夏群芳并不在意，只要儿子觉得高兴她也就高兴。夏群芳永远都不会知道此刻摊放在何夕面前的那本大部头里究竟有什么吸引人的东西，但很肯定的是每当夏群芳看到儿子聚精会神地沉浸在书中的时候，她的心里就有一种没来由的欣慰感。这种感觉差不多在何夕刚上小学的时候就成形了。她以前就从不去探究何夕读的是本什么书，更不用说现在何夕读的那些外文原著。从小到大何夕在学业上的事情都是自己作主，甚至包括考大学填志愿选专业，以及后来大学毕业时由于就业形势不好又转回去读硕士等，都是如此。想起儿子前年毕业时四处奔波求职时的情形夏群芳就感到这个世界变化实在太快，她从没有想到过大学生也有难找工作的一天。在夏群芳的心里这简直无异于天方夜谭。有个同事对夏群芳说这算啥，人家发达国家早就有这种事情了，说话的时候那人脸上有着幸灾乐祸的神情。不过事实却肯定地告诉夏群芳，的确没有一个好单位肯要她心中无比优秀的儿子何夕，她隐约地听说这似乎和何夕的专业不好有关。不过在夏群芳看来何夕的专业蛮好的，好像叫做什么什么数学。在夏群芳看来这个专业是挺有用的，哪个地方都少不了要写写算算，写写算算可不就是什么什么数学嘛。夏群芳有一次忍不住把自己的想法讲给何夕听，但何夕只是淡淡地笑了一下。夏群芳的心中早就有了主见，自己的儿子可没什么不好，儿子的专业也是顶好，那些不会用人的单位是有眼无珠，迟早要后悔死的。夏群芳有时没事就想，有一天等何夕读完硕士后找个好工作，一定要气气当初那些不识好歹的人，想到得意处便笑出声来。夏群芳有些不舍地又回头看了眼专心看书的儿子，然后才满怀踏实地欣欣然离去了。

一

何夕抬起头来，向着我站的方向看过来。我愣了一下，立刻醒悟到他是在看夏群芳的背影。这时坐在窗户边的那两个女生开始议论说刚才那个在外边傻乎乎看了半天的人不知是谁，何夕有些愤怒地瞪了她们一眼。他其实很早就知道母亲就站在窗户外注视着自己，在他的记忆里母亲几乎每个星期天的上午都会到学校的图书馆来看自己读书。何夕知道母亲之所以选在这一天来纯粹是前几年的习惯所致，实际上母亲现在的每一天都可算是放假。何夕看着母亲远去的背影叹了口气，他觉得自己的情形也差不了多少。有时候何夕的心里会隐隐地升起一股对母亲的埋怨，他觉得母亲实在太迁就自己了，从小到大的许多事情她几乎都由何夕自己做主，如果当初母亲能够在选择专业上不要过分顺从自己就好了。何夕摇摇头，觉得自己不该这样埋怨母亲，他其实知道母亲并不是不想帮自己，而是实在没有这方面的见识。

何夕看了下表，急促地向窗外扫视了一下。按理说江雪应该来了，他们说好上午11点在图书馆碰面的。何夕简单收拾了一下朝外面走去，刚到门口时就见到了江雪。

和何夕比起来江雪应该算是现代青年了，单从衣着上看江雪就比何夕领先了5年。这样讲好像不太准确，应该说是何夕落后了5年；因为江雪的打扮正是眼下最时兴的，发型是一种精心雕琢出来的叫作"随意"的新样式，脑后则用丝质手绢挽了个小巧的结，衬出她粉白的面庞益发的清丽动人。看着那条手绢何夕心里感到一阵温暖，那是他送给江雪的第一件礼物。手绢上是一条清澈的江河，天空中飘着洁白的雪花。他觉得这条手绢简直就是为江雪定做的。看到他们俩走在校园里的背影，很多人都会以为是一个学生在向老教授请教问题；不过江雪并不觉得这样有什么不妥，尽管要好的几个女生提到何夕时总是开玩笑地问"你的老教授呢"。小时候她和大她两岁的何夕是邻居，有过一些想起来很温馨的儿时回忆。后来由于父母亲的工作变动他们分开了，但很巧地在十多年后的C大又遇上了。当时江雪碰到了迎面而来的何夕，两人不约而同地喊到"哎，你不就是……哎……那个……哎吗？"，等到想起对方名字后两个人都大笑起来。所以两人后来还常常大声地称呼对方为"那个哎"。江雪觉得何夕和自己挺合得来，别人的看法她并不看重。她知道有几个计算机系还有高分子材料系的男生在背地里说他们是鲜花和牛粪。在江雪看来何夕并不像外界所认为的那样是一个迂腐的书呆子，恰恰相反，江雪觉得何夕身上充满了灵气。给江雪印象最深的是何夕的眼睛，在此之前她从未见过谁拥有这样一双睿智而深邃的眼睛。看到这双眼睛的时候江雪总止不住地想有着这样一双眼睛的人一定是不平凡的。

　　每当看到江雪的时候何夕的心情就变得特别好，实际上也只有这时候他才有如释重负的感觉。何夕很小就知道自己的性格缺陷，当他手里有事情没有完成的时候总是放不下，无论做别的什么事情总还惦记着先前的那件事。他本以为自己这辈子都是这种性格了，但江雪的出现改变了一切。和江雪在一起时他也不知道为什么自己就像换了一个人，那些不高兴的事和未完成的事都可以抛在脑后，甚至包括"微连续"。一想到"微连续"何夕不禁有些分神，脑子里开始出现一些很奇特的符号。但他立刻收回了思想，实际上只有在江雪到来时他才会这样做，同时也只有在江雪到来时他才做得到这一点。江雪注意到了何夕一刹那间的走神，在她的记忆里这是常有的事。有时大家玩得正开心的时候何夕却很奇怪地变得无声无息，眼睛也会很缥缈地盯住虚空中的不知什么东西。这种情形一般不会持续很长，过一会儿何夕会自己"醒"过来，就像从睡梦中醒来一样。这样的情况次数多了大家也就不在意了，只把这理解成每个人都可能有的怪癖之一。

"先到我家吃午饭，我爸说要亲自做拿手菜。"江雪兴致很高地提议，"下午我们去滑旱冰，老麦才教了我几个新动作。"

何夕没有马上表态，眼前浮现出老麦风流倜傥的样儿来。老麦是计算机系的硕士研究生，也算是系里的几大才子之一，当初同位居几大佳人之列的江雪本来都开始有了那么一点意思，但是何夕出现了。用老麦的话来说就是"自己想都想不到地输给了江雪的儿时回忆"。不过老麦确实是一个洒脱之人，几天过后便又大大咧咧地开始约江雪玩，当然每次都很君子地邀请何夕一同前往。从这一点讲何夕对老麦是好感多于提防，不过有时连何夕自己也不得不承认当老麦和江雪站在一起的时候是那样协调，无论是身材相貌还是别的。这个发现常常会令何夕一连几天都心情黯然，但是江雪的态度却是极其鲜明，她毫不掩饰自己对何夕的感情。有一次老麦带点不屑地说"小孩子的感情靠不住"，结果江雪出人意料地激动了，她非要老麦为这句话道歉，否则就和他绝交，结果老麦只得从命。当时老麦的脸上虽然仍旧挂着笑，但何夕看得出老麦其实差点儿就扛不住了。在这件事情之后老麦便再也没有做过任何形式的"反扑"——如果那算是一次反扑的话。

何夕在想要不要答应江雪，他每个星期天都答应母亲回家吃晚饭的，如果去滑旱冰晚上就赶不上回去吃饭的时间了。但是江雪显然对下午的活动兴致很高，何夕还在考虑的时候江雪已经快乐地拉着他朝她家跑去，那是位于学校附近的一套商品房。路上江雪银玲一样美妙的笑声驱散了何夕心中最后的一丝犹疑。

三

江北园解下围裙走出厨房，饶有兴致地看着江雪很难称得上贤淑的吃相。退休之后他简直可以称为神速地练就了一手烹调手艺，高兴得江雪每次大快朵颐之后，都要大放厥词地称他本来就不该是计算机系的教授而应当是一名厨师。也许正是江雪的称赞使他终于拒绝了学校的返聘，并且也没有接受另一些单位的聘请。何夕有些局促地坐在江雪的身旁，半天也难得动一下筷子。江家布置得相当有品位，如果稍做夸张的话可称得上一般性的豪华。以江北园的眼光来看，何夕比以前常来玩的那个叫什么老麦的小伙子要害羞得多，不知道性格活泼的江雪怎么会做出这种选择。不过江北园知道世上有些事情是不能够讲道理的，女儿已经大了，家里人已经不能像以前那样代她去判断了。

"听小雪说你是数学系的硕士研究生。"江北园询问道。

何夕点点头:"我的导师是刘青。"

"刘青。"江北园念叨着这个名字,过了一会儿有些不自然地笑笑说,"退休后我的记性不如以前了。"

何夕的脸微微有些发红:"我们系的老师都不太有名,不像别的系。以前我们出去时提起他们的名字很多人都不熟悉,所以后来我们就不提了。"

江北园点点头,何夕说的是实情。现在C大最有名的教授都是诸如计算机系、外语系、电力系的,不仅是本校,就连外校和外单位的人都知道他们的大名——有些是读他们编写的书,有的是使用他们开发的应用系统。不久前C大出了件闹得沸沸扬扬的事情,一位学生发明的皮革鞣制专利技术被一家企业以700万元买走,而后皮革系的教授们也荣升这一行列。

"你什么时候毕业?"江北园问得很仔细。

"明年春季。"何夕慢吞吞地挟了一口菜,感觉并不像江雪说的那样好吃。

"联系到工作没有?"江北园没有理会江雪不满的目光,"已经没有多少时间了。"

何夕的额头渗出了细小的汗珠,他觉得嘴里的饭菜都味同嚼蜡:"现在还没有,我正在找,有两家研究所同我谈过。另外,刘教授也问过我愿不愿意留校。"

江北园沉吟了半晌,他转头看着笑眯眯的女儿,她正一眼不眨地盯着何夕看,仿佛在做研究。

"你有没有选修其他系的课程?"江北园接着问。

"老爸。"江雪生气地大叫，"你要查户口吗？问那么多干吗！"

江北园立时打住，过了一会儿说："我去烧汤。"

汤端来了，冒着热气。没有人说话，包括我。

四

老麦姿态优美地滑过一圈弧线，动作如行云流水般酣畅。何夕有些无奈地看着自己脚下凭空多出来的几只轮子，心知自己绝不是这块料。江雪本来一手牵着何夕一手牵着老麦，但几步下来便不得不放开了何夕的手——除非她愿意陪着何夕练摔筋斗的技巧。

这是一家校外的叫做"尖叫"的旱冰场，以前是当地科协的讲演厅，现今承包给个人改装成了娱乐场。条件比学校里的要好许多，当然价格是与条件成正比的。由于跌得有些怕了，何夕便没再上场，而是斜靠着围栏很有闲情般地注视着场内嬉戏的人群。当然，他目光的焦点是江雪。老麦正和江雪在练习一个有点难度的新动作，他们在场地里穿梭往来的时候就像是两条在水中翩翩游弋的鱼。这个联想让何夕有些不快。

江雪可能是玩得累了，她边招手边朝何夕滑过来。到跟前时却又突然打了一个360度的急旋才稳稳停住。老麦也跟着过来，同时举手向着场边的小摊贩很潇洒地打着响指。于是那个矮个子服务生忙不迭地递过来几听饮料。老麦看看牌子满意地笑着说"你小子还算有点记性"。

江雪一边擦汗一边嗫着饮料，不时仰起脸神采飞扬地同老麦扯几句溜冰时的趣事：你撞着那边穿绿衣服的女孩好几次，江雪指着老麦的鼻尖大声地笑着说，别不承认，你肯定是有意的；老麦满脸无辜地摇头，一副打死也不招的架势，同时求救地望着何夕。何夕觉得自己在这个问题上帮不了老麦，只好装糊涂地看着一边。算啦，江雪笑嘻嘻地摆摆手，我们放过你也行，不过今天你得买单。老麦如释重负地抹抹汗说，好啦，算我舍财免灾。何夕有点尴尬地看着老麦从兜里掏出钱来，虽然大家是朋友，但他无法从江雪那种女孩子的角度把这看作一件理所当然的事；至少有一点，他觉得总是由老麦做东是一件令他难以释怀的事。但想归想，何夕也知道自己是无力负担这笔开支的。老麦家里其实也没给他多少生活费，但是他的导师总能揽到不少活。有些是学校的课题，但更多的是帮外面的单位做系统，比方说一些小型的自动控制，或是一些有关模式识别方面的东西；以及帮人做网页，甚至有时候根本就是组一个简单的计算机局域网，虽然名称是叫什么综合布线。这所名校的声誉给他们招来了众多客户。很多时候老麦要同时开几处工，虽然他所得的只是导师的零头，但是已足够让他的经济水准在学生中居于上层了，不仅超过何夕，而且肯定也超过何夕的导师刘青。在何夕的记忆里除了学校组织的课题之外他从未接过别的工作，何夕有一次闲来无事，把自己几年来参与课题所得加总在一起之后发现居然还差1块钱才到1000元。接下来的几小时里何夕简直动破了脑筋想要找出自己可能忽略了的收入以便能凑个整数，但直到他启用了当代数学最前沿的算法也没能再找出1分钱。

"今天玩得真高兴！"江雪意犹未尽地擦拭着额上的汗水。老麦正在远处的收费处结账，不时和人争论几句。何夕默不作声地脱着脚上的旱冰鞋，这时他这才感到这双脚现在又重新属于自己了。

"4点半不到，时间还早啦。"江雪看表，"要不我们到'金道'保龄球馆去？"

何夕迟疑了片刻："我看还是在学校里找个地方玩吧。"

江雪摆头，乌黑的长发掀起了起伏的波浪："学校里没什么好玩的，都是些老花样。还是出去好，反正有老麦开钱。"

何夕的脸突然涨红了："我觉得老让别人付钱不好。"

江雪诧异地盯着何夕看："什么别人别人的？老麦又不是外人，他从来都不计较这些的。"

"他不计较可我计较！"何夕突然提高了声音。

江雪一怔，仿佛明白了何夕的心思。她咬住嘴唇，有些不知所措地看着四周。这时老麦兴冲冲地跑回来，眼前的场面让他有些出乎意料。"怎么啦？"老麦笑嘻嘻地问，"你俩在生谁的气？"他看看表，"现在回去太早啦，我们到'金道'去打保龄球怎么样？"

何夕悚然一惊，老麦无意中的这句话让他的心里发冷。又是"金道"，怎么会这么巧，简直就像是——心有灵犀。他看着江雪，不想正与她的目光撞个正着，对方显然明白了他的内心所想——她真是太了解他了。江雪若有所诉的目光像是在告白。

"算了。"何夕叹口气，"我今天很累了，你们去吧。"说完他转身朝外面走去。

江雪倔强地站在原地不动，眼里滚动着泪水。

"我去叫他回来。"老麦说着话转身欲走。

"不用了。"江雪大声说，"我们去'金道'。"

我下意识地挡在何夕的面前，但是他笔直地朝我压过来并且毫无阻碍地穿过了我的身躯。

五

18寸电视里正放着夏群芳一直在看的一部连续剧，但是她除了感到那些小人儿晃来晃去之外看不出别的。桌上的饭菜已经热了两次，只有粉丝汤还在冒着微弱的热气。夏群芳忍不住又朝黑漆漆的窗外张望了一下。

有电话就好了，夏群芳想，她不无紧张地盘算着。现在安电话是便宜多了，但还是要几百块钱初装费，如果不收这个费就好了。夏群芳想不出何夕为什么没有回来吃饭，在印象中这是从来没有过的事情。何夕只要答应她的事情从来都是算数的，哪怕只是像回家吃饭这样的小事，这是他们母子多年来的默契。夏群芳又看了眼桌上的饭菜，她没有一点食欲，但是靠近心口的地方却隐隐地有些痛起来。夏群芳撑起身，拿勺子舀了点粉丝汤，而就在这个时候门锁突然响了。

"妈。"何夕推着门就先叫了声，其实这时他的视线还被门挡着，这只是许多年的老习惯。

夏群芳从凳子上站起来，由于动作太急凳子被碰翻在地。"怎么这么晚才回来？"虽然是责备的意思但是她的语气却只有欣喜，"饿了吧？我给你盛饭。"

何夕摆摆手："我在街上吃过了，有同学请。"

夏群芳不高兴了："叫你少在街上乱吃东西的，现在流行病多，还是学校里干净。你看对门家的老二就是在外不注意染上肝炎的……"夏群芳自顾自地念叨着，没有注意到何夕有些心不在焉。

"我知道啦。"何夕打断她的话，"我回来拿衣服，还要回学校去。"

夏群芳这才注意到何夕的脸有些发红，像是喝了点酒。她有些不放心地问："今天就不回校了吧，都8点钟了。"

何夕环视着这套陈设简陋的两居室，有好一会儿都没有出声。"晚上刘教授找我有事。"他低声说，"你帮我拿衣服吧。"

夏群芳不再有话，转身进了里屋，过了几分钟拿着一个撑得鼓鼓的尼龙包出来。何夕检视了一下，朝外拽出几件厚毛衣："都什么时候了还穿得住这些？"

夏群芳大急，又一件件地朝口袋里塞："带上带上，怕有倒春寒呢。"

何夕不依地又朝外拽，有些不耐烦："带多了我没地方放。"

夏群芳万分紧张地看着何夕把毛衣统统扔了出来，她拿起其中一件最厚的，说："带一件吧，就带一件。"

何夕无奈地放开口袋，夏群芳立刻手脚麻利地朝里面塞进那件毛衣，同时还做贼般顺手往里面多加了一件稍薄的。

"怎么没把脏衣服拿回来？"夏群芳突然想起何夕是空手回来的。

"我自己洗了。"何夕转身欲走。

"你洗不干净的。"夏群芳嘱咐道，"下次还是拿回来洗，你读书已经够累了，再说你干不来这些事情的。"

"噢。"何夕边走边懒懒地答应着。

"别忙！"夏群芳突然有大发现似的叫了声，"你喝口汤再走。喝了酒之后是该喝点热汤的。"她用手试了下温，"已经有点冷了。你等几分钟我去热一下。"说完端起碗朝厨房走去。等她重新端着碗出来时却发现屋子里已经空了。

"何夕。"她低声唤了声，然后目光便急速地搜寻着屋子。她没有见到那两件塞进包里的毛衣，这个发现令她略感放心。这时一阵突如其来的灼痛从手上传来，装着粉丝汤的碗掉落在地发出清脆的响声。夏群芳吹着手，露出痛楚的表情，这使得她眼角的皱纹显得更深。然后她进厨房拿来了拖把。

我站在饭桌旁，看着地上四处横流的粉丝汤，心里在想这个汤肯定好喝至极，胜过世上的一切美味珍馐。

六

刘青关上门，象征性地隔绝了小客厅里的嘈杂。在这种老式单元房里，声音是可以四处周游的。学校的教师宿舍就这个条件，尤其是数学系，不过还算过得去吧。

何夕坐在书桌前，刚才刘青的一番话让他有些茫然。书桌上放着一叠足有50厘米高的手稿，何夕不时伸出手去翻动几页，但看得出他根本心不在焉。

"我已经尽了力了。"刘青坐下来说，他不无爱怜地看着自己最得意的学生。

"我为了证明它花费了十年时间。"何夕注视着手稿，封面上是几个大字——微连续原本，"所有最细小的地方都考虑到了，整个理论现在都是自洽的，没有任何矛盾的地方。"何夕咽了口唾沫，喉结滚动了一下，"它是正确的，我保证。每一个定理我都反复推敲过多次，它是正确的。现在只差最后的一个定理还有些意义不明确，我正试图用别的已经证明过的定理来代替它。"

刘青微微叹口气，看着已经有些神思恍惚的何夕："听老师的话，把它放一放吧。"

"它是正确的。"何夕神经质地重复着。

"我知道这一点。"刘青说，"你提出的微连续理论及大概的证明过程我都看过了，以我的水平还没有发现有矛盾的地方，证明的过程也相当出色，充满智慧。说实话，我感到佩服。"刘青回想着手稿里的精彩之处，神情不禁有些飞扬——无论如何这是出自他的学生之手，而且有一句话刘青没有说出来，那就是他并没有完全看懂手稿。许多地方做的变换式令他迷惑，还有不少新的概念性的东西也让他接受起来相当困难；换言之，何夕提出的微连续理论完全是一套全新的东西，它不能归入到以往的任何体系里去。

"问题是，"刘青小心地开口，他注视着何夕的反应，"我不知道它能用来干什么。"

何夕的脸立刻变得发白，他像是被什么重物击中了一般，整个人都蔫了一头，过了半晌才回过神来强调道："它是正确的，我保证。"他仿佛只会说这一句话了。

"我们的研究终究要获得应用才是有意义的，否则只能误入为数学而数学的歧途。"

"可它看起来是那样和谐，"何夕争辩道，"充满了既简单又优美的感觉。老师，我记得你说过的，形式上的完美往往意味着理论上的正确。"

刘青一怔，他知道自己说过这段话，也知道这段话其实是科学巨匠爱因斯坦的经验之谈。他不否认微连续理论符合这一点，当他浏览着手稿的时候内心的确有种说不出的充满和谐的感受，就像是在听一场完全由天籁之声组成的音乐会；但问题的症结在于他实在看不出这套理论会有什么用。自从几个月前何夕第一次向他展示了微连续理论的部分内容后，他就一直关心这个问题，这段时间他经常从各种途径查找这套理论可能获得应用的范畴，但是他失败了。微连续理论似乎跟所有领域的应用都沾不上边，而且还同主流的数学研究方向背道而驰。刘青承认这或许是一套正确的理论，但却是一套无用的正确理论。就好比对圆周率的研究一样，现在据称已经推算到小数点后几亿位了，而且肯定是正确的，但是这也肯定是没有意义的。

"想想中国古代的数学家祖冲之，他只是把圆周率推算到了小数点后几位。但他对数学的贡献无疑要比现在那些还在小数点后几亿位努力的人大得多。"刘青幽幽地说，"因为他做的才是有意义的工作，而不是纯粹的数学游戏。"

何夕有些发怔，他听出了刘青语中的意思。"我不同意！"何夕说，"老师，你知不知道，许多年前的某一个清晨我突然想到了微连续，它就像是一只无中生有的虫子般钻进了我的脑子。那时它只是一个朦朦胧胧的影子，这么多年来我为了证明它费尽心力。现在我就要完成了，只差最后一点点。"何夕的眼神变得缥缈起来，"也许再有一个月……"

刘青在心里轻叹一声，他看得出何夕已经执迷太深。何夕是他所见过的最聪明的数学奇才，按刘青私下的想法，何夕的水平其实可以给这所名校的所有数学教授当老师。他深信只要假以时日，何夕必定会是将来学术领域内的一朵奇葩。而现在何夕却误入歧途，陷在了一个奇怪的问题里，这个情形使刘青忍不住回想起很多年前的自己，那时他也常常因为一些磨人却无用的数学谜题而废寝忘食，形销骨立。但是何夕没有看到问题的关键，刘青知道自己作为师长有义务提醒这一点，尽管这显得很残酷。

"你想过微连续理论可能应用在什么领域吗？我是说，即使做最大胆的想象。"刘青尽量使自己的声音柔和些，虽然他知道这并没有什么用。

何夕全身一震，脸色变得一片苍白。"我不知道。"他说，然后抱住了头。

我看到何夕脚下铺着劣质瓷砖的地面上洇出了一滴水渍。

七

"这两天我没和江雪在一起。"老麦低声说，坐在桌子对面的他目光有些躲闪。

何夕有点愤怒地盯着老麦："你这算是什么意思！江雪和我吵架只是我们两个人的事，你这样做是乘人之危。"

老麦喝口茶，眼里升起无奈的神色："我的确没和江雪在一起，不过我猜想她可能是和老康在一起。"

"谁是老康？"何夕问，他在脑子里搜索着。

"老康是一家规模不小的计算机公司的老板，那天你和江雪闹别扭之后我们在保龄球馆碰上的。大家是校友，自然谈得多一些。"老麦不无羡慕地说，"听说……"他突然打住，目光看向窗外。

何夕回头，江雪从一辆漂亮的宝蓝色小车上下来，她身边一位胖乎乎的年轻人正在关车门。就在何夕还没想好该怎么办的时候，江雪已经很高兴地叫起来："真巧呵，你们两个也在这。"江雪兴奋得满脸发红，她拉着身边的那个人进屋来，对何夕说，"这是康——"她突然一滞，有些发窘地问道，"你叫康什么来着？算啦，我还是叫你老康吧。"然后她指着何夕说，"这是何夕，我的男朋友——"她似乎觉得不够，又补上一句说，"数学系的高才生。"

"数学系——"老康上下打量着看上去有些猥琐的何夕，伸出手说，"常听小雪提起你。"

小雪？何夕心里咯噔了一下，他看了眼江雪，她却一副若无其事的样子。"怎么不回我的传呼？"何夕带点气地问。

"让你也着急一下。"江雪的表情有些调皮，"谁叫你气我呢。好啦，现在让你着急了两天，我们算是扯平了。今天大家新认识，应该找地方大吃一顿作为庆祝。我看看，"她煞有介事地盯着三个男人看，然后指着老康说，"我们几个数你最肥，这顿肯定是你请吧。"

老麦不依地说："以前请客都是我的专利，这次还是我吧。"

老康的表情有些奇怪，他死盯着何夕的脸，仿佛在做某种研究。江雪碰碰他的胳膊："你干吗老盯着何夕看？"

"我同何夕做不了朋友啦。"老康突然说，语气很是无奈，"我们是情敌，注定要一决高下。"

"你说什么？"江雪吃了一惊，她的脸立时红了，"何夕是我男朋友，你不该这么想！"

"我怎么想只有我自己能够决定。"老康咧嘴一笑，目光死死地看着江雪，直到她低下头去，然后转头看着何夕说，"我喜欢江雪。"

何夕觉得自己的头有点晕，眼前这个胖乎乎的人让他乱了方寸。情敌？这么说他们之间是敌人了，至少人家已经宣战了。何夕感到自己背上已经沁出了汗水，他不知道下一步该做什么，末了他采取了一个也许是最蠢的办法。他转头对江雪说："我该怎么办？"

江雪镇定了些，她正色道："何夕是我男朋友，我喜欢他。"

老康看上去并不意外："如果你是那种轻易就移情别恋的女孩的话

我就不会像现在这样喜欢你了。"他举起一只手，服务生跑过来问有什么事。

"去替我买19朵玫瑰，要最好的。"老康拿出钱。

何夕剧烈地喘着气，他从来没有遇到过这样的事情，这简直像是戏剧里的情节。"那好吧。"何夕吐出口气，"既然你要和我一决高下的话我一定奉陪。"何夕突然觉得这样的话说起来也是很顺口的，仿佛他天生就擅长这个。

"我不想待下去了。"江雪说，她的脸依然很红，"我们还是走吧。别人都在看我们。"

服务生新送来两杯茶。老麦吹了一声短促的口哨，站起身说："今天的茶我请。"

出乎他意料的是何夕突然粗暴地将他的手挡开，并且拿出钱说："谁也不要争，我来。"

八

何夕默不作声地看着夏群芳忙碌地收拾着饭桌，他不知道该怎样开口。

"妈，你能不能帮我借点钱。"何夕突然说，"我要出书。"

夏群芳的轻快动作立时停下来。"借钱？出书？"她缓缓坐到凳子上，过了半晌才问，"你要借多少？"

"出版社说至少要好几万。"何夕的语气很低，"不过是暂时的，书销出去就能还债了。"

夏群芳沉默地坐着，双手拽着油腻的围裙边用力绞结。过了半晌她走进里屋，一阵"窸窸窣窣"的响动之后拿着一张存折出来说："这是厂里买断工龄的钱。说了很久了，半个月前才发下来。1年940，我27年的工龄就是这个折子，你拿去办事吧。"她想说什么但没有出声，过了一会还是忍不住低声补充说，"给人家说说看能不能迟几个月交钱，现在取算活期，可惜了。"

何夕接过折子，看也没看便朝外走："人家要先见钱。"

"等等——"夏群芳突然喊了声。

何夕奇怪地回头问："什么事？"

夏群芳眼巴巴地看着何夕手里那本红皮折子，双手继续绞着围裙的边："我想再看看总数是多少。"

"25380，自己做个乘法就行了嘛。"何夕没好气地说，他急着要走。

"我晓得了，你走吧。"夏群芳有点不好意思地说，她也觉得自己太啰嗦了。

......

刘青有点忙乱地将桌面上的资料朝旁边抹去，但是何夕还是看到了几个字：考研指南。何夕的眼神让刘青有些讪讪然，他轻声说："是帮朋友的忙。你先坐吧。"

何夕没有落座的意思。"老师。"他低声开口说，"你能不能借点钱给我，我想自己出书。"

刘青没有显出意外，似乎早知道会有这事。过了几分钟他走回桌前整理着先前弄乱的资料，脸上露出自嘲的神情："其实我两年前就在帮人编这种书了，编一章2000块，都署别人的名字，并不是人家不让我署这个名，是我自己不同意。我一直不愿意让你们知道我在做这事。"

何夕一声不吭地站着，看不出他在想什么。刘青叹口气说："我知道你想把微连续理论出书，但是，"他稍顿一下，"没有人会感兴趣的，你收不回一分钱。"

"那你是不打算借给我了？"何夕语气平静地问。

刘青摇摇头："我不愿意眼睁睁地看着你失败，到时候你会莫名其妙地背上一身债务，再也无法解脱。你还这么年轻，不要为了一件事情就把自己陷死在里面。我以前……"

门铃突然响了，刘青走出去开门。让何夕想不到的是进门的人他居然认得，那是老康。老康提着一个漂亮的盒子，看来他是来探访刘青的。

刘青正想介绍，而何夕和老康已经在面色凝重地握手了。"原来你们认识。"刘青高兴地搓着手，"这可好。我早有安排你们结识的想法了，在我的学生里你们俩可是最让我得意的。"

何夕一怔，他记得老康是计算机公司的老板。老康了解地笑了笑说："我是数学系毕业的，想不到会这么巧，这么说我算起来还是你的同门师兄。"他促狭地眨眨眼，"怎么样，知道孔融让梨的故事吧？"

刘青自然不明白其中的曲折，他兴奋得仿佛年轻了几岁，四下里找杯子泡茶。老康拦住他说不用了，都不是外人。何夕在一旁沉默地看着这一切，他看得出这个老康当年必定是刘青教授深爱的弟子。

"老师。"何夕说，"你有客人来我就不耽搁了。我借钱的事……"

刘青脸上的笑容不见了，他盯着何夕的脸，目光里充满惋惜："你还是听我的话，放弃那些不切实际的想法吧！借钱出这样的理论专著是没有出路的。"他转头对老康解释道，"何夕提出了一套新颖的数学理论，他想出书。"

老康的眼里闪过一个亮点，他插话道："能不能让我看看，一点点就行。"

何夕从包里拿出几页简介递给老康。老康的目光飞快地在纸页上滑动着，口里念念有词，他的眉头时而紧蹙时而舒展，整个人都仿佛沉浸到了那几页纸里。过了好半天他才抬起头来，目光有些发呆地看着何夕："证明很精彩，简直像是音乐。"

何夕淡淡地笑了，他喜欢老康的比喻。其实正是这种仿佛离题万里的比喻才恰恰表明老康是个内行。

"我借钱给你。"老康很干脆地说，"我觉得它是正确的，虽然我并没有看懂多少。"

刘青哑然失笑："谁也没说它是错的。问题在于这套理论有什么用，你能看出来吗？"

老康挠头，然后咧了咧嘴："暂时没看出来。"他紧跟上一句，"但是它看上去很美。"老康突然笑了，因为他无意中说了个王朔的小说名，眼下正流行。"不过我说借钱是算数的。"

刘青突然说："这样，如果你要借钱给何夕必须答应我一条，不准写借据。"

何夕惊诧地看着刘青，印象中老师从来都是温文有礼并且拘泥小节的，不知道这种赖皮话何以从他口中冒出来。

"那不行！"何夕首先反对。

"非要写的话就把借方写成我的名字，我来签字；如果你们不照着我的话做就不要再叫我老师了。"刘青的话已经没有了商量的余地。

在场的人里只有我不吃惊，因为我知道将会发生什么样的事情。

九

江雪默不吭声地盯着脚底的碎石路面，她不知道何夕会作出什么样的反应。从内心讲，如果何夕发一通脾气她倒还好受一些，但她最怕的就是何夕像现在这样一语不发。

"你说话呀！"江雪忍不住说，"如果你真反对的话我就不去了，很多人没有出去也干出了事业。"

何夕幽幽地开口，"老康又出钱又给你找担保人，他为你好，我又怎能不为你着想？"

"钱算是我借他的，以后我们一起还。"江雪坚决地说，"我只当他是普通朋友。"

"我知道你的心意。"何夕爱怜地轻抚江雪的脸。

"等我出去站稳了脚你就来找我。"江雪憧憬地笑，"你知不知道，你是我见过的最聪明的人，如果你是学我们这种专业的话早就成功立业了。我说的是真的。"江雪孩子似的强调，"你有这个实力，我觉得你比老康强得多。"

何夕心里滑过一缕柔情："问题是我喜欢我的专业。在我看来那些符号都是我的朋友，是那种仿佛已经认识了几辈子的朋友。只有见到它们我心里才感到踏实，尽管它们不能带给我什么，甚至还让我吃尽了苦头；但是我内心有一个声音告诉我，这就是我降临到世上应该做的事情。"

江雪调皮地刮脸："好大的口气，你是不是还想说天将降大任于斯人也……"

何夕叹口气："我的意思只是……"他甩甩头，"我入迷了，完全陷进去了。现在我只想着微连续，只想着出书的事。为了它我什么都顾不上了。就这个意思。"

江雪不笑了，她有些不安地看着何夕的眼睛，"别这么说，我有些害怕。"

何夕的眼睛在月光下闪过莹莹的亮点："说实话我也害怕。我不知道明天究竟会怎样，不知道微连续会带给我什么样的命运；不过，我已经顾不上考虑这些了。"

江雪全身一颤："你不要用这种口气对我说话好吗？这让我觉得失去了依靠。"

失去依靠？何夕有些分神，他有不好的预感。"别这样。"他揽住江雪的肩，"我们现在不是好好的嘛。"他深深地凝视着江雪娇好的面庞，"不论如何，我永远都喜欢你。"

江雪感受到何夕温热的气息扑面而来，月色之中她柔软的唇像河蚌一样微翕开，在漫天谜一样的星光下她的眼睛里充满了泪水。

这是个错误。我轻声说，但是热吻中的人儿听不到我的话。

十

"我说服不了他们。"刘青不无歉疚地看着何夕失望的眼睛，"校方不同意将微连续理论列为攻关课题，原因是——"他犹豫地开口，"没有人认为这是有用的东西。你知道的，学校的经费很紧张，所以出书的事……"

何夕没有出声，刘青的话他多少有所预料。现在他最后的一点期望已经没有了，剩下的只有自费出书这一条路了。何夕下意识地摸了下口袋里的存折，那是母亲27年的工龄，从青春到白发，母亲连问都没有问一句就给他了。何夕突然有点犹疑，他不知道自己究竟有什么权力来支配母亲27年的年华——虽然他当初是毫不在乎地从母亲手里接过了它。

"听老师的话。"刘青补上一句，"放弃这个无用的想法吧。还有很多有意义的事情值得去做，以你的资质一定会大有作为的。"

出乎刘青意料的是何夕突然失去了控制，他大笑起来，笑出了眼泪。

"大有作为……难道你也打算让我去编写什么考研指南吗？那可是最有用的东西，一本书能随便印上几万册，可以让我出名，可以让我赚大笔钱。"何夕逼视着刘青，目光里充满了无奈，"也许你愿意这样可我没法让自己去做这样的事情。我不管您会怎么想，可我要说的是，我不属于做那种事。"何夕的眼神变得有些狂妄，"微连续耗费了我十年的时光，我一定要完成它。是的，我现在很穷，我的女朋友出国深造居然用的是另一个男人的钱。"何夕脸上的泪水滴落到了稿纸上，"可我要说的是，没有什么力量能够阻止我。我只知道一点，微连续理论必须由我来完成，它是正确的，它是我的心血。"他有些放肆地盯着刘青，"我只知道这才是我要做的事情。"

刘青没有说话，表情有些尴尬，何夕的讽刺让他没法再谈下去。"好吧。"刘青无奈地说，"你有你的选择，我无法强求你，不过我只想说一句——人是必须要面对现实的。"

何夕突然笑了，竟然有决绝的意味。"还记得当年您第一次给我们讲课时说的第一句话吗？"何夕的眼神变得有些缥缈，"当时您说探索意味着寂寞。那是差不多七年前的事情了，这么多年来我一直都记着这句话。"

刘青费力地回想着，他不记得自己说过这句话了，有很多话都只是在某个场合说说罢了。但是他知道自己一定是说过这句话的，因为他深知何夕非凡的记忆力。七年，不算短的时光，难道自己真的已经变了？

"问题在于——"刘青试图做最后的努力，"微连续不是一个有用的成果，它只是一个纯粹的数学游戏。"

"我知道这一点。是的，我承认它的的确确没有任何用处。老实说我比任何人都更清醒地认识到这一点。"何夕平静但是悲怆地说，这是他第一次这样直接地说出这句话。何夕没想到自己能够这样平静地表述这层意思，他曾经以为这根本是做不到的事情。一时间他感到心里似乎有什么东西正在一点一点地破碎掉，碎成渣子，碎成灰尘，但他的脸上依然如水一样的平静。

"可我必须完成它。"何夕最后说了一句，"这是我的宿命。"

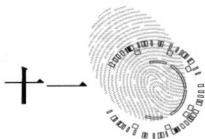

十一

这段时间何夕一直过着一种挥金如土的日子，他从来没有像现在这般阔气，往往随手一摸就是厚厚的一沓钞票。尽管从衣着上他还和以往一样寒酸，加上满脸的胡须，看上去显得老了很多。何夕每日里都急匆匆地赶着路，神情焦灼而迫切，整个人都像是被某种预期的幸福包裹着。如果留意他的眼神的话会发现不少有意思的东西，这已经不是平日里的那个何夕了，他仿佛变了一个人。如果要给这种眼神找一个准确的描述会相当困难，不过要近似地描述一下还是可以办到的——见过赌徒在走向牌桌时的眼神吗？就是那样，而且还是兜里的每一分钱都是借来的那种赌徒。

何夕正和一个胖墩墩的眼镜大声争吵，他的脸涨得通红。

"凭什么要我多交这么多？"何夕不依地问，"我知道行情。"他笨拙地抽烟，尽量显出深于世故的样子。

胖眼镜倒是不紧不忙，这种事他有经验："你的书稿里有很多自创的符号，我们必须专门处理，这自然要加大出版的成本。要不你就换成常用的。"

"那不成！"何夕往皱巴巴的西服袖子上擦着汗，但是他已经没法像刚才那样大声了，"这些符号都是有特殊意义的，是我专门设计的，一个也不能换。微连续是新理论，等到它获得承认之后那些符号都会成为标准化的东西。"

胖眼镜稍稍地撇了下嘴，脸上仍然是可亲的笑容。"你说得很对，问题是咱们不是赶在标准前面了吗？那些符号增大了我们的成本。"他收住笑容，拿出一页纸来，"就这个数，少一分也不行，你同意就签字。"

何夕怔怔地看着那张纸，那个数字后面长串的零就像是一张张大嘴。它们扭曲着向何夕扑过来，不断变幻着形状，一会儿像是江雪的漂亮眼睛，一会儿像是刘青无奈的目光，更多的时候就像是老康白白胖胖的笑脸。何夕已经记不清自己向老康开过几次口了，每当胖眼镜找到理由抬价的时候他只能去找老康。老康是爽快而大方的，但他白胖的笑脸每次都让何夕有种如芒在背的感受。老康总是一边掏钱一边很豪放地说有什么困难只管开口，你是小雪的朋友嘛，小雪每次来信都叫我帮你；小雪安排的事情要是不办好，等以后我到了那边可怎么交代哟。

何夕面色灰白地掏出笔，他仿佛听到有个细弱的声音在阻止他下一步的行动，听上去有些像是江雪；但是他终究还是在那张纸上签了名。也就在这个时候他内心里的那个小声音突然消失了，再也听不见了。

胖眼镜一等到何夕的背影转过了楼梯口便露出了得意的笑容，他小心翼翼地收好有何夕签名的那页纸。"雏儿。"胖眼镜不屑地转身，随手将另几页纸扔进了垃圾桶。

我看着那几页纸，它们同何夕签字的那页纸的内容完全一样，只是在填写金额的地方填着另外的数字。那些金额都很小。

十二

"……六月的大湖区就像是天堂，绿得发亮的草地上是自在的人们。狗和小孩嬉戏着，空气清新得像是能刺透你的肺。这里的风景越好就越让我想起你。亲爱的，你什么时候能够来到我身边？我想你。"

"……老康昨天才走，他出来参加一个秋季产品展示会，难为他从西岸赶到东岸来看我。在这里能够见到老朋友真是愉快的事，尤其是能亲耳从朋友口里听到关于你的事情。我让老康多帮帮你，你也不要见外，朋友间相互帮忙是常有的。其实老康人挺不错的，就是说话比较直一点。"

"……今天这里下了冬天的第一场雪，我特意和几个朋友赶到了郊外照相。大雪覆盖下的园野变得和故乡没有什么不同，于是我们几个都哭了。亲爱的夕，你真的沉迷在了那个问题里了吗？难道你忘了还有一个我吗？老康说你整日只想着出书，什么也不管了。他劝你也不听。你知道吗？其实是我求老康多劝劝你的。听我的话，忘掉那个古怪的问题吧，以你的才智完全还有另外一条铺着鲜花的坦途可走，而我就在道路的这头等你。听我的话，多为我们考虑一下吧。让我来安排一切。"

"亲爱的夕，有人说在月色下女人的心思会变得难以捉摸，我觉得这人说得真好。今夜正好有很好的月光，而我就站在月光下的小花园里。老康在屋里和几个朋友听音乐（他又出来参加什么展示会了），我不知道是不是他有意选择了这首曲子，真是像极了我此时的心情。那样缠绵，带着无法摆脱的忧伤，还有孤独。是的，孤独，此时此刻我真想有人陪着我，听我说话，注视着我，也让我能够注视他。亲爱的夕，我不知道你为何拒绝我替你安排的一切，难道那个问题真的比我更重要吗？拿出我的相片来看看，看看我的眼睛，它会使你改变的，相信我……老康在叫我了，他总是很仔细，不放心我一个人出来。"

"……今天和室友吵了一架，我真是没用，哭得惨兮兮的。也许是一人在外久了我变得很脆弱，一点小事就想不开。我真想有个坚强的臂膀能够依靠。你离得那么远，就像是在天边。老康下午突然来了（他现在成了展示会专业户），见我一直哭就编笑话给我听，全是以前听过的，要是在以前我早就奚落他几句了，可这次不知怎么却笑得像个傻孩子。老康也陪着我笑，样子更傻……"

"……回想当日的一切就像是在做梦，我们有过那么多欢乐的时光。我真的不知道自己究竟应该怎么做。我不是善变的人，直到今天我还这么想。我曾经深信真爱无敌，可我现在才知道这个世界上真正无敌的东西只有一样，那就是时间。痛苦也好喜悦也好，爱也好恨也好，在时间面前它们都是可以被战胜的，即使当初你以为它们将一生难忘。在时间面前没有什么敢称永恒。当我写下这段文字的时候我的泪水止不住地往下流，但这并非因为对你的爱，而是我在恨自己为何改变了对你的爱——我本以为那是不可能的事。

"老康已经办妥了手续，他放弃了国内的事业。他要来陪着我。

"就让我相信这是时间的力量吧，这会让我平静。"

十三

夏群芳擦着汗，不时回头看一眼车后满满当当的几十捆书。每本书都比砖头还厚，而且每册书还分上中下三卷，敦敦实实地让她生出满腔的敬畏来。这使得夏群芳想起了40多年前自己刚刚发蒙时面对课本的感觉，当时她小小的心里对于编写出课本的人简直敬若天人。想想看，那么多人都看同一本书，老师也凭着这书来考试打分。书就是标准，就是世上最了不得的东西；而写书的人当然就更了不得了，而现在这些书全是她的儿子写出来的。

在印刷厂装车的时候夏群芳抽出本书来看，结果她发现自己每一页都只认得不到1%的东西。除了少数汉字以外全是夏群芳见所未见的符号，就像是迷信人家在门上贴的桃符。当然夏群芳只是在心里这样想，可没敢说出来。这可是家里最有学问的人花了多少力气才写出来的，哪是桃符可以比的。

让夏群芳感到高兴的是有一页她居然全部看得懂，那就是封面。微连续原本，何夕著。深红的底子上配上这么几个字简直好看死了，尤其是自己儿子的名字，原来何夕两个字烫上金会这么好看，又气派又显眼。夏群芳想着便有些得意，这个名字可是她起的。当初和何夕的死鬼老爸为起名字的事还没少争过，要是死鬼看到这个烫金的气派名字不服气才怪。

车到了楼下，夏群芳变得少有地咋咋呼呼，一会儿提醒司机按喇叭以疏通道路，一会儿亲自探头出去吆喝前边不听喇叭的小孩。邻居全围拢来，不知道发生了什么事。

"买啥好东西了？"有人问。

夏群芳说到了，叫司机停车，下来打开后车厢。"我家小夕出的书。"夏群芳像是宣言般地说。她指着一捆捆的皇皇巨著，心里简直满得不行，有生以来似乎以今日最为舒心得意。

"哟。"有好事者拿起一本看看封底发出惊叹，"400块1套。10套就是4000，100套就是40000。小夕真行呀，你家以后怕不是要晒票子了。夏阿姨你要请客哟！"

夏群芳觉得自己简直要晕过去了，她的脸热得发烫，心脏怦怦直跳，浑身充满了力气。她几乎是凭一个人的力气便把几十捆书搬上了楼，什么肩周炎、腰肌劳损之类的病仿佛全好了。这么多书进了屋立刻便显得屋子太小，夏群芳便孜孜不倦地调整着家具的位置，最后把书磊成了方方正正的一座书山，书脊一律朝外，每个人一进门便能看到书名和何夕的烫金名字。夏群芳接下来开始收拾那一堆包装材料，她不时停下来，偏着头打量那座书山，乐呵呵地笑上一回。

十四

老康站住了，他身后上方是"国际航班通道"的指示牌，身前是送行

的亲友。何夕和老麦同他道别之后便走到不远之外的一个僻静角落里，与人们拉开了距离。

"我不认为他适合江雪。"老麦小声地说了句，他看着何夕，"我觉得你应该坚持。江雪是个好女孩。"

何夕又灌了口啤酒，他的脸上冒着热气。因为酒精的作用他的眼睛有些发红。

"他是我的同行。"老麦仿佛在自言自语，"我也准备开家电脑公司，过几年我肯定能做到和他一样好。我们这一行是出神话的行业，别以为我是在说梦话，我是认真的。不过有件事我想跟你说说。"老麦声音大了点，"半个月前我认识了一个老外，也是我的同行，很有钱。知道他怎么说吗？他对我说你们太'上面'了。我不清楚他是不是因为中文不好才用了这么一个词，不过我最终听明白了他的意思。他说他并不因为世界首富出在他的国家就感到很得意，实际上他觉得那个人不能代表他的国家。在他的眼里那个人和让他们在全世界大赚其钱的好莱坞以及电脑游戏等产业没有什么本质差别。他说他的国家强大不是在这些方面，这些只是好看的叶子和花，真正让他们强大的是不起眼的树根。可现在的情况是几乎所有的人都只盯着那棵巨树上的叶子和花，并徒劳地想长出更漂亮的叶子和花来超过它。这种例子太多了。"

何夕带点困惑地看着老麦，他不知道大大咧咧的老麦在说些什么。他想要说几句，但脑子昏沉沉的。这些日子以来他时时有这种感觉，他知道面前有人在同自己讲话，但是集中不了精神来听。他转头去看老康，个子上他比老康要高，但是他看着老康的时候感觉自己就像是一个侏儒，须得仰视才行。欠老康多少钱，何夕回想着自己记的账，但是他根本算不清。

老康遵着刘青的意思不要借据，但何夕却没法不把账记着。你拿去用！老康胖乎乎的笑脸晃动着，是小雪的意思，小雪求我的事我还能不办好，啊哈哈哈。烫金的"微连续原本"几个字在何夕眼前跳动，大得像是几座山，每一座都像是家里那座书山。几个月了，就像是刘青预见的那样，没有任何人对那本书感兴趣。刘青拿走一套，塞给他400块钱，然后一语不发地离开了。他的背影走出很远之后何夕看见他轻轻摇摇头把书扔进了道旁的垃圾桶。正是刘青的这个举动真正让何夕意识到微连续的确是一个无用的东西——甚至连带回家当摆设都不够格。天空里有一张汗津津的存折飞来飞去。夏群芳在说话，这是厂里买断妈27年工龄的钱。何夕灌了口啤酒咧嘴傻笑，27年，324个月，9855天，母亲的半辈子。但何夕内心里却有一个声音在说，这个世界上你唯一不用感到内疚的只有母亲。

书山还在何夕眼前晃动着，不过已经变得有些小了。那天何夕刚到家夏群芳便很高兴地说有几套书被买走了，是C大的图书馆。夏群芳说话的时候得意地亮着手里的钞票。但是何夕去的时候管理员说篇目上并没有这套书，数学类书架也找不到。何夕说一定有一定有，准是没登记上，麻烦你再找找。管理员拗不过只得又到书架上去翻，后来果真找出了一套。何夕觉得自己就要晕过去了，他大口呼吸着油墨的清香，双手颤抖着轻轻抚过书的表面，就像是抚摸自己的生命，巨大的泪滴掉落在了扉页上。管理员纳闷地嘀咕，这书咋放在文学类里。他抓过书翻开封面，然后有大发现地说，这不是我们的书，没印章。对啦，准是昨天那个闯进来说要找人的疯婆子偷偷塞进去的。管理员恼恨地将书往外面地上一扔，我就说她是个神经病嘛，还以为我们查不出来。何夕简直不知道自己是怎样回到家里的，他仿佛整个人都散了架一般。一进门夏群芳又是满面笑容地指着日渐变小的书山说今天市图书馆又买了两册，还有蜀光中学，还有育英小学。

这时不远处的老康突然打了个喷嚏，国内空气太糟，他大笑着说，然后掏出手帕来擦拭鼻子，手帕上是一条清澈的江河，天空中飘着洁白的雪花。

我伸出手去，想挡住何夕的视线，但是我忘了这根本没有用。

……

"老康打了个喷嚏。"老麦挠挠头说，"然后何夕便疯了。我也不明白是怎么一回事，反正我看到的就是那样，真是邪门！"

"后来呢？"精神病医生刘苦舟有些期待地盯着神叨叨的老麦。

"何夕冲过去捏老康的鼻子，嘴里说叫你擤，叫你擤。他还抢老康的手帕。"老麦苦笑，"抢过来之后他便把脸贴了上去翻来覆去地亲。"老麦厌恶地摆头，"上面糊满了黏糊糊的鼻涕。之后他便不说话了，一句话也不说，不管别人怎么样都不说。"

"关于这个人你还知道什么？"刘苦舟开始写病历，词句都是现成的，根本不必经过大脑，"我是说比较特别的一些事情。"

老麦想了想："他出过一套书，是大部头，很大的大部头。"

"是写什么的？"刘苦舟来了兴趣，"野史？计算机编程？网络？烹调？经济学？生物工程？或者是建筑学？"

"都不是，是数学。"

"那就对了。"刘苦舟释怀地笑，顺利地在病历上写下结论，"那他算是来对地方了。"

这时夏群芳冲了进来，穿着老旧的衣服，腰上系着条油腻的围裙，整个人显得很滑稽。她的眼睛红得发肿，目光惊慌而散乱。

"何夕怎么啦？出什么事啦？好端端的怎么让飞机撞啦？"她方寸大乱地问，然后她的视线落到了屋子的左角，何夕安静地坐在那里，眼神缥缈地浮在虚空，仿佛无法对上焦距。他已经不是以前的何夕了，飘浮的眼光证明了这一点。

让飞机撞了？老麦想着夏群芳的话，他不知道是不是自己在机场报讯时说得太快让她听错了。

"医生说治起来会很难。"老麦低声地说。

但是夏群芳并没有听见这句话，她的全部心思已经落到了何夕身上。从看到何夕的那一刻起她的目光就变了，变得安定而坚定。何夕就在她的面前，她的儿子就在她的面前，他没有被飞机撞，这让她觉得没来由的踏实，她的心情与几分钟之前已经大不一样。何夕不说话了，他紧抿着嘴，关闭了与世界的交往，而且看起来也许以后都不会说话了。不过这有什么关系呢？何夕生下来的时候也不会说话的。在夏群芳眼里何夕现在就像他小时候一样，乖得让人心痛，安静得让人心痛。

结局

我是何宏伟。

一连两天我没有见一个客人，尽管外界对于此次划时代事件的关注激情已经到了白热化的程度。这两天里我一直在写一份材料，现在我已经写好了。其实这两天我只是写下了几个人的名字，连同简短的说明。但是每写下一个字我的心里都会滚过长久的浩叹；而当我写下最后那个人的名字时几乎握不住手中的笔。

然后我带着这样一份不足半页的材料站到了诺贝尔物理学奖的领奖台上。无论怎么评价我的得奖项目都不会过分，因为我和我领导的实验室是因为大统一场方程式而得奖的。这是人类最伟大的科学梦想，从某种意义上讲是人类认识的终极。

"女士们先生们。"我环视全场，"大家肯定知道，从爱因斯坦算起，为了大统一场理论已经过去了200多年，至少耗尽了十几代最优秀的物理学家的生命。我是在30年前开始涉足这个领域的，在差不多17年前的时候我便已经在物理意义上明晰了大统一理论，但是这时我遇到无法逾越的障碍。实际上不仅是我，当时还有几个人也都做到了这一步，却再也无法前行。你们有过这样的体会吗？就是有一件事情，你自己心里面似乎明白了，却无法把它说出来，甚至根本无法描述它。你张开了嘴，但是发现吐不出一个字，就像你的舌头根本不属于你。此后我一直同其他人一样徘徊在神山的脚下，已经看得见上面的万丈光芒却无法靠近一步。事情的转机说来有几分戏剧性，两年前的某一天我送九岁的小儿子去上学，当时他们的一幢老图书楼正被推倒，在废墟里我见到了一套装在密封袋里的书。后来我才知道这套书已经出版了150年，但是当时它的包装竟然完好无损，也就是说从未有人留意过它。如果当时我不屑一顾地走开，那么我敢说世界还将在黑暗里摸索150年。但是一股好奇心让我拆开了它，然后你们可以想象我当时的心情，就像是一个穷到极点的乞丐有一天突然发现了阿里巴巴的宝藏。我不知道这样一部我难以用语言来评述的伟大著作怎么会被收藏在一所小学里，不知道上天为何对我这样好，让我有幸读到这样非凡的思想。我只知道当天我简直失去了控制，在废墟上狂奔着大喊大叫不能自已。这正是我要找的东西，它就是大统一理论的数学表达式，甚至比我要的还要多得多。那一时刻我想到了牛顿，他的引力思想并非独有，比如同时代的胡克就有，但是牛顿有能力自创微积分而胡克不能，所以只能是牛顿来解决引力问题。现在我面临的问题又何尝不是这样。书的名字叫《微连续原本》，作者叫何夕。是的，当时我的惊讶并不比你们此刻少。这是个完全陌生的名字，简直可以说是无名小卒。后来的事正如你们看到的，在不到半年的时间里我发表了一系列重要论文，简直可称为神速地完成了大统一理论的方程式。甚至在几个月前我和我的小组还试制出了基于大统一理论的时空转换设备。有人说我是天才，有人说我的发现是超越时代的杰作；但是今天我只想说一句，超越时代的不是我，而是150年前的那位叫何夕的人。不要以为我这样说会感到难堪，其实我只感到幸运，因为我现在已经知道超越时代意味着什么。如果何夕生在我们的时代，根本轮不到我站在这个地方。在他的那个时代支持大统一理论的物理事实少得可怜，现在我们知道必须达到1000万亿G①电子伏特的能级才可能观察到足够多的大统一场物理现象；而在何夕的时代这是根本不可想象的，这也就注定了他的命运。他是个什么样的人，为何他写下这样伟大的著作但却被历史的

---

① G：10的9次方，即10亿。

黄沙掩埋？为了解开心中的这些疑惑，我将第一次时空实验的时区定在了何夕生活的年代。我们安排一个虚拟的观察体出现在了那个过往的年代，那实际上是一处极小的时空洞。它可以出现在指定的时间和地点，从而观察到当时的事件。我目睹了事情的全部过程，如果诸位不反对的话我想把我知道的全讲出来。"

台下没有一个人说话，甚至听不到大声出气的声音。我轻声描述着自己近日来的经历，描述着何夕，描述着何夕的母亲夏群芳，描述着那个时代我见到的每一个人。他们在我的眼前鲜活过来了，连同他们的向往与烦恼。我轻轻做个手势，按照事先的约定，这是让助手们开启机器。大厅暗下来，一束光线投放在了巨大的屏幕上。由于特意喷出的薄雾，光线在空中的轮廓很清晰。我凝视着这束光线，无法准确描述自己此时的心情。我知道此时此刻那束光里有无数的光子，这些宇宙间最轻盈曼妙的精灵正以我们不可想象的速度飞舞。这不算什么，每个人都看到过光子的舞蹈，但是，这一次不同，因为这些光子来自很久以前，此刻它们经过一扇神秘的大门从过去来到了现在。它们穿透的不仅是飘浮着薄雾的空气，还包括150年的时间。

是的，它们穿透了亘古的时间魔障，它们飞舞着。我几乎听得到它们在歌唱，它们本该在百余年前悄无声息地湮灭掉，就像它们的亿万个同类；但是它们循着一条奇异的道路挣脱了宿命，所以它们有理由歌唱，它们在大声呼喊"我们来了"。是的，它们来了，循着那条曲折艰难的道路，向今天的人们飞舞而来。

屏幕上的图像渐渐清晰，分为一左一右两幅画面。一边是年轻漂亮的少妇夏群芳抱着她刚满周岁的胖儿子何夕坐在公园的长椅上，脸上是幸福而憧憬的笑容；另一边是风烛残年的半文盲老妇人夏群芳，正专注地给她满脸胡须目光痴呆的傻儿子何夕梳头，目光里充满爱怜。

尽管我想忍住但还是流下了泪水。我觉得画面上的母亲和儿子是那样的亲密，他们都是那样的善良，而同时他们又是那样的——伤心。是的，他们真的很伤心。而现在他们早已离开这个他们一生都没能理解的世界了，就仿佛他们从来就没有来过。

"如果没有何夕，大统一理论的完成还将遥遥无期。"我接着说，"而纯粹是由于他母亲的缘故《微连续原本》才得以保存到今天。当然这并非她的本意，当初她只是想哄骗自己的儿子，将他从痛苦中解脱出来。现在想来当时她以一个母亲的直觉一定已经隐隐意识到悲剧就要发生，从母亲的角度她是多么想阻止它。以她的水平根本就不知道这里面究竟写的什么，根本不知道这是怎样的一本著作，所以她才会将这部闪烁不朽光芒的巨著偷偷放到一所小学的图书楼里。从局外人的观点看她的行为会觉得荒唐可笑，但她只是在顺应一个母亲的想法。自始至终她只知道一点，那就是她的孩子是好的，这是她的好孩子选择去做的事情。我不否认对何夕的那个时代来说《微连续原本》的确没有任何意义，但我想说的是，对有些东西是不应该过多讲求回报的，你不应该要求它们长出漂亮的叶子和花来，因为它们是根。这是一位母亲教给我的。母亲对自己的孩子从来都不曾要求过回报，但是请相信，我们可爱的孩子终将报答他的母亲。"

我看着手里的半页纸，上面的每一个名字都是那样的伤心。"也许我们应该永远记住这样一些人。"我照着纸往下念，声音在静悄悄的大厅里回响。

"古希腊几何学家阿波洛尼乌斯总结了圆锥曲线理论，1800年后德国天文学家开普勒将其应用于行星轨道理论。

伽罗华在1831年创立群论，当时的学术界无人理解他的思想，以至论文得不到发表。伽罗华年仅21岁英年早逝，100多年后群论获得具体应用。

凯莱1855年左右创立的矩阵理论在60多年后应用于量子力学。

数学家J.H.莱姆伯脱、高斯、黎曼、罗巴切夫斯基等人提出并发展了非欧几何。高斯一生都在探索非欧几何的实际应用，但他抱憾而终。而在非欧几何诞生170年后，这种在当时一无是处、广受嘲讽的理论以及由之发展而来的张量分析理论，成了爱因斯坦广义相对论的核心基础。

何夕独立提出并于公元1999年完成了微连续理论，150年后这一成果最终促成了大统一场理论方程式的诞生。"

在接下来长达10分钟的时间里，整个大厅里没有一丝声音，世界沉默了，为了这些伤心的名字，为了这些伤心的名字后面那千百年寂寞的时光。

我拿出一张光盘："何夕在后来的20年里一直都没有说过话，医生说他完全丧失了语言能力；但是我这里有一段录音，是后来何夕临死前由医院录制作为医案的，当时离他的母亲去世仅仅两天。我们永远无法知道这究竟是因为何夕在母亲去世之后失去了支撑呢，还是他虽然疯了却一直在潜意识里坚持着比母亲活得长久一点——这也许是他唯一能够报答母亲的方式了。还是让我们来听听吧。"

背景声很嘈杂，很多人在说话，似乎有几位医生在场。"放弃吧。"一个浑厚的声音说，"他没救了，现在是10点07分，你把时间记下来。""好吧，"一个年轻的声音说，"我收拾一下。"年轻的声音突然走高，"天哪，病人在说话，他在说话！""不可能！"浑厚的声音说，"他已经20年没说过一句话了，再说他根本不可能有力气说话。"但是浑厚的声音突然打住，像是有什么发现。周围安静下来，这时可以听见一个带着潮气已经锈蚀了很多年的声音在用力说着什么。

"妈——妈——"那个声音有些含糊地低喊道。

"妈——妈——"他又喊了一声，无比的清晰。

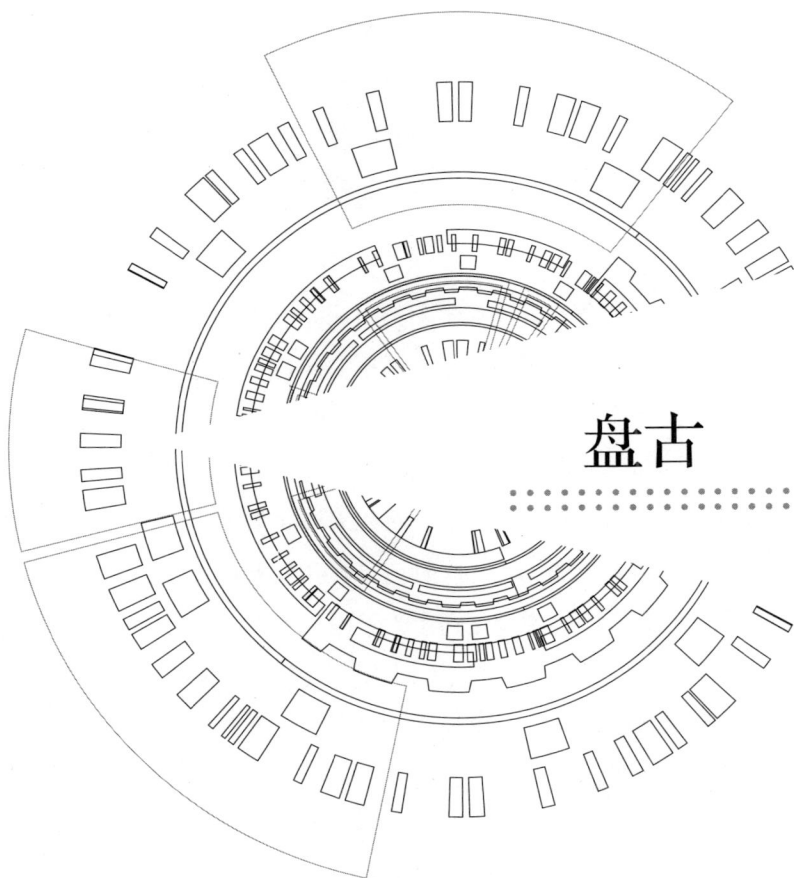

盘古

长着金属翅膀的人在现实里飞翔，长着羽毛翅膀的人在神话里飞翔。

——题记

一

在大劫难到来之前我们有过很多阳光明媚的日子。大学时每逢这种好天气我和陈天石便常常有计划地逃课。请不要误认为我是一个坏学生，其实我正是因为太有上进心了才会这么做——我的综合成绩一直是全系第二名，而如果我不陪着陈天石逃课的话他就会在考场上对我略施惩戒，那么我就保不住这份荣誉。要知道这份荣誉对我来说非常重要，因为我的父亲何纵极教授正是这所名校的校长，同时还是我和陈天石的导师。教授们从来没能看出我和陈天石的答卷全是一个人做出来的，它们思路迥异却又殊途同归。陈天石的这个技巧就如同中国人用"我队大胜客队"和"我队大败客队"两句话来评价同一个结果一样，只不过陈天石把这个游戏玩得更巧妙，更完美，更登峰造极。

但不久之后我的名次却无可挽回地退到了第三，同时陈天石也成了第二名，原因是这年的第二学期从国外转来了一位叫楚琴的黄毛丫头。就在我和陈天石逐渐变得心服口服的时候，楚琴却突然找上门来要求我们以后逃课时也叫上她，她说这样才真正公平。此后陈天石和楚琴便一边逃课一边轮流担当全系第一的角色，我们三人差得出奇的出勤率和好得出奇的成绩使得所有的教授都大惊失色，大跌眼镜。

在写完了毕业论文的那天下午，我们三个人买了点吃的东西到常去的一个小树林野餐。这是一次略带伤感的聚会，作为校际间的优秀生交流，我们三人已被选送到三所不同的学校攻读博士学位，分别已是在所难免。不过我们大家都尽力不去触碰这个问题，分别纵然真实但毕竟是明天，而现在我们仍然可以举起在阳光下晶莹剔透的酒杯大声欢呼"我们快乐"。

那天楚琴也破例地饮了点薄酒，以至于后来的她齿颊留香。在陈天石出去补充柴火的时候她探究地望着我说："我感觉你似乎有点怕陈天石。"

我自然连声否认。

楚琴轻轻摇头："别想瞒我，你和陈天石之间的小秘密我早看出来了。你不必担心，凭自己的力量你能应付今后的学业。我不是在安慰你，我真的这样认为。"

我疑惑地反问："你是说我也可以和天石一样？"

楚琴笑起来："为什么要和他一样，做一个真正的天才未必就快乐。"她突然止住，似乎意识到这句话等于直说我是个冒牌货，声音也顿时一低，"对不起，我并没有别的意思。也许你不会相信，其实我一直以为人生最大的不幸正是成为天才。人类中的天才正如贝类受伤产生珍珠一样，虽然光芒炫目，但毫无疑义，属于病态。造物主安排我和天石成了这样的人，你永远不会知道我们身上流动着一种怎样可怕的血液，你知不知道在夜深人静的时候，我常常被内心那些巨大的说不清来处的狂热声音吓醒，我……"楚琴陡然一滞，泪水在一瞬间里浸湿了她的眼睑。

我不知所措地站立，心中涌动着一股想要扶住她那瘦削的肩头的欲望，但在我做出绅士的举动之前她已经止住泪水微笑着说："谢谢你花时间陪伴一个喜怒无常的女人，有时候我总觉得你就像是我的哥哥。"

"你们在谈我吗？"陈天石突然笑嘻嘻地冒了出来，抱着一捆柴禾。

楚琴微微脸红，快步迎上前去帮忙，却又急促地回头看我，目光如水一般澄澈，竟然，仿——佛——爱——情——

之后我们开始烧汤，看着跳荡的火苗大家都沉默了。楚琴像是想了起什么，犹豫地问陈天石："你还记不记得昨天的实验——那个孤立的顶夸克？"

天石添了一把柴说："估计是记录仪器的错误造成的。"他转头望着我说："你父亲也这样认为。昨天我们观测了包括上夸克、下夸克、顶夸克、底夸克、粲夸克、奇异夸克在内的600万对夸克子，只有一个顶夸克没能找到与之配对的底夸克，这应该属于误差。"

"可是……"楚琴艰难地开口，仿佛每说一个字都费很大力气，"我是说如果仪器没有出现错误呢？我们以前观测都没出过问题。"

"那也没什么，最多不过意味着……"天石的声音戛然而止，就像是被一把看不见的刀斩断。他大张着嘴却吐不出一个字，过了几秒钟他翻翻白眼大声说："我看就是仪器的错误。"

"天石——"楚琴的声音变得发嘶，"你不能这样武断，难道我说的不是一种可能性，天道循环周而复始，你能否定一切？"

天石哑然失笑："你来中国不久但老祖宗的毒却中得不轻，以后你该少看一些老庄。"

"我摒弃装神弄鬼的巫术但赞叹精妙的思想，这也不对？"

"那些思想虽然有田园牧歌式的浪漫但无疑只是神话，记住一句话吧：长着羽毛翅膀的人只能在神话里飞翔，而只有长着金属翅膀的人才能在现实中飞翔。你难道还不明白？"

　　楚琴黯然埋首，旋即又抬头，目光中有一种我不认识的火苗在燃烧。末了她突然淡淡一笑，竟然有孤独的意味："可我们把前者称为天使，因为她没有噪声和空气污染。"

　　陈天石沉默半晌，站起身来踏灭了炊火："走吧，野餐结束了。"

　　第二天传来惊人的消息，楚琴连夜重写了毕业论文。我父亲为此大发雷霆，校方组织了十名专家与楚琴争论，这在这所名校的历史上绝无仅有。这天中午我在自己的课桌里找到一张写着"何夕：带我走"几个字的纸条，纤细的字体如同楚琴的容颜一样秀丽。此后的半天我在一家啤酒馆里喝得酩酊大醉。

　　这之后我便没有见到过楚琴，她和支持她的陈天石一起被学校除名了。本来我可以去送送他们的，但我不敢面对他们的眼睛。两个月之后我踏上了去另一所学院深造的旅程，在轰鸣的飞机上望着白云朵朵，我突然想到此时自己正是一个长着金属翅膀飞翔的人，而那最后的野餐也立时浮现眼前，就像一幅从此定格的照片。楚琴如水一般澄澈的目光闪过，陈天石笑嘻嘻地站在旁边，手里抱着一捆柴禾。

　　……

二

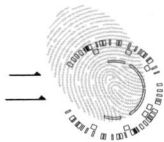

　　我有些留恋地环顾四周，在这个实验室里工作这些年毕竟有了感情。我知道几分钟后当我走出地球科学家联盟的总部大楼之后我的科学生涯也

许就结束了，对从事物理学研究的我来说这意味着生命的一半已经逝去。昔日的辉煌已经不再，十年来我的事业曾倍受赞誉，而现在我甚至不知道出门后能否有一个人来送送我。我提起行李尽力不去注意同行的讪笑，心中满是悲凉之感。父亲现在已是地球科学家联盟副主席，他以前曾多次劝诫我不可锋芒毕露，否则必定树大招风，但我终究未能听进去。不过我是不会后悔的，从一个月前我宣布"定律失效"的观点之后我就只能一条路走到头了。

　　大约在六个月前发生了第一起核弹自爆事件，而检查结果证明当时的铀块质量绝对没有超过临界质量。此后这样的事情又出现了几次，同时还有地磁紊乱、基本粒子衰变周期变短等怪异现象，我甚至发现连光的速度也发生了变化。要知道，每秒30万公里的真空光速正是现代物理学最根本的一块基石。也就是这时我和同行们发生了分歧，他们认为这也许意味着某些新发现将出现，我却对外宣布了"定律失效"。作为物理学家我完全清楚这意味着什么，牛顿定律、麦克斯韦电磁方程、相对论、量子理论支撑着我们对世界的理解，宣布它们失效等于是宣布我们的世界将变得无从认识更无从控制。但我只能这么做，当观测事实与定律不再吻合的时候我选择了怀疑定律，而也就是这一点使我遭到了驱逐。

　　不知从哪道门里突然传出一个高亢的声音："看那个疯子！"这个声音如此响亮，原本很静的大楼也被吵醒，更多的人开始叫喊："滚吧，疯子！""滚吧！异教徒！"我开始小跑，感觉像在逃，可憎的声音一直追着我到大门前。我一直在跑，我想一直这么跑下去……但我被一束娇艳欲滴的鲜花挡住了。我缓缓抬头，看见两朵笑容。

　　……

　　沙漠。

下了很长的舷梯才听不到地面的风声。我环顾这座大得离谱的球形建筑说："原来十年来你们就住在这里，挺气派嘛。"

陈天石揶揄地笑："这哪比得上联盟院士何夕住得舒适。"

我反诘道："现在我可不是了。"

"下野院士还是比我们强。"陈天石不依不饶地说。

我正要反驳却被楚琴止住了："都十年了还是老样子，我真怀疑这十年是否真的存在过。"楚琴的话让我们都沉默了，天石掏出烟来，点火的时候他的额头上映出了深长的皱纹。

"外面死了很多人吗？"楚琴问我。

"大约几万人吧，一些建有军事基地的岛屿已被失控的核弹炸沉，过几天联盟总部也将移入地底。军队已接到命令，尽快将纯铀纯钚都转为化合物，这是目前最大的危险。"

"最大的危险？"楚琴冷笑一声，"这还算不上。"

我盯着她的眼睛："为什么铀的临界质量改变了？"

楚琴没有回答，却转问我一个问题："还记得那次野餐吗？"

我一愣，不知道她为何这样问。难道我会忘吗？那最后的相聚，以及之后的十年离别。我不知道他们怎样度过被人类抛弃的十年时光，但我知道那一定很曲折艰难，就如同天石额上的皱纹。

"算了，今天何夕很累了，还是休息吧。"天石说了一句。

我摇头："你别打断楚琴。"

楚琴的眼神变得有些恍惚："还记得我提的那个问题吗？那个孤立的顶夸克。现在我还想问你，如果不是仪器错误这意味着什么？"

这是一个离经叛道的问题，一个荒诞不经的问题，但这是两位天才在历经十年磨难之后向我提出的问题。十年前我也许可以学天石付诸一笑，但现在我知道没有人再能这样做。可是楚琴为什么要这样问，难道眼下的异变竟然与十年前的那场争执有关？我扶住前额，感觉大脑里一片空白："我还真的有些累了。"

他俩对望一眼默默离去，走进了同一个房间，他们丝毫没有注意到我立刻怔在了门口。

三

……时间源头，空间源头，宇宙源头……非时间的时间，非空间的空间，非物质的物质……爆炸……虚无与万有交媾……上夸克、下夸克，顶夸克、底夸克……粲夸克、奇异夸克……它们是孪生兄弟……耦合……力……轻子重子……原子分子……星系……恒长世界。

但某一天有个底夸克不见了，剩下一个顶夸克孤孤单单，亿万年中从未分离的孪生兄弟少了一个，这怎么可能……

"不可能的——"我大叫一声从梦中醒来，却发现楚琴正仪态庄严地站在我的床边。她断喝一声："佛陀说，色即是空。"刹那间慧光照彻，巨大的冲击之下我几难成言："你是说……逆过程？"

"秋千下落是因为它曾经上升。"天石漫不经心地晃荡手中的怀表，"最初的宇宙学认为宇宙是静态的，但这意味着在热平衡作用下我们将看到一个熵①趋于零从而'热死'的宇宙。后来由于哈勃等人的贡献，我们

① 熵：单位时间内高温物体与低温物体之间的热交换量。

发现宇宙是持续膨胀的。虽然这可促使不同形态物质产生温差从而避免'热死'，但如果这过程持续下去，我们将看到一个总体温度趋近绝对零度从而'冷死'的宇宙。这两种模型都无法解释长存至今的宇宙为何还有活力，想到这一点之后，一切便好办了。宇宙应该是一个秋千。你因为提出'定律失效'而被驱逐，其实你是对的。宇宙现在正处于即将从膨胀转入回缩的时刻，那个陪伴了牛顿一生，陪伴了爱因斯坦一生的时空正在发生巨变，他们在当时的时空里发现的定律怎能不变？当年那些卫道士们把我和楚琴从学院的围墙里驱逐出来，却让我们发现了整个天空。我蔑视他们，当秋千就要开始下落的时候，他们还不相信势能也可以转化为动能。"

"铀的临界质量改变也是这个原因？"我没忘记问最关心的问题。

"当宇宙开始回缩，一切定律均会改写，常温宇宙回缩为高温高能的宇宙奇点[①]，这本身就是一个颠倒的热力学第二定律。"楚琴肯定地回答。

我已说不出话，我想象一个秋千在寂寥的虚无中晃荡，它在最高点的突然俯冲带给我的惊骇无法言表。原子在颠倒的秩序里崩塌，而曾经包罗万象的宇宙正向奇点奔去。我想象包含无数生灵、种族连同它们的爱与梦想的世界将如同一笔错画的风景般消逝无痕，但我其实找不出这风景究竟错在了哪里。

也许他们说出了真理。如果时空无限现在即是永远，可谁又能活在一个永远的年代里呢？隐隐地我似乎听见了一个声音，像梦一样缥缈：天塌了。

———————————

① 奇点：数学概念，代表一个不可解的值。

四

"零并不是虚无，它等于所有的负数加所有的正数，这实际上就是包罗万象。当你掌握了它，你就会面对一个两方等重的天平，这时哪怕你只吹一口气也足以随心所欲地操纵一切。物质与能量、时间与空间都存在于你的转念之间，多么壮观多么美妙……"

我大汗淋漓地惊起，心中怦怦乱跳。四周是浓稠的黑暗，我却感到有什么人在角落里窥视着我，这种感觉是那样强烈。我猛地摁亮照明灯，没有人，的确没有，我暗暗吐出口气。我不想再回到刚才的梦境中去，也许可以出去走走。

在这座建筑的东部，一块面板挡住了我。我试着按住一处掌形的凹陷，显示器开始显出几行字：一号特权者楚琴，二号特权者陈天石，三号特权者何夕。我盯着屏幕，想不到自己已被吸纳。这时显示器又打出一行字：确认为特权者。随着一阵轻微的声音面板移开了，然后我便看见了——巨人。天哪，那真的是一个巨人！我下意识想逃，在巨大的阴影压迫下我简直难以呼吸，我甚至根本调动不了自己身上的肌肉。背后又传来响动，我悚然回头，是陈天石和楚琴。

楚琴从舷梯登上40米的高度，在那儿正可摸到巨人的光头。"他站起来能有70米高，不过他却只是个胎儿。是我和天石的孩子，他是个男孩儿，我们叫他丑丑。"丑丑似乎很惬意被人抚摸，竟然无声地咧嘴一笑，脸上漾出酒窝。

我怔怔地望着这个巨大的婴儿嘴边挂着的口水，喃喃道："怎么做到的，是基因突变技术？"

天石含有深意地摇头："人类目前还不能纯熟运用那种技术，而且即便用此技术造就巨人也没有什么意义，身躯庞大不过表明力气大点而已。与其那样还不如造一台力大无比的机器。"

"那丑丑……"

"你知道，恐龙的祖先只有壁虎那么大，但千万年后在它们中产生了数十米高、体重达几十吨的庞然大物。我们当然不可能有这么长的时间，但是楚琴那些奇异的思想终于造就了奇迹，一个长达120亿年的时间奇迹。"

"奇异的……思想。"我觉得自己都不大会说话了。

"那些让楚琴醉心的神秘哲学其实是一道药引，用它酿出的美酒芳香迷人。还记得那句话吗？长着羽毛翅膀的人在神话里飞翔。中国神话里的哪吒是其母怀胎3年所生，禀天地异赋超凡入圣。这似乎真是神话，但它何尝不是蕴藏着一个正确的科学理论。人在十月怀胎中由细胞变成鱼，又经过两栖爬行等几个阶段最终成为万物之灵，而这在自然界里便意味着长达30亿年以上的时间。丑丑被我们留在胚胎阶段已经快四年了，他一刻不停地朝着造物主给人类指引的方向演化。我和楚琴按照我们的理解对这个过程做了少量的干预，去除掉某些我们认为明显不利的变异。其实我们也并不知道该怎样称呼比我们先进了120亿年的丑丑，即使不考虑生命进化的加速性，他的生命进程也已经是整个地球生命史的五倍，经过这么漫长时间的造化之后他也许都不该称作'人'。"

很长时间都没有声音，我觉得自己此刻的表情一定正可解释"惊呆"

这个词。但是我突然想清楚了一件事，我一字一顿地说："有件事你们没有说实话，丑丑这个名字是假的，我知道他的名字，他叫盘古。"

天石和楚琴对望一眼，然后楚琴说："是的，他就叫盘古，同远古神话里的那个开天者一样。"

五

我推开门进屋。

父亲正坐在沙发上看报纸，看来他已经等了一阵了。

我向他陈述这段时间的经历后表示不想干下去了："我不想再欺骗他们了，而且这也没有必要。"

父亲摇头："我做这番安排也是迫不得已，难道我们要放弃对'零状态'的研究？"

我想起一个问题："当年你为何开除他们？"

父亲不置可否地笑笑："当时全体教授都反对他们，我作为校长不开除学生难道开除教授？"

"这不是真话，我想清楚了，你说的'零状态'其实就是宇宙因膨胀转为收缩的那一瞬间的状态。你当年知道天石和楚琴是对的。"

父亲叹了口气，语气变得苍凉："这个秘密已经埋藏了十年。老实说我也是见到楚琴的论文后才隐约意识到了这是个多么了不起的发现，直到今天也没有几个人能相信这套理论，因为它完全超越了时代。我开除他们在那个时候是必须的，他们后来的研究经费其实是我通过中间人暗中资助的，你可以去调查，那个人叫欧文。不过我很遗憾他们并没有想到这其中暗示的另一种结论，即零状态，那是个美妙的天平。"

"可如果宇宙回缩到奇点一切都不存在了。"

"我的儿子，零点并非一个，宇宙由胀而缩由缩而胀，这有中生无，无中生有的两极都是零。记住一句话，生命不挑剔物质，掌握了零状态的生命体可以存在于宇宙的任何状态中。想想看，当人类以有知有觉的生命去把握零状态的宇宙后，该是一种何等美好的感受，你可以吞吐天地纵极八荒，那是伟大的飞跃，人的终极。"

临走时父亲送我一句话："我们利用但不改变宇宙周而复始、生生不息的演化，这是顺天而动；如果天之将倾而欲阻之，这是逆天而行。天石和楚琴都是旷世奇才，有一天他们会明白的。"

……

"你是说欧文？"天石看着我，"对啊，他是个热心的好人，一直无偿资助我们的研究。"

我眼前闪过父亲慈祥的笑容，差点脱口说出真正的资助者其实是他，但我终于忍住，父亲告诫过我不要这样做。我转头去看盘古，直径2米的脐带正源源不断地为他输送养分。还有15天左右他就该降生了，这是现有技术条件下能维系他的胚胎状态的最后时限，同时根据测算，宇宙平衡时刻也差不多是在那个时候。有时想起来都觉得可怕，十几天后的某一微秒将裁定耗尽天才心血的十年时光，我甚至不敢去猜度天石和楚琴心中对于这一点的感受。天石曾说他们的工作是一场造神运动，当时我并没有把这句话认识得很清楚，但当我有一次试图想象120亿年这个时间概念时，却感到了深深的茫然，并第一次真切地认识到仅仅是这个时间便已构成了神话。

一切造化均源于时间，高山大洋的距离就在千万年之间。我无法知道盘古的大脑比我们复杂了多少倍，也无法知道他的眼中是否已经看见了向我们紧闭着的另一层世界。

我又想起那句话了：长着金属翅膀的人在现实中飞翔，长着羽毛翅膀的人在神话里飞翔。

六

"你带回的资料很有用，极大地丰富了我们对宇宙天平的认识。"父亲满意地看着我，"等时机成熟我会向科学界宣布天石和楚琴的成果，十年来他们失去的太多了。"

"可是，如果他们阻止宇宙的自然演变，宇宙天平就不存在了。"

"这正是我所担心的。仁者见仁智者见智，有些事情很难说谁对谁错。不过我的确希望把握这次促使人类飞跃的机会，180亿年一次的机遇，居然我们有幸与之相逢！你明白我的意思吗？"

我注视着父亲充满忧虑的眼睛，记忆中我们已很久未做这样的深谈了，一时间有种温柔的东西从胸中泛起。我说不出话，只用力地点头。

父亲拍拍我的肩："所以我想要你完成一件事，我派几个助手协助你。等办完这件事之后你把他俩带来，我要收回十年前的驱逐令。"

宇宙天平的美妙姿态在我脑中浮现，一想到我已经置身于人类有史以来最伟大的事业中，我就兴奋得浑身颤抖。但直到我使得某些事情不可逆转地发生之后，才发现自己竟然一直都忘记了天平最基本的特征是什么。

出发之前我发了个通知支开了天石和楚琴，我不想作无谓的冲突，以后我会向他们坦白事实真相的，现在就算是最后骗他们一次吧。基地静悄悄的，我打开面板开始指挥助手们在盘古的脐带上安装支管，等一下我们会把大量神经破坏剂注射进去，盘古出生后将会是一个平凡的巨人。趁安装支管的时候我和电脑专家开始入侵计算机系统，十分钟后我们找到了突破口。这时我支走旁人独自搜寻有用的资料，遇到重要的东西就把它们发送回联盟总部，后来我发现一些文本，那是天石的日记。

"我告诉楚琴，何夕其实很笨，试卷全是我代做的。但楚琴似乎就是喜欢他。"

"我现在还不理解楚琴的观点，但学校开除她，我也不想留下。"

"楚琴是对的！"

"今天是我们流浪一周年纪念日，楚琴吻了我。也许人生的幸福莫过于此。"

"也许她还没忘记何夕，我早就不介意了，老夫老妻难道还兴吃醋？哈哈，我儿子都十米高了。"

……

看着这些文字我如坐针毡，心中乱了好一阵，让我稍微好过一点的是我至今没有爱过别的人。我不知道楚琴当年为何有这样的选择，天石不知强我多少倍。我开始阅读最后一篇日记时支管已经装好，我下命令说开始吧。

天石的这篇日记很难得地写了点儿女情长之外的事。"如果宇宙回缩至奇点，似乎会毁灭万物，但把握了零状态宇宙天平的生命体仍旧可以生存，并跨越宇宙的爆发期以至于永恒。我就此和楚琴讨论，她说如果这种生命体个数不受限制倒也可以考虑，但可惜天平的基本特征是只有一个支点。我永远无法忘掉楚琴当时的话，她说如果她成为支点而坐视我和亿万生灵的死则她生又何欢。我立时就掉泪了，我觉得这是佛陀的语言。"

我开始止不住地冒汗，前尘后事关联起来……父亲慈祥的笑脸变得扭曲……吞吐天地纵极八荒……突然间我几乎坐立不稳。这时我才想起一件事——我下的命令！

我惊呼着奔向盘古的所在，一股墨绿色的液体正从支管灌进他的脐带，我来不及思索便抽出激光枪打断脐带，空气立刻充满腥臭的味道。但我忘了一件事，盘古是个胎儿，脐带断离在生理学上便意味着诞生。这是个多么可怕的结果，因为天石曾告诉我他们准备在盘古降生前的一天进行胎教，以使他明晓善恶；否则让一个具备摧毁世界的能力却完全无知的婴儿出世，这实际上就是放出魔鬼。

虽然没有镜子但我知道此时我的脸色一定苍白如纸，在本能的驱使下我开始奔逃，虽然我知道这根本就没有意义。身后传来了洪钟般的啼哭声，我感觉到了巨人挥舞手掌带起的大风，几声细弱的喊叫告诉我那几名助手已经遭遇不幸。我开始惨叫，不是为自己就要死去，而是为自己犯下的错误。盘古，拥有神的力量但却是白痴的盘古，会怎样对待这个他也许用一个手指就能毁灭的世界？这是个何等可怕的问题啊，我竟然对答案一无所知。这时一股力量击中了我的后脑，眼前一片晕眩。

……

谁在唱歌，这么好听，很熟的调子，没有歌词，简单到极点也美到了极点。

我醒了，楚琴正温柔地抚摸盘古的脸蛋，一种动人至深的光泽在她的眉宇间浮现。她的口唇微张，优美的旋律回荡四周。刹那间我有种想流泪的感觉，我明白正是楚琴非凡的智慧拯救了我以及这个世界——除了母亲的摇篮曲之外还有什么能使一个婴儿平静？

"为什么救我？你们看到了，我是另一战壕的人。"我惨然道。

天石笑嘻嘻地止住我："我只知道你开枪救了我儿子，再说我们太了解你了，你就算想坏也有限，因为你缺乏某些必要的素质。"

我看着他和楚琴："可我不能原谅自己，另外……我也没有勇气离开那个世界。也许，我们又该分别了，就像十年前一样。"

七

我直接找到联盟主席哈默教授，虽然我不能成为天石和楚琴的合作者，但我希望能尽量帮助他们。哈默听完我的陈词后很是震惊，然后他宣布要召开一次会议。

我在会场外等待两个小时后听到了哈默的一句话，他说："请转告他们，所有的委员都认为这仅是一种假说，并且如果实施他们的方案还会对现在的人们带来危险。此外最重要的是，即使假说成立，受到毁灭威胁的只是180亿年后的生命体，很难说包括人类。我们只对人类的生命负责。"

我心中一阵难过，话语也变得失去控制，我大吼道："可你知道佛陀吗？你知道佛陀说众生之苦皆我之苦吗？"

哈默稍怔，然后他厌恶地看了我一眼匆匆离去。

我脚步踉跄地在空无人迹的城市里晃荡，引力失常使得我感觉像在飘。我知道有很多座城市已经在劫难中消失了，死神的灵车正一路狂啸着飞驰。这时路旁的扬声器传来新闻："著名物理学家何纵极宣布，目前的宇宙失常状态将于今日结束，这是值得庆贺的日子。"

我开始哀号，直到发不出声，今天正是宇宙平衡点到来的日子。宇宙嬗变导致的异常的确要结束了，可谁会去关心另一场不会结束的劫难将降临180亿年之后？那是真正的毁灭。而且这样的毁灭将每隔360亿年发生一次，亿万年的时间即是无数次梦魇般的轮回。

现在我已无处可去，跟随哈默的背影离去的是整个世界。咸涩的泪水浸进嘴里令我开始呕吐，我一边吐一边漫无目的地走，末了我发现自己歪斜的脚印竟然踩出了一个清楚的方向。

陈天石和楚琴在地面上迎接我。"逃兵回来了。"天石过来握住我的手。

我低低地问："为什么上地面来。"

"盘古在思考问题，我们不想打搅他。你还不知道，昨天盘古已经掌握了我们所知的全部知识，而现在我们都不知道他在想什么了。"

"他将要做什么？"我追问道。"以后的宇宙会是什么样的？"

天石犹豫了一下："也许盘古可以将宇宙改变成一种进行有限的周期性膨胀与收缩的状态，也就是说宇宙的收缩不会发展到奇点的程度，而是变成一种类似振荡的现象。到时将消灭奇点，当然也就不存在什么大毁灭了。"

我突然地问："那他会不会死？"

天石大笑："他是神怎会死？"

我对他的俏皮一点都笑不出来，幽默只是一张纸，可以糊住窗户挡风，却堵不住漏水的船。"宇宙半径超过180亿光年，质量无法估计。盘古要改变它的运行规律必定受到难以估计的应力反抗，他会不会死？"

天石的笑声像被斩断般地停止，他望楚琴一眼后说："我不知道他会不会死，也不知道他能否成功。以前我们对很多事都有信心的，但这次一点都没有。以至高无上的宇宙为对手，'信心'二字根本就是奢谈。"

他停下来望着我身后："有人来了。"

几架直升机降落在沙漠上，看到父亲我便知道上次我犯的错误有多严重。当时的几名助手一定向他报告了基地的位置，否则任何人也无法识破天石与楚琴设下的重重伪装。

父亲摘下护目镜："久违了我的好学生。现在想来你们在我所有学生中都算是最杰出的。怎么我儿子还和你们在一起？"

天石和楚琴回头望着我，我镇静地说："你还记得这一点吗？从你想成为宇宙支点的那一刻起，我就不再有父亲了。如果我告诉你天石和楚琴早就发现了宇宙天平，你一定不会相信的。你永远不懂为什么有人甘于受难而不去当上帝，这已经不是科学的范畴了，而是取决于一个人的心灵。"

父亲哑然失笑："我不知道你在说什么。"

陈天石环顾四面荷枪实弹的士兵："也许你可以凭借宇宙的运转成为支点，你可以成为永恒，时间空间对你失去意义，你还会看着你的儿子以及所有人的生命渐次老去，看到360亿年一次的大埋葬；但这些都与你无关，丝毫对你没有影响，因为你已是上帝。也许你有素质来做上帝，可我没有，最起码，我无力面对我所爱的人在我的永恒生涯中死去。"

天石不再有话，黑发张扬于风中，楚琴轻轻挽住他的手臂，极尽温柔。我注视着他们，想象不出世上还有谁能在这样的时刻显露温柔，同时我也不知道温柔至此的人还会惧怕什么。

何纵极突然用力鼓掌，竟然充满欣赏："我一直资助你们的研究，也许有借助的念头，但我知道这里面也有惺惺相惜，只可惜我们的路太不同了，如果你有一个保留了十年的心愿再过几小时就要实现的话，你会不会改变主意？"

我立刻意识到有什么事情将会发生了，但我还来不及喊出一声，士兵们已经开火了，激光炮揭开了地表，一个大坑显露出来，已经可以看见基地的金属外壳。天石和楚琴开始奔跑，他们脸上的神色告诉我他们并非想挽救基地而是想保护他们的孩子。他们跑到坑边便被激光炮击起的爆炸抛向空中，听到他们落地的响声我便知道这个故事已经接近了尾声。

八

天石已不能说话，血从他的嘴角沁出来。我照他的眼神把他抱到楚琴身边。父亲微微摇头："为何如此？我知道你们认为正义在你们那边，其实这是一个错误。你们是少有的天才，却事事不顺，我来告诉你们原因，你们马上就会知道。"

他说完话便传来了渐近的喧嚣，片刻之后我们已被望不见边的人群包围。无数的垃圾连同咒骂向我们铺天盖地飞过来，我拼尽全力想要护住天石和楚琴，但我的肩膀太窄了，挡不住那些仇恨。一块碎石打中楚琴的额头，她发出痛苦的呻吟。

"你干了些什么？"我愤怒地大吼道。

"别瞪我，我没叫他们来，我只是告诉他们有人为了180亿年后与他们毫不相干的一些玩意拿现在冒险。"

"可你知道，假使他们失败损失也很有限，相比于宇宙末日的毁灭而言根本不算什么。"

"你又错怪我了，我阐明过这一点。可人之十伤怎比我之一伤。"

我懂他的意思了，刹那间我有种顿悟的感觉。天石和楚琴实在大错特错了，他们的悲剧从一开始便已注定，神话已经不再而他们依然徒劳地坚守，欲望编织的世界哪里容得下神话的存在呢？

父亲又摇摇头："离开他们吧，我约束不了人群。"

我听出了他的意思，然后我忍不住大笑，眼泪都笑出来了。之后有无数的重物击中了我，但我依然大笑。

这时一切突然停止下来，震耳欲聋的声音从地底传来。不远处的地表开始翻腾又急速陷落，片刻之间球形基地已耸入云霄，矗立在天地之间，如一枚巨大的卵。

卵破裂开，一个孤独的巨人显露出来，眼中竟然有隐隐的悲伤显现。如果说几天之前他还只是个胎儿，那么现在他已经站在了古往今来任何人都无法企及的高度上了，天才的灵与肉连同120亿年时间的造化，这就是盘古。

他不动，他在等待，等待一个壮丽的将成为传奇的时刻。

"盘古……"是楚琴的声音，我垫高她的头让她看清楚。一抹微笑在她苍白如纸的脸上绽开，竟然美得刺目："我见到神话了，对吧？"

我用力点头："是的，见到了。"

楚琴的眼光变得飘忽："我在想……也许我们应该完成这个神话。"

我立时明白了她的意思。盘古，这个千万年来的传说也许是真的。

不，它应该是真的！它必须是真的，因为它带着天才的泪水和憧憬，带着佛陀的仁心和苦难。

"带我回去……"楚琴的话没能讲完，她美丽的睫毛已缓缓坠下，我伸出手去阻挡这个令我心碎的结局，但她渐冷的额头证明一切都已属徒劳。我掉头去看天石，他仍然盯着楚琴，但眼中那颗无力淌出的泪珠证明一切都结束了。

我费力地站起，心中一片麻木，我，何夕，一个庸人，但这个灰尘般的庸人的生命却长过两位天才，仅此一点便令我知晓这个世界上根本就没有公道可言。

我朝着应该走的方向走去，天地间的巨人在等我。身后传来激光发射的声音，但盘古的力场保护了我。我仰头望着盘古，他的眉宇让我想起两位故人。时间不多了，但我忽然间发觉不知该如何下达命令。我知道在开天的那一刹盘古将化为尘埃，就如同在上古的传说里那样。我的两位故人为了让他在开天的时刻死去而让他诞生，这正是巨人的宿命。

"一号特权者楚琴已删除，二号特权者陈天石已删除。"我说到这里的时候便看到两颗大得惊人的泪珠自巨人脸上蜿蜒而下，滴落在地发出清亮的声音。一个初临人世的婴儿在旷野中无声呜咽，这样的场景令我几乎不能成言。"三号特权者何夕，发布特权命令……"

天空已变得鲜红，像是在出血。一种不明来由的空灵之声遥遥传至，震荡着大地苍穹，如同宇宙心有不甘的挣扎声。最后的时刻正在走来……

而那天地间的巨人依然沉静，他不动，他在等待。

"盘——古——"他突然仰首向天大声喊出自己的名字，似乎想为这个星球留下点关于巨人的证明，与此同时他的身躯开始以不可思议的方式和不可思议的速度飞升，苦难与智慧、泪水与痴心，连同120亿年造化共同凝铸的巨人——在飞升。

战栗中我跪倒在地，我知道盘古会做什么，我也知道他不再回来。片刻之后我和天石、楚琴将从这个现实的年代消失，凭借盘古的力量回到10000年前产生神话的年代里去。这是我下的命令之一，我知道这也是楚琴和天石的心愿，因为那里有断头而战的刑天，有矢志不渝的精卫，有毁于火又重生于火的凤凰。现实不能容留的也许神话会容留，现实里只能死去的将在神话里永生。

可怕的闪光在宇宙的某一处耀起，天空大地在刹那间变得雪白。我意识到那件事情发生了，我们的人力胜过了天道。又一道白光划过，我坠入迷雾。

尾声

我在湘江中游寻找了一个风景绝佳的地方埋葬了天石和楚琴，也许潇湘二妃的歌声会陪伴他们，也许有一天他们会见到治水的大禹路过这里。

现在我只剩下一件事可做了，我用树枝和马尾做了一把琴，然后我开始唱歌。

从黄河到渭河，从山林到平原，我一路唱下去，踏过田畴走过先民的篝火我一刻不停，我的歌流向四方，先民们同声歌唱。

那个神奇的时刻啊那时有个巨人，那时天地将倾啊那时巨人开天，巨人名叫盘古啊盘古再不回来，天地从此分明啊盘古今在何方……

后来我死了，再后来我的歌成了传说。

> "盘古执斧凿以分天地，轻者升而为天，浊者降而为地，自是混沌开矣。"

——古书《开辟演绎》

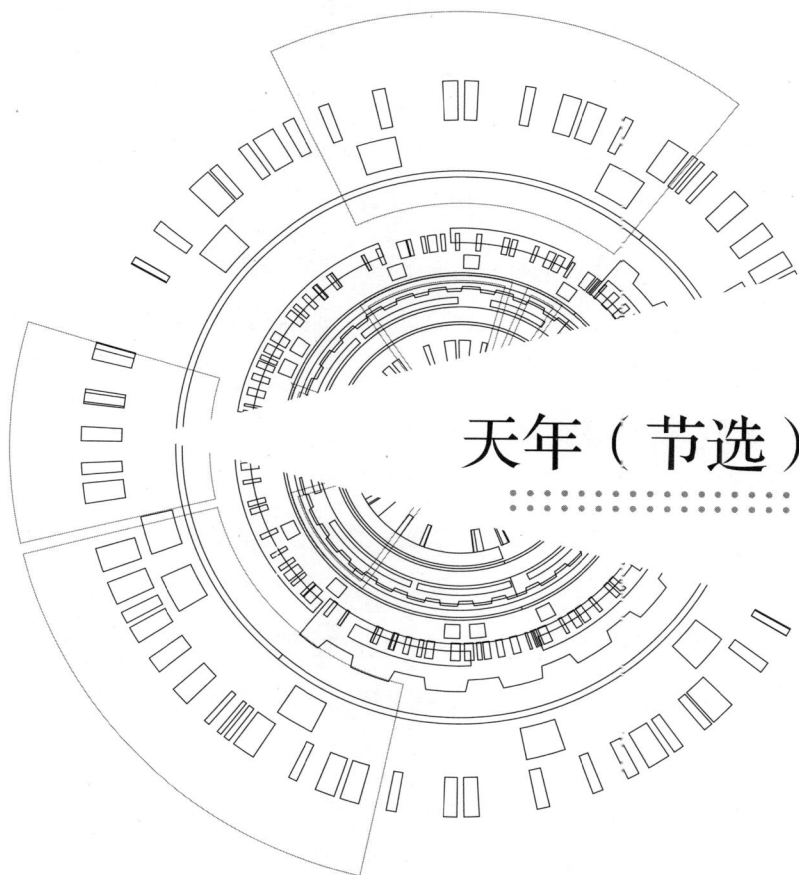

天年（节选）

八 灵魂离体

中科院北京天文台怀柔观测站位于怀柔水库北岸的一个小岛上，具体位置是东经116°30′，北纬40°20′，主要设备有太阳磁场望远镜和多通道太阳望远镜，重点从事太阳磁场和速度场的测量和研究。

"拿这个玩意看日出应该很浪漫吧？"杜原注视着那架位置醒目的多通道太阳望远镜。

"多通道太阳望远镜的接收装置是14片CCD，没有人眼观察接口。"冷淮淡淡地回了句，"只能在屏幕上观看。"

"是不是江哲心当年用过这个东西？你们让我也体验一下。"他猜测道。

冷淮不动声色地哼了哼："你会用到它的，但不是现在。现在能帮到你的是另外一种辅助设备。"他说着话从皮包里取出一个小巧的蓝色手机交给杜原，同时拿纸笔写下一串数字，"这是个电话号码，记熟它。只有这个手机才能打通。"

杜原记住了那个号码，心头泛起稍稍奇怪的感觉。他还没来得及深想，就见冷淮拿出打火机点燃了那张纸。

两人说着话已经来到主楼背后，从一道不起眼的标着"游人止步"的侧门进入一幢低矮的房子。里面是一间开放式的办公室，足有500平方米，似乎这里才启用不久，大部分的地方还空着。在摆放着办公设备的区域，大约有20多名人员在各自的位子上工作。他们对冷淮似乎很熟悉，纷纷点头招呼。

冷淮没有留步，带着杜原穿越整个办公室，一直来到尽头角落的房间门口。门口站着一名警卫，杜原注意到警卫的手一直放在枪把上，这让他不禁心中一凛。门禁是普通的虹膜扫描模式，冷淮很熟练地操作着，几秒钟之后厚重的合金门徐徐打开。

杜原一进门就感到了这个房间的特别，之所以这样说并不是因为它有什么出奇的布局和装饰，恰恰相反，它的特征在于没有特征。中规中矩的空间，四面的墙壁和天花板也统统是最普通的灰白色，就连地板也是同一种颜色。房间正中是一张金属椅子，杜原轻轻触碰了一下，发觉是可以转动的。杜原刚想提问，才发现只有自己进入了房间，冷淮还在门外。

"请坐到椅子上。"冷淮在门口淡淡地说，与此同时，合金门缓缓地合拢。

"什么意思啊？"杜原本能地问道。没有人回答他，门关上之后这个房间变得极度安静，看来这里的隔间效果很好，杜原甚至能清楚地听到自己心脏的跳动声。

"请坐下。"过了差不多一分钟，冷淮的声音再次传来。杜原循声望去，房间一角悬着个喇叭。杜原老实地坐下，左右晃了晃觉得还算舒适。

声音再次传来："请注意你的右边扶手。"

杜原这才注意到右扶手上挂着一件物品，他端详了一下，一时看不出是什么东西。

"戴上它。"喇叭里传来指示。

　　杜原拾起那样物体，这才发现它的外形像是一个面具，不过比较窄，就像化装晚会上只能遮住上半截脸的那种。但杜原很快意识这个东西肯定不是面具，世界上也许会有各式各样的面具，但绝不会有眼前这种样式的，因为它竟然是透明的——世上哪有透明的面具？

　　杜原有些不明就里地戴上这个不是面具的面具，不知是不是错觉，束带系上的时候他觉得后脑处稍稍有点刺痒。杜原环视四周，一切与之前并无任何不同，心里隐然升起几分滑稽的感觉。这时喇叭里传出声音，但不是指示，而是一种轻微的白噪声，就像是老式收音机转到空台时的那种"滋滋"声。这声音听着让人不舒服，杜原下意识地想要捂住耳朵，与此同时喇叭里传出指示："请不要这样做，这是流程的一部分。"

　　杜原松开手，无可奈何地聆听着白噪声，百无聊赖地待在原处，心里努力猜测下一步会发生什么。但过了半天什么事也没有发生，就连白噪声也保持着一成不变的节奏。这时候杜原的目光停在对面的墙壁上，他觉得似乎有些不对劲。杜原下意识地起身，踱着步观察四面的墙壁。这时他觉得要说有什么奇怪的话也就是墙壁的颜色了，仔细地观察下杜原发现墙壁的表面似乎在流动，也就是说那种灰白不是由单一的颜色构成，更像是几种颜色混合流动所致。

　　"快过来看，这墙有古怪！"杜原脱口而出，与此同时他悚然一惊，房间里只有他一个人，自己这是对谁说话？但杜原立刻察觉到了原因所在——他眼睛的余光赫然发现房间里有另一个身影！

　　见到任何人待在房间里都不会让杜原如此震惊，虽然看到的只是侧面，但那个木然坐立的人确定无疑的就是杜原自己。

　　"这是幻觉。"杜原喃喃道，他用力捏了下自己的手臂，感受到真实无比的疼痛。他走到那人面前，透明面具下那个"杜原"的眼睛直直地凝视着前方，焦点似乎聚在很远的地方。杜原尝试着伸出手去，但他只触摸到一团虚空。

杜原突然笑起来："不就是这个面具机器制造的假象吗？不过倒是很逼真。"他用力扯下面具扔开，但意料中的世界并没有回来，另一个"杜原"仍然还在面前，只是脸上的面具不见了。"开什么玩笑？玩魔术？"杜原有些心慌地嚷了声，他冲向门的方向。门居然自动打开了，警卫却熟视无睹。杜原一下子冲进那间大办公室，他看见冷淮正跷着腿在打电话，另一些人在旁边各自忙碌着。

"我看那家伙应该会比较快找到窍门的。"冷淮大大咧咧地对着电话说，"他基本上还是属于敏感的一型，不过像这种比较理性的学者型的比其他人进入状态总要慢上半拍的，他们会有一种本能的抗拒。虽然是初级的体验，但我想应该对他有帮助。"冷淮说着话回头朝门禁的方向瞟了一眼。

"你们搞的什么鬼？"杜原冲着冷淮大叫一声，他隐隐发现这些人似乎根本没意识到自己进到了大厅。果不其然，冷淮对杜原的叫喊充耳不闻。杜原伸出手去，然后他看到自己的手穿过冷淮的肩膀从另一头露出来。

"妈的，有点邪！"杜原骂了一声，朝办公室的出口冲过去。就在他穿过门的一刹那，天地突然变得漆黑一团，让他生出某种诡异而透彻心肺的寒意。他不由自主地连连后退，世界恢复了光明，眼前仍然是一间办公室连同忙碌的人群。"你们这群混蛋，演得不错啊。"杜原咒骂着双手乱舞，但是所有人包括所有的设置对他都是空气，似乎除了地板之外他都可以毫无阻碍地穿过。杜原有些累了，他一屁股坐到地上开始喘息。杜原从来就不相信世上会有什么灵魂离体之类的东西，他猜想自己是不是陷入到了梦境里，要不就是某种药物导致的暂时性精神异常；但当他几次猛掐自己时所感受的那种无比真实的剧痛让他摒弃了这些个想法。这时一个亮晃晃的东西吸引了杜原的目光，那是一面放在某位工作人员桌上的镜子。杜原若有所感地起身往那个方向走去，然后举止缓慢地低头正对镜子。镜子呈45度左右斜向上方，杜原在镜子里没有看到自己，里面除了一支惨白的节能灯之外空无一物。杜原扭头看了一下，那支灯悬在自己后方的天花板上，本该被他的身体完全遮挡住。

杜原安静下来，定定地愣立着，似乎在思考着什么，过了差不多一分钟，他转身朝着那个小房间走去。合金门敞开着，门禁像是失效了，但警卫似乎没注意到这一点。杜原慢慢踱步进去，盯着房间里的另一个杜原。过了一会儿他开始沉默地绕着另一个杜原转圈，脸上阴晴不定。杜原尽力不去看另一个杜原的脸，他觉得如果那样做对自己的理智是一种挑战。转了几圈之后杜原突然停下脚步，开始采取一个有点奇怪的行动。他慢慢地回到椅子前坐下，身体和四肢摆放到原来的位置，就像是要从这个角度"融入"另一个杜原。身形到位之后杜原停止动作，闭上双眼，在这样的姿势上大约保持了好几分钟。之后的某个瞬间，杜原突然感到心里升腾起一种奇异的感觉。他缓缓睁开眼，开始缓步朝室外走去。不知什么时候门已经关上了，但等他到了跟前又自动打开。杜原眼睛的余光扫视了一眼小屋的中央，椅子上已经空空如也。

冷淮看到杜原的同时低头看了下表。"34分钟，破纪录了。"他轻声对旁边的人说，"这家伙搁在以前准是个当巫师的材料，能把大家都忽悠了。"

冷淮伸出手拍拍杜原的肩膀："有问题就问吧，别不好意思。"

杜原感受着肩膀上真切的充实感，一时间竟有恍如隔世的感觉："是一种幻术吗？"

冷淮淡淡地笑了笑："那些动不动就产生幻觉的人其实不适合担任巫师，低门槛导致他们看到的东西没有多大价值，他们只会被人牵着鼻子走；只有内心强大的人才能引导别人。"冷淮狡狯地盯着杜原，"不过就算是你，最后也有些相信了，是吧？"

"相信什么？"

"相信灵魂能够离体啊。"冷淮眼里闪过洞悉的目光，"当你回到实验室里试图将自己与另一个杜原重合的那一刻，你其实就相信了，就算不是百分百也有个七八成。当时你内心里希望这样做能让你'还魂'，我说的没错吧？"

"那么，哪一个是真实的？"杜原没有直接回答，而是反问道。

"哪一个什么？世界还是你自己？"冷淮没等杜原回答，领着他进到小房间，"其实这两个问题是一样的，如果你自己不再真实那么世界也不可能是真实的。这番话你现在理解起来可能还有些困难，但在你做出决定之前我不能说太多了。"

"我的确……没能理解。"杜原老实地说，"刚刚我经历的那种感觉，是颠覆性的。"

"颠覆性的……"冷淮重复了一句，"当然了，我也这样认为。对于量子光斑的运行机制我们现在其实也所知有限，说是全面合作，但在核心层面美国人对我们可是留了不止一手。我现在能告诉你的是，刚才你的感受是因为……你通过量子光斑系统观测到了自己。"

"量子光斑？一种新技术吗？"杜原揣测道。

冷淮赫然摇头："现在我们还无法确切地将它归类，严格来讲，它同传统科学技术的定义不大一样，尤其是在中国这样的国家。昨天晚上我们对你做了个小小的麻醉手术，一片辅助性的共谐芯片被留在了你的后脑处。"冷淮笑了笑，"不好意思，侵犯了你的知情权。"

杜原本能伸手一摸，但没有发现什么异样。

"哦，是很小的东西，像根头发。如果你最终选择不合作，我们会帮你取掉的。共谐芯片主要起接口作用，没有太多技术含量，运行方式有点类似于常见的手机无线充电。通过共谐芯片加上我给你的那部手机，你的大脑可以连接量子光斑系统。"冷淮领着杜原进到那个房间，"当然，另外再加上一些低级技术的组合。这个房间的地板下布满伺服电机，可以根据你的行为卷动。当时你以为自己到处走动，其实一直都在这个房间里。面具则是一个道具，是引你误入歧途的。真正起作用的东西是共谐芯片，通过对你的大脑施加影响，我们可以截断你的视觉神经，让你看到我们想让你看到的东西。让你'还魂'也很容易，只要在合适的时间让芯片停止作用就行了。"

"我好像更糊涂了。"杜原不想掩饰自己的困惑，"暂且不管这是一种什么技术，但是，难道你们动用这么复杂的最新技术的目的就是为了让我体会一下什么叫灵魂离体吗？"

"这当然不是目的。"冷淮手上似乎做了一个小动作，"这才是目的。"

四周的墙壁突然变成了镜子，杜原一下看到无数个冷淮出现了，展布开去，一直延伸到人类目力不及的最远处。当然，这只是无尽反射的镜面效果，很常见，并不值得奇怪。真正让杜原震惊的是镜子里站在冷淮身边的那个人。那个人穿着和自己一模一样的衣服，但面孔却不是自己。杜原下意识地走近其中一面墙，无数个影子一齐动了起来。杜原伸出手抚摸自己的脸颊，镜子里的无数个江哲心也做着同样的动作。杜原想幸好之前的经历让自己有了一些心理准备，不然此刻的自己一定会失控的。

九　光斑与目镜

观测站背后的山坡上没有什么景点，人迹稀少，从这里可以望见更北边的红螺湖以及如织的游船。

"因为你具备一定的专业背景，我想我们的交流应该比较顺畅。"冷淮语速很快，"虽然我们并不掌握量子光斑在技术上具体的实现机制，但对其基本的原理却是了解的。"冷淮停顿了一下，"什么是光斑当然无须解释，但并不是所有人都认真地思考过光斑的特性。"

"光斑的特性……你指的是什么？"杜原迟疑地问。

"举个例吧，我们都说世界上没有任何物体的运动速度能够超过真空中的光速，这已经是常识了。但是，就在我们所处的怀柔观测站就观测到过许多超光速现象。7500年前，银河系英仙臂的一颗很普通的恒星在耗尽能量之后猛烈爆发，又经过漫长的6500年之后，第一波强光才被地球人接收到。哦，那一年是公元1054年，你应该想到了，这个事件是蟹状星云超新星爆发。但我要说的其实是另一件事。现在的蟹状星云核心处是一颗编号为PSR B0531+21的脉冲星，通过怀柔观测站里一套普通的设备可以观测到它每秒钟自旋33次，也就是说它发出的脉冲光每秒钟扫过地球表面33次。那么，考虑它同地球之间的距离，通过最简单的圆周公式就能计算得出，这束脉冲光扫过地表的光斑速度……我先提醒下，这个数字有些荒谬，大约是光速的……40万亿倍。"

杜原木讷地点点头："虽然具体数据我没计算过，但这个并不奇怪吧。在本例中，光斑的运动没有发生实际的能量和信息传递，相对论并不禁止这种行为。"

冷淮咧咧嘴："那我们不妨做个假设，你知道老式显像管是通过一束电子枪在屏幕上迅速扫描显影的，如果对PSR B0531+21脉冲星的运动进行精确控制，然后在地球的位置上安放一张屏幕，那么我们就可以在这个宇宙影院里欣赏一部完整的《星际迷航》。"

"不可能吧，这种情况下那个屏幕会大得离谱，估计得以光年计量。屏幕上不同位置发出的光线到达眼睛的时间会出现差异的。"杜原脱口反驳。

冷淮不以为然地哼了声："你错了，实际上屏幕完全可以和IMAX屏幕一样大，只要控制脉冲星的发射角足够小就行了。想想看，你面前的屏幕上放映着《星际迷航》，扫描光斑以40万亿倍光速运行……"

杜原想了想："你的意思是，这部电影的信息载体是以超光速的形式演示？"

冷淮摇摇头："事情不止这么简单。美国人搞出的这项技术全名是

'强观察者量子光斑'，至于为什么叫这个名字，以你现在的身份是无权知道的。不过你现在只需要明白一点，就是这块超光速光斑屏幕上播放的影片绝不只是简单的演示，它有着另外的奇异内涵。"

"你……指什么？"

"现在你虽然能够接入量子光斑系统，但只拥有初级的权限。"冷淮似乎不想再讨论这个话题了，"我们说点别的吧。"他从随身提包里拿出一张照片递给杜原。

照片上是个憨头憨脑的石头娃娃，雕刻得很粗糙。

"这是什么？出土文物？"杜原不解地望着冷淮。

"仔细看娃娃的身体表面。"冷淮提示道。

"哦，上面有纹路，像是某种植物的化石。"杜原把照片还给冷淮。

"99％的人第一时间都会这样认为，人类大脑的图形处理能力会在一瞬间将这些图案与植物的枝叶画上等号，但如果仔细辨别就会发现那些枝叶都没有脉络。这个石头娃娃的原胚是一块生成于7—8亿年前的含量不高的锰铁矿石，是最易被误认的假化石之一，那时距离地球上出现长有枝叶的植物出现至少还有3亿年呢。"

"为什么给我看这个？它有什么来历吗？"杜原狐疑地问。

"这个石头娃娃是江哲心视若珍宝的东西，同他最隐秘的部分笔记放在一起。一眼看去它像一块生物化石，但稍加甄别后发现不是。然而，如果对它进行更加深入的研究，却发现它的确可以称为化石。我这样说是有些难懂，但事实就是如此，真正的答案在所有人的意料之外。"

杜原完全听糊涂了，他觉得自己现在的样子一定很傻。

冷淮点燃一支烟，氤氲的雾气中他的神色变得恍惚："当年我和江哲心是国家发改委气候司的同事，准确地说我是他的下属。我那时不到40岁，也算是有点进取心的人，加上进气候司的时间更早，所以对这个比我年长几岁的上司有些隐隐的不忿。江哲心没到气候司之前我读到过他的论文，他对全球气候变暖的论证非常有说服力，学术功底扎实深厚，让人不得不感到钦佩。由于牵涉面过于广大，全球气候变暖其实一直存在不少争议。要想说服那些不同意见者非常考验功力，因为反对派也都是一顶一的专家，而且他们手中的炮弹也非常充足。有些事例既可以做正面解释也可以从反面来理解，这就要求立论者具有极强的专业素质。"

"这个我相信。"杜原点点头，"直到今天，全球气候协定都还没有获得一致通过。"

"虽然没有一致通过，但是这一系列的协定还是对世界产生了巨大的影响。中国从中获益很多，不仅在经济上，还包括政治上的主动。这么说吧，在中国所有对外机构中，你无论怎么想象当时发改委气候司有多么受重视都不过分。"冷淮把手里的烟灭掉，"说正题吧。人这个东西很奇怪，在没有见到江哲心之前我们常常采用他的论文资料，我自己内心里也对他怀有一种类似惺惺相惜的好感；而当他突然调到气候司之后，这种好感却被另一种情感所代替了。"

"是——嫉妒？"杜原小心翼翼地问。

"现在想来只有这样说最为接近吧。"冷淮语气平静，看来漫长的时间给了他很多思考自身的机会，"但当时我并不这样想。我是气候变暖理论的坚信者，为此发表过一系列的论文。当然，从影响来看这些论文不如江哲心。但我那时给自己找的理由是我毕竟是国家行政机关公职人员，日常事务太多；而江哲心却长期专门从事科研，如果大家换个位置我不一定比他差。"冷淮说到这里有些解嘲地笑了笑，"现在我知道这种想法实在是矫情，人与人之间的差距是客观存在的。"冷淮注意到杜原稍显不豫，"或者换个好听些的说法，每个人擅长的领域是不同的。在江哲心研究的那个领域里，他更擅长。"

"我有点糊涂了，他和我们难道不是同一个领域的？"杜原幽幽开口。

"你觉得我们和他是同一个领域？你以为他研究的是卫星云图、海洋环流、大气压力或者信风周期？不不，你弄错了，你完全错了。"

"有什么不对吗？"

"就通常界定的专业来说我们的确属于同一个领域，但是，江哲心走得太远了，太远太远了，走到了只有他一个人见到的、只属于他自己的那片领域。"冷淮叹口气，"你明白我的意思吗？这也是我很久之后才意识到的，我那时处心积虑想同江哲心一较短长，现在我才知道，他那个时候思考的东西根本就超出了我想象力的范围。相比之下，我的那点心思就如同蝼蚁一般可怜。当后来我明白这一点的时候，我与其说是汗颜不如说是庆幸，因为当时那是一种穷尽我的能力也难以把握的……境界。不过也正是由于江哲心，后来的我才能跳出固有的圈子在学术上有所提高。所以我现在对江哲心一直怀有感激，有时候，最好的老师其实是对手——哪怕是自己臆想出来的。"

"老师……"杜原低语一声，一些久远的往事从心头掠过。

"是啊，我现在更愿意视江哲心为我的老师，而不仅仅是曾经的上司。"冷淮注视着杜原，目光柔和，"看来我们有相似之处了，你曾经是江哲心的学生，而且是其中的佼佼者。"

"这就是你们选中我来扮演江哲心的原因?"杜原揶揄道,"不过按这些条件来看,你应该也很了解他吧?也完全可以接手这个任务的。"

冷淮并没有像杜原想象的那样被这句话激怒,他盯着杜原的眼睛慢吞吞地说:"并不只是你这样想,原先的方案就是由我来扮演拂他。"

杜原有些惊讶:"那为什么要换成我?"

冷淮叹口气:"因为我自己在全球变暖课题上的研究方向已经固化太深,很难真正融入江哲心提出的理论体系,这会严重干扰任务完成。这就好比一张画布,如果底色不符合要求肯定是不合用的;而你则不同,你后来并没有太多地涉猎全球变暖课题,现在看来这反倒成了一种优势。再加上本身良好的气象学专业素质以及对江哲心的了解,使得你成了更适宜的人选。"

杜原呼出口气,到现在他终于弄明白了其中的曲折。这时一阵隐隐的恐慌却突地涌上他的心头,直到片刻之前杜原实际上对这个所谓的任务是颇不以为然的,他甚至抱有一种走一步算一步的游戏心态,如果不想干了就随便找个借口脱身;但现在听起来这件事几乎有了舍我其谁的意味,如果说冷淮当初还有自己这个替补队员,而现在的自己似乎已经没有什么退路了。

"这就是你们花大力气训练我的原因?"杜原喃喃道,他有种脱力的感觉,"虽然你们说的也有道理,但是……"杜原还想最后努力一下,"你们不可以找个专业演员之类的吗?"

"你就是最符合条件的演员!哦,你不会真以为量子光斑系统是用来让演员入戏吧?"冷淮笑了笑,"如果是那样,它应该安放在唐山影视城那边。你体验到的只是系统附带的功能,别忘了,这里是天文台。"

杜原若有所悟地指指自己的头:"那么说我脑后的东西实际上……"

"是一片目镜。"冷淮不等问完就回答道，"你很快就会明白这一点。"

十　墓碑·年兽·灭门

杜原坐在后排，尽量不去看汽车中央后视镜里映出的那张脸孔。按照冷淮的解释，从现在起通过简单的技术，自己看到的所有镜子里反射出的都将是江哲心的脸。回北京这一路上杜原都觉得很不自在，他甚至连旁边的窗户都不想看，因为玻璃窗上也会映出模糊的江哲心的脸。

进城的道路变得拥挤不堪，还没到下班时间，但从多年以前开始，北京的交通就已经只有忙时没有闲时了。

"我在想，你为什么让我看那个石头娃娃，那个不是化石的化石？"杜原终于忍不住开口。

"哦，照片上的实物现在放在专门的地方，它是一个证物，同时也是……"冷淮停下来，似乎想找一个词来准确地描述，"一个墓碑。"

"第一次听到有人这么形容化石，有些新奇。不过从实质上讲所有的化石都有点墓碑的性质。"

"我不是这个意思。"

"那你是什么意思？"

冷淮没有回答，目光望着窗外拥挤的车流。

"小刘，下边的口子停下车。"冷淮突然对司机说。

"什么事？"杜原问道。

"既然路过，我想带你去看一个地方。"

"我小的时候学校常来这里组织活动。"冷淮有些感慨地指着门楼上"北京市少年宫"几个字，"已经搬迁很久了，就这几个字还一直保留着，看来它们也成了纪念物了。"

"首都是不错，连少年宫都是皇家气派。不过，你带我来就是陪你怀念小时候？"

"当然不是。"冷淮指了指旁边，"我们到景山公园。"

冷淮显然有明确的目的地，目不斜视一路前行。有人说公园是中国已经进入老龄社会的最好证明，一路上只要有块平坦的地势就必然汇聚着三五成群的老人载歌载舞。在人均寿命大幅增长的今天，这些老人还有大把的时光可以享受人生，他们的脸上洋溢着轻松和惬意。相比之下，一墙之外的那些为了生活步履匆匆的年轻人的幸福指数似乎要低一些。

冷淮停下脚步，一块石碑横亘在他面前，上面刻着"明思宗殉国处"，还有一排小字记录了立碑的时间："中华民国十九年三月"。相比之下，旁边公园管理处立的那个"崇祯皇帝自缢处"的指示牌显得太过潦草。这里应该是到景山必看的一处景观，今天似乎游客不多，比较清静。今年天旱，旁边槐树上一些叶子已经枯黄，就像是一盘炒得稍稍过了火候的虎皮青椒撒落在枝丫间。

"这也是一个墓碑。"冷淮突然说。

"这只能算是一个标志吧。我记得崇祯皇帝死后葬于十三陵中的田贵妃墓，是叫思陵吧。他的墓碑应该在那里才对。"杜原狐疑地开口。

冷淮没有理会杜原："我是说这是一个朝代的墓碑，明朝是中国历史上的大一统帝国，但仅仅是被它的边角轻轻拂了一下，传承276年曾经无比强大的帝国便一朝覆灭。"

"你说的什么啊？他又是谁？"杜原完全不明白冷淮所指，他在想这家伙是不是在逗自己玩"明朝是因为崇祯皇帝腐败昏庸，导致农民大起义，再加上崇祯猜忌袁崇焕自毁长城，结果清军趁机入关才玩儿完的吧。"

冷淮面无表情地看着那块石碑，目光仿佛穿透了时间："崇祯帝朱由检少小多谋，继位后韬光养晦，而后一举诛杀阉党魏忠贤，治国用心，励精图治。崇祯皇帝比起嘉靖、万历等来简直是天壤之别，即使称不上一代明君至少也是一位中兴之主。"

"那就是以前他们老朱家欠债太多，到他这个时候再努力也无力回天了。"杜原换了个说法，他对明朝的历史本来就所知不多，觉得这个结论也很靠谱。

冷淮还是摇头："不是这么简单。在史书里崇祯即位之前气候便非常恶劣，而在他在位的十多年里更是极其异常，诸如'大旱饥''人相食''道殣相望'等不绝于书，其比例通过简单统计远远超过明王朝之前的任何时代。"

"史书上记载不准的地方可不少。"杜原插话道，"谁敢保证这里面没有夸大的成分。"

冷淮哼了一声："那要看是什么事情。要知道《明史》可是康熙朝的史官编修的，如果他们杜撰或是夸大天灾，那就是在为前朝叫屈喊冤，康熙皇帝的刀可不是摆设。"

"你到底想说什么？我听得有些糊涂了。"杜原老实地承认道。

"当崇祯怀着'文官人人可杀'的仓皇走向景山那棵歪脖子槐树时，心中一定充满了对祖宗的愧疚以及对大臣的愤恨。但有一个因素却是他从未想到过的，而实际上这个因素才是导致明王朝救无可救终至一朝崩塌的元凶。因为这个因素是无解的，而且——"冷淮停顿了一下，"它对世界的影响之远之深完全超出了世人的想象。400年前，只是被它的边角轻轻一拂，当时世界上最庞大最先进的帝国顷刻间便覆灭了。"

"你说的他到底是谁？我本以为是李自成或是皇太极、多尔衮什么的，但越听越觉得不像。"杜原愣在原地。

冷淮淡淡地笑了笑："如果你选择配合，很快就能亲眼见到它。"

"是人都有好奇心，你这样有诱导我入局的嫌疑。"杜原摊了摊手，"我承认你成功了，我心里准备接受这份工作。但是，某一天我发现上当可不可以退出？"

"不可以。"冷淮的口气不容置疑，"不过根据对你的了解，这种可能性其实并不存在。不管怎样你都是一名科研人员，对从事研究的人来说，未知事物的吸引力是很强大的，更何况面对关乎人类命运的终极之谜。"冷淮注意到杜原脸上划过的迷茫，"当你真的看到它的时候，你会觉得我对它的描述实在是平淡了点，应该说太过平淡了。实际上——"冷淮停顿一下，"在它面前任何语言都是苍白无力的。"

"它到底是什么？"杜原觉得自己的心脏跳得很快，有种快要失控的感觉。

冷淮沉默不语，抻手斜斜地指了指路旁。

杜原望过去，那里有一个电子指示牌，上面几个红色的数字，随着不远处广场上舞动人群的节奏，跳动不停。

"那是个噪音分贝显示牌吧，你让我看它干吗？"

"不，再往上看一点。看到什么？"

"那不是今天的年月日吗？"杜原狐疑地问，他不明白冷淮何以提出这个简单的问题。

"你说的没错，是今天的年月日。现在都是2024年了，时间过得好快啊。"

从杜原站的地方望过去，电子指示牌正好位于明思宗殉国碑的上方，这样的反差令他若有所感，但是，细想这好像也算不上什么吧，说起来中国的历史可是远远早于公元纪年。

"是啊，这么多年过去了，算起来是多少代人啊。"冷淮自顾自地往下说，"可是，你想过没有，我们真的经过了这么多年吗？"

"当然了，这还能有什么疑问？"杜原心里升腾起奇怪的感觉。

"那你知道中国关于'年兽'的传说吗？"

"当然知道，只要是中国人小时候都应该听过吧。据说年兽是一种怪物，除夕之夜出来害人，所以人们燃放爆竹驱逐它，这就是中国人过年的来由。挺有趣的说法。"

"尽管依据的历法有所不同，但世界各民族一般总是欢庆新年来临；而唯独华夏文明却产生了年兽这种诡异的传说，将新年来临视为一道关隘。是的，现在所有人听到这个传说都觉得挺有趣，因为人们从来都认为那只是传说而已。但是，"冷淮转头盯着杜原，眼里闪过一丝让人不自在的光亮，"如果这不是传说呢？"

"你在说什么啊？"

"我说的是，年兽是真实的，它早已存在；不过与传说中有一点不同，它的出现并不是为了害人。"

"你的意思是——年兽是无害的？"

"不不，我的意思是，年兽的出现并不针对任何事物，它只是一种存在，人类只不过很偶然地同它遭遇。年兽是中国古老传说中的名字，而现在我们对它的称谓是'天年'。"

"'天年'……"杜原嗫嚅着这个名词，在中国人的语境里，天年是指人的自然寿命，并没有什么奇怪之处。

冷淮停顿一下："是的，就是天年。我们常说长命百岁颐养天年什么的，听起来都是满不错的祝福语。"冷淮惨然一笑，"但是，你想过没有，如果对着一位99岁的老人说这番话，会是什么效果？"

像是一道闪电从心头划过，突然间杜原有种近乎顿悟的感觉。在中国博大精深的古老文化里，人生每个逢十的年龄都有自己的独特称谓与内涵。四十不惑、五十知天命、六十花甲、七十古稀、八十杖朝、九十耄耋、百岁期颐……宋代礼部侍郎方悫在《礼记集解》中曾说"人生以百年为期，故百年以期名之"。

冷淮似乎并不在意杜原的胸中波澜，依然保持着慢吞吞的语调："实际上，在人类之前这个星球上曾经有无数生命同天年遭遇，结果它们都变成了同一种东西。"

"变成什么？"杜原的声音情不自禁地颤抖，他觉得一丝不可抑制的寒意从背脊处升起。

"它们都变成了墓碑。"冷淮的语气倒是很平缓，看来这样的叙述对他来说并不是第一次，"而现在，轮到了我们。"

接下来是一段长时间的沉默，偶尔有三三两两的游人从旁边经过，但眼前这两位神色落寞的人并没有引起他们太多注意。

"人类发现天年，是什么时候？"杜原终于迟疑着开口。

"就人类总体而言，是在三年多之前，SKA发回了关于天年的第一组射电天文照片。不过，江哲心见到它的时间则要早得多。"

天色渐渐黑下来，风扫过树叶发出沙沙声。两个人在沉默中拾级而上，不知不觉间来到了景山顶上的万春亭，游客已经渐渐散去，只偶尔会有一两个人匆匆而过。

这时冷淮的电话突然响了，他拿起来听了下回复道："知道了。好吧，你送过来。"放下电话后他转头有些歉意地对杜原说，"你饿了吧，我这个人有时会忽略别人的感受。小刘马上送点吃的东西上来。"

十来分钟后，杜原面前的石桌已经摆开了一堆吃食，以卤菜为主，居然还有半只切好的南京桂花鸭。

冷淮搓了搓手："这桂花鸭是你的家乡菜吧？我知道你喜欢喝酒，我现在很少沾酒了，今天就算是破戒陪你吧。"

杜原摆摆手："现在我整个心里就想知道一件事情：天年究竟是什么？别说吃饭了，要是不弄清楚这个问题，我今天晚上肯定会通宵失眠的。"

冷淮笑了笑，还是给杜原倒上了满满一小碗酒，足有三四两。茅台特有的浓烈香气弥漫开来，冷淮举起碗泯了一大口，惬意地吁出口长气。杜原也配合着喝了口酒，静静等待下文。

"景山说是山，其实海拔还不足百米，相对高度更是只有40多米。"冷淮开口了，也许是因为酒精的关系，他的语气不再像之前那样显得冷冰冰的，"但因为是紫禁城里的最高点，再加上周边新修建筑的高度一直受到严格限制，所以还是颇具气势。"冷淮随手指了指西南边，"我住的地方不算远，以前很喜欢带着女儿到这里散步，那时她年纪还小，正好适合爬这种小山。我喜欢牵着她的手慢慢走到景山顶上。登上万春亭眺望风景，你会有一种奇怪的感觉，整个北京城变得既很近又很远。唉，近来实在太忙，我也是很久没来过了。"

杜原四下眺望，北面中轴线上是暮色中的鼓楼。西边没有任何遮拦，北海偌大的湖面尽收眼底，满池的碧波在暮色中像一片绸缎，中间的琼岛小得那么可爱。当然，最壮观的永远是南面故宫全景里那一大片金黄色的屋顶，在所有关于中国的描述里，那里都俨然成了这个古老国度最显著的标志和象征。

但冷淮的目光却掠过这一切，停留在了天穹之上。北京天气晴朗的时候很多，但在城市的灯光污染下，天空的星辰总是暗淡而稀疏，像一把随手撒落的玻璃碴。

"那里是人马座。"冷淮指着一个方向说。

"对西方人的星座命名我不太熟。"杜原看着那个方向零落的几颗星星，有些尴尬地说，"对中国传统的二十八宿了解还多一些，当年学物候的时候打过些基础。"

"当年我也学过这门课。"冷淮慢条斯理地咀嚼着，"中国古人相信星象会影响到气候。比如《诗经》中就有'七月流火，九月授衣'以及'月离于毕，俾滂沱矣'等句子描写季节与天气，唐人李淳风的《乙巳占》即是一部包含占星术与气象学的专著，而诸葛亮观星象借东风的典故更是家喻户晓。"

　　杜原有些不以为然地摇摇头："不过现在看来古人把星星和天气扯一块实在是荒唐了，那些多少亿万公里之外的东西，怎么可能主宰刮风下雨的事。这也难怪，那时的他们根本不知道星星离我们有多么远。"

　　冷淮似乎没有听见杜原的话，又或者是听见了却不打算理会："很多人分不清人马座和半人马座，其实它们一个在北一个在南相隔很远，实际上中国的北方地区根本就看不到半人马座，它从来都在地平线以下。"

　　"你想告诉我什么？"杜原醒悟到冷淮带自己到这里一定有什么目的，"能直接一点吗？"

　　"在天空所有的星座当中，人马座其实是很特别的。"看到杜原有些急躁，冷淮不为所动，依然按照原有的节奏往下说。

　　"有什么特别？"杜原耐住性子问，不知不觉中他面前的酒已经空了，"关于人马座是不是有什么不一样的传说故事？"

　　"说起来人们更熟悉的其实是半人马座，宇宙中除了我们的母星太阳之外，离地球最近的恒星就位于半人马座，好像很多科幻作品都曾经拿这个说事儿。但除了距离近一些之外，半人马座其实是个很普通的所在，但人马座就不同了。"说到这里冷淮稍稍停顿了一下，"西方星座的说法起源于四大文明古国之一的古巴比伦，据说现在所谓的黄道12星座等名称，在大约5000年以前的美索不达米亚文明时代就已诞生。此后，古代巴比伦人继续将天空分为更多区域，提出新的星座。不过我想古人设立星座的原始动机应该非常简单，只是为了给夜晚的天空标注方位。"

　　冷淮停下来，为杜原斟满酒碗，把瓶子里还剩下的一点全倒给了自己。

　　杜原仿佛无意识地端起酒吞了一口，感受着沿着喉咙淌下的热流：

"我好像有些明白了，人马座之所以特殊是不是因为它所在的方位？"

冷淮微微点头："当你随意地朝向夜空某个方向的时候，在十万光年纵深范围内你一般会面对大约几百万颗恒星。这听起来似乎很多，但我们都知道在天文学范畴里这其实是非常非常少的一个数值。但当你望向人马座的时候，情况将发生急剧变化，同样在10万光年纵深范围内，那个方向上至少有2000亿颗恒星发出的光线照进你的瞳孔；原因很简单——那个方向是银河系的核心所在。"

杜原一时间有些失神："我在野外观察过银河，没有觉得某一处特别明亮，包括你所说的人马座方向。"

冷淮的肩膀抽动了一下："请记住你说的这句话。"

"为什么？"

"因为这是一个线索。"冷淮显得有些激动，"但实际上，这种方向上的巨大差异却是一种非常偶然的现象。不是吗？我们只是正好生活在一个星辰稀疏的角落，于是只有朝向唯一一个特定的方向才能见到亿万星辰。那你有没有想过，如果我们生活在银河的中心地带，比如银核区，天空会是怎样的？想想吧，在另一个地球上，如果那里也有生灵，那么他们看到的夜空就像是经过神灵特意地装点，无论哪个方向都缀饰着千亿颗大放光明的恒星，璀璨夺目，熠熠生辉。那样的情形就像是置身于流光溢彩的……人间天堂。"

"你具有诗人的表述力。"杜原叹了口气，"我都有些佩服了。"

"可惜让你佩服的人不是我。这是十多年前江哲心的笔记里的一段话，听起来的确如诗如画令人神往，但是那本笔记里接下来还有一句。"

"说的什么？"

"这段话我现在已经可以倒背如流了，他说：地球生物圈乃至人类能够诞生并存续，完全仰赖于某种精巧到不可思议的幸运；但这样的幸运却伴随着与生俱来的厄难，福兮祸兮，在宇宙的宏大尺度上，命运之神更像是一个内心阴鸷的促狭鬼。"

"这是什么意思？他为什么写这些？"

"是啊，为什么？"冷淮哼了一声，"我想现在我应该算是有些明白了，而你总有一天也会明白的。现在就记住它吧，这也是一条线索。"

"又是线索！你都给我说了好些条线索了，可我觉得它们对于我理解整个事件好像没多大用。"

"会有用的。"冷淮仰头一口干完了剩下的茅台，"我们两个不赖嘛，一瓶酒都见底了。好啦，有些事等你做完决定再说，我们聊点别的吧。你好像一直没有结婚吧？"

"是的。"杜原愣了一下，然后洒脱地点点头，"我习惯了一个人。我父母住在江苏那边，偶尔我会去看看他们。"

冷淮迟疑了一下："那个叫文婧的是你的女朋友吧？你们关系怎样？"

"哎，你问这个做什么？"杜原有些意外，眼里突然浮现出警觉，"你们怎么知道文婧的？"

"她打过你的电话。"冷淮一脸坦然，"从我们决定同你接触开始，你的电话就受到了必要的监控。某些来路可疑的电话会被记录，文婧的电话从印尼打来，属于监控的范围，被拦截了。我们的人告诉她你在工作，结果她说非见你不可，不然就报警。为了减少不必要的麻烦我们只好妥协。她现在已经到北京了，还是你自己来处理这件事情吧。看她的态度，似乎很在乎你的样子。"

　　杜原一时间有些恍惚，文婧是他在三个月前在旅游网站上结识的，那一次他是要到澳大利亚出差，于是他发了帖子想找个伴。结果文婧主动同他联系说愿意同行。那虽然是家旅游网站，但实际上有很多人上这个网站是为了交友，有些甚至就是直接寻找长期或短期的伴侣。虽然杜原与文婧见面时大家心照不宣，但杜原还是为对方的美貌感到一丝惊诧。虽然杜原曾经与几位身份各异的女人建立过亲密关系，但他其实知道自己这方面有点轻微的精神洁癖。比方说他从来不询问对方是否还有别的伴侣，如果谈话时无意间涉及了这一块，他马上会强迫自己岔开话题。

　　让杜原有些意外的是文婧的专业是地质工程，与自己从事的领域颇有些交集，在一起时竟然有不少共同的话题。在澳洲的日子里，那些该发生的事情很自然地水到渠成地发生了，不过文婧的温柔在让杜原一次次迷失的同时也总是让他感到隐隐的失落。当然，一切都很美好，一切也尽在意料和掌控之中，只是当航班回国落地的一瞬，杜原心中突然升腾起一种难以言述的情绪。按照规则他们此后将回归为路人，以他的了解文婧显然也是这种游戏规则的践行者。实际上他们在相处的那段时间里双方都没有隐藏自己的观念，对他们这样的人群来说，这个时代爱是爱，需要是需要，刻意混淆这一点的人要么是刚刚上路还需要自欺欺人，要么就是天生热爱演戏，不放过任何锤炼演技的机会。但他们显然两者都不是，所以走出机场的一刻应该就是故事的终结。

　　只是这一次出现了一点意外。在机场外颔首道别的两个人在各自走出几十米开外之后突然同时停下了脚步，然后回头再次靠拢，就像是急不可耐的飞蛾重新扑向火。在紧紧拥抱的瞬间，杜原竟然有种差点失去一样珍爱之物的感觉。也正是这一瞬间，他觉得自己现在的人生应该有所改变了。

"我们刚认识几个月，还不够了解。"杜原老实地回答，"按原来的计划她自己还应该在印尼待段时间的。"

"看来她为你改变了计划。怎么样，想过同她结婚吗？"

"应该不会吧，怎么会？"杜原笑着脱口而出，但不知怎的，在本能地矢口否认的同时他的心里突然升起隐隐的刺痛。

"哦，也好，其实这也是一种幸运。"冷淮释然地叹了口气，"你不会明白我现在每次回到家里的心情。一方面我比以前更迫切地想和家里人待在一起，特别是女儿，她就在北京读大学，只在周末回家；但有时候我又害怕见到她们。"

杜原呆呆地想了想，仿佛悟出点儿什么，面色变得有些发白："这么说……我们的世界要发生某种变化了？"

"我已经说得够明白了。"

"会是多大的变化？"杜原也不明白为什么自己的语气突然有些颤抖。

"这可不好说，因为……人类历史上没有可参照的标准。"冷淮语气里带着酒意，他的眼神有些迷蒙了，"不过有一点倒是很明确，人类作为一个物种，还没有经历过这种规模的变化。"

"什么意思？"杜原突然觉得背心发凉，喝下去的酒正在变成冷汗冒出来。虽然不是专门研究历史的，但杜原至少知道，人类在历史上可是经历过许多次无比惨痛的苦难，但听冷淮的意思，那些苦难似乎根本就排不上号。

　　"我认识的一位生物学界专家曾经提出过一个理论：可以用对物种的影响程度来定义地质事件的规模。生物学界现在基本还遵循林奈当年制定的'门''纲''目''科''属''种'的分类法，如果某个事件影响到了'种'这一级，比如说导致了某些物种的灭绝，那么就算得上小型事件，可称为四类灭绝；如果显著影响到'属'或者是'科'，则是中等规模事件，称为三类灭绝；而对更上层的分类发生影响的事件则极其罕见。"

　　杜原若有所思："按这个理论，白垩纪恐龙灭绝事件应该算是几类呢？"

　　冷淮微微摇头："你提的这个问题不够严谨，其实，在白垩纪那次事件中恐龙并不能称为灭绝，现代的鸟类就是恐龙的直系后裔，要是恐龙真的全部灭绝了，今晚我们就吃不到桂花鸭了。此外，现代鳄鱼也是恐鳄的后代，龟类则是杯龙的后代。所以综合来说，那一次算是三类灭绝事件。"

　　"那次事件距今6500万年，看来三类灭绝事件已经足够罕见了，几千万年才发生了一次。"杜原带点幸庆地评点道。

　　"平均来说，一个物种的存续期大约是300万至500万年左右，之后要么消亡要么演化为新的物种，所以物种遭逢三类灭绝的情况的确非常罕见。不过，恐龙最后遭遇灭顶之灾的原因恰恰是因为它们生存得太过于成功了。"

　　"我不大明白你的意思。"杜原觉得自己的头一阵阵发晕，也不知道是因为酒精还是因为冷淮的话。

　　"尽管学界将恐龙分成若干个'目'，但一般人们提到恐龙时常常将其视作一个大的物种，作为物种整体的恐龙成功地在地球上生存了至少1亿5000万年，地球上能达到这个标准的生物屈指可数；尤其是像恐龙这种算是比较大型的生物。试想一下，如果恐龙像其他那些普通大型物种一样只存在了几百万年，又怎会碰到白垩纪那次概率为几千万年一遇的小行星撞击灾变？"

杜原的表情有些发蒙，他怔怔地望着对方却说不出话来。按冷淮的说法，恐龙遭到噩运只因为它过于幸运，这都是他妈的什么妖怪逻辑啊？偏偏仔细想想这套逻辑竟然还无懈可击。

"我知道你想到了什么。是的，这是个不可解的悖论，正如江哲心所说的那句话：在宇宙的尺度上命运之神更像是一个内心阴鸷的促狭鬼。"冷淮叹口气，"江哲心比我们所有人都更早地看到了这一点。所以，你要有心理准备，探寻这样一个人的内心会是一件非常困难的事情，他的世界远远超出我们的想象。"

杜原突然想到了什么，有些迟疑地问："发生过二类灭绝吗？"

冷淮慢慢点头："的确发生过灭绝'目'和'纲'的二类事件。"

杜原突然感到口有些发干，他的声音变得微微颤抖："那刚才你……你们，说的某种变化，会是几类灭绝？"

冷淮没有直接回答："要知道，所有的哺乳动物，从仓鼠到人类，都只占据了一个纲；而所有的昆虫，从南极蠓到《诗经》里提到的蜉蝣，也都属于同一个纲即昆虫纲。"冷淮斜睨着杜原，幽幽发问，"你有没有想过，假如，我是说假如，某一天这个世界上所有的蟑螂和蟋蟀，所有的蝗虫、跳蚤，哦，还有苍蝇、蚊子以及蚂蚁，总之，就是所有的昆虫纲动物……全部灭绝？"

　　"这绝对不可能！"杜原摆头，速度快得他自己都觉得像是抽搐。

　　冷淮语调平静："你看，我只是让你想象一下，看来即使在想象中你都接受不了这种事情的发生。那些被我们称作虫子的家伙的确无比顽强，能够耐受其他物种无法耐受的各种极端环境。从诞生以来，它们在地球上已经生存了至少3亿5000万年，无数曾经与之共存过的物种都早已灭绝。比较普遍的看法是，就算有朝一日某种极端事件导致拥有尖端科技的人类全体灭亡，蟑螂、蚂蚁等昆虫也能继续在地球上生存下去，就像白垩纪灾变能够轻易地灭绝恐龙，却对昆虫没有造成多大影响。"冷淮脸上露出惨淡的笑容，"刚才你问我有没有发生过二类灭绝，很不幸，类似于昆虫纲灭绝这种规模的事件的确曾经发生过，所以答案是肯定的。不仅如此，实际上按照此前提到的分类方法，我们这颗星球上还曾经发生过所谓的……一类灭绝。"

　　"这绝不可能！"杜原几乎是本能地大叫出声，情急之下他甚至从石凳上站起来后退了两步，在路灯的映照下他面如死灰。

　　冷淮似乎并不打算给杜原喘息的机会，自顾自地往下说："比'纲'更高的分类是'门'，拿动物界来说，现在我们一般将其分为38个'门'，但地质考古上有一个无法否认的事实是：在地球历史上曾经出现过的'门'类至少是现在的三倍以上，这还不包括那些至今尚未被人类发现过化石遗留的'门'。显然，由于地壳运动造成的化石永久灭失，那些消失了的'门'类的总数肯定比人类现在所知的还多。实际上，你已经见到过了其中的一个。"

　　"我见过吗？什么时候？"杜原努力回想着，但他实在没有什么印象。

　　"就是这个。"冷淮伸出手，又是那张石头娃娃的照片。

"这不是铁锰矿造成的假化石现象吗？"

"那些像侧柏树枝叶一样展开的痕迹的确是氧化锰溶液沿着岩石裂缝渗透沉淀而成的假化石现象，但是蜷缩在那些树叶空隙里的若干痕迹，却是不折不扣由某种生物所遗留的痕迹。这个石头雕像并不是孤证，经过有针对性的发掘，在世界上几处不同的地点陆续找到了类似的化石。从形态上看，它们已经产生了若干分化，基本上可以分出两三个亚门了。我们后来发现，其实有极少量的标本很早就曾被发掘出来，但因为所属地质年代的关系，都被当作所谓的假化石样本陈放在某些博物馆和研究所中。这种生物现在我们称之为七节，形态有点类似于现代的环节动物，比如沙蠋之类，哦，就是俗称的海蚯蚓。通常情况下这种生物很难形成化石，很可能是当时发生了诸如海底地震等灾变，生物体突然被其他物质包裹起来才得以留存至今。综合数种方法测定，化石年代是在震旦纪晚期，距今约7亿5000千万年。从这块化石上能观测到十多个比较完整的个体，就身体结构和功能而言，它明显比寒武纪生命大爆发之后产生的许多物种都更加高级。"

"这怎么可能？"杜原觉得脑子有些不够用了。大约5亿4200万年前到5亿3000万年前的寒武纪生命大爆发自达尔文以来就一直困扰着学术界，原因就在于那2000万年的时间里几乎是"同时""突然"地出现了众多比以往生命形式高级得多的生物。这些突然出现在寒武纪地层中门类众多的无脊椎动物化石，诸如节肢动物、软体动物、腕足动物和环节动物等，在寒武纪之前更为古老的地层中从未发现过，因此这段时间古生物学家称作"寒武纪生命大爆发"，这段时间这也成为所谓显生宙的开端。从显生宙的名称上就可以看出，人们曾经认为这是生命开始出现的时间。当然，现代以来人们也陆续在一些早于寒武纪的地层中发现了一些生物化石，但那些震旦系化石生物不仅种类单调形态低级，而且数量稀少分布极为有限。

"化石年代经过多方确证无可置疑。你现在应该明白为什么博物馆会把类似的化石当作假化石陈列了吧？因为按照权威的教科书，震旦纪根本不可能有这么复杂而高级的生命存在。"

杜原猛地想到一个问题："那它的后代呢？会是现存的哪一种生物？哦不不，让我想想，时间过去了这么久，它的后代应该分成了很多种类了，那它的后代都是哪些类别的生物呢？"

冷淮摇了摇头，神色严峻："它没有遗子。七节是一种动物，但它和地球上现存的38个门的任何动物种类都没有联系，而且，在其后的化石中也从未见到过任何跟它有联系的生物种类。严格地说，它属于某个至今尚未命名的'门'，有些生物学家建议称之为'原节肢动物门'，这是一个……"冷淮停顿了一下，"完全灭绝了的'门'。距今7—8亿年前，'原节肢动物门'生物曾经广泛分布，站在进化之巅，是这颗蓝色星球上当之无愧的生命霸主。但是，它们最终消失了。显然，一定是后来发生了什么重大事件，导致整个'原节肢动物门'灭绝。我现在可以告诉你了，这种导致整个门类生物灭绝的事件就是所谓的一类灭绝。"

杜原轻轻拿过冷淮手里的那张照片，默默端详，就像端详一件时间的遗物："我想，原因就在于你所谓的'天年'吧。什么时候能够让我见到它，那个'天年'？"

"对于'天年'我们仍然所知有限。包括美国人在内，我们以当今最先进的技术对'天年'做出了许多分析，但在某些重要指标上的准确度却不及江哲心，而我们现在又无法从他那里知道更多的信息……"

"他怎么了？出了什么事？"

"是意外。江哲心当年涉嫌泄露国家机密，案件没有公开审理。因为他的身份特殊，关押地点是在特殊的监狱。但没过多久他因为酗酒导致脑出血，抢救回来之后虽然保住了性命，但脑部受创没能恢复，智力受损严重，无法与人正常交流。"

"他不是在监狱里吗？怎么会酗酒？"

"他所在的监狱只在很少的某些时候提供一点红酒之类的低度酒，不可能达到让人醉酒的程度。"冷淮苦笑了一声，"那次是江哲心身体有些不适，结果送他到医院看病时他偷喝了掺水的医用酒精。几名疏于职守的医务人员事后受到了处分。"

杜原有些失神："酗酒？以前我从没见过他喝酒。"

"关于江哲心酗酒的第一次正式记录是在从哥本哈根返程的飞机上，以前没人知道这一点。"冷淮叹口气，"酒精会让人变得不再清醒，也许江哲心看中的正是这一点。"冷淮看看表，"我们该走了。"

夜色中他们走出景山公园东门，步入沙滩后街。杜原和孔青云就被安排住在这附近的一家酒店。

"真热闹啊！"冷淮望着灯火辉煌的街道突然说，"今天你们还可以在这里住，抽空多逛逛街吧。"

"我又不是女人逛什么街？"杜原哑然失笑，这样说着的时候他突然想起那位因为自己特意从印尼赶过来的女子，她在商场里总是流连忘返。"谈了一晚上，但你还是没有告诉我'天年'到底是什么？"

"这个问题的答案，只有靠你自己才能找到。包括我在内，别人告诉你的都不是真正的答案。"冷淮没头没脑地说了句，他似乎想起了什么，接着补充道，"本来安排你们从明天开始工作，但是因为你的……朋友来探访，我们多给你一天时间，希望你抓紧时间处理自己的事情。记住，如果你不愿意参与计划必须在后天早晨之前提出，就用我给你的那个电话。过了那个时间你们就没有退出的权利了。"

十一　超级眼睛

在房间门口杜原有些迟疑，他知道文婧就在里面，今天他们还可以在这里相聚，但如果一旦他答应了这份工作，显然从此之后他的对外联系就将受到严格的约束。另外，过了今天，这个世界会变得怎么样呢？杜原摆摆头，暂时甩开这些无解的问题，将房卡往门锁上轻轻一碰。

门刚一打开，伴着一声轻呼，文婧像一只燕子般轻盈地扑到了杜原的身上，与此同时一张灸热的唇覆盖了杜原。杜原有些被动的回应着，他脑子里还转着其他的那些事情。文婧敏锐地察觉到一些不同，她仰起脸端详着杜原。

"我才从怀柔那边赶回来。"杜原松开臂弯歉然地说，"还没洗脸呢。"

文婧夸张地嗅了嗅杜原的脖子："没事儿，我喜欢你的汗味儿呢，我的坏蛋。"

一股奇异的潮湿从杜原心里泛起，他俯下头搜寻着文婧的唇。一时间，那些稀奇古怪、匪夷所思的事情仿佛已离他远去了……

"等一下！"杜原突然从床上坐起。

"怎么了？你有什么事吗？"文婧纳闷地侧了侧身，她的脸泛着红晕，在床灯的映照下愈加显得妩媚。

"没什么事。"

"你知不知道，每次你撒谎的时候总是盯着我的眼睛。"文婧突然说。

杜原一愣，他想起刚才自己的确是盯着文婧的眼睛来着，他一直以为这样会显得真诚。

"真的没什么事。"说着话杜原慢腾腾地走到卫生间拿了块白色浴巾，接着打开放在门口柜子里的提箱，在里面翻找一阵后拿出一卷透明胶。接下来杜原做了一件奇怪的事，他把浴巾粘贴在了床对面，挡住了墙上的那面镜子。在洗手间的镜子里看到长得和江哲心一样的自己刷牙漱口也许只是有点黑色幽默，但看到床上的另一个自己的确让人无法接受。但按照约定他现在又不能取下共谐芯片，至少在他确认退出项目之前是这样。

文婧有些不明就里地望着杜原，印象中杜原从没有在意过镜子，实际上杜原以前还似乎有些喜欢在镜子面前做一些事情。

"别问了。"杜原闷声闷气地说，没有看文婧的眼睛，"只是觉得这样好点。"

文婧抿嘴笑了笑，她本就不是刨根问底的人，眼里的光依然热切。这目光扫荡了杜原心中的一丝不豫，令他重新投入到人类的欢愉当中——欢愉是一件多么美好的事情啊！

......

杜原打开灯，柔和的光线下熟睡的文婧似乎有所察觉，嘴里轻轻地嘟哝着翻了下身。杜原不知道自己睡了多久，其实他也不太确定自己有没有睡着。他轻轻起身走到外面的阳台，结果发现右边隔壁孔青云的房间里还亮着灯。不知道今天那个大大咧咧的家伙经历过些什么，直到现在还没睡。杜原看了下表，然后确定自己应该是睡着过一段不算短的时间。杜原曾经在一本人类学著作里看到过女性在性行为之后的确会感觉到慵懒和强烈的睡意，但这其实是出于造物主的刻意安排：人类是直立行走的动物，女性在性行为之后保持平躺姿态更有利于受孕。但男人的疲惫又是什么原因呢？那个理由显然对男性并无意义，可是每个男人应该都感受过那种事后的困倦。

杜原趿着拖鞋走出房间，来到隔壁门口他迟疑了一秒钟，没有按铃，而是直接敲的门。

进门就闻到一股淡淡的酒气，孔青云显然没有睡过觉，床上的被子铺得很整齐，小桌上摆着一瓶已经去掉大半的日本贺茂鹤清酒，地上还有一个已经空了的瓶子。

"今天他们在我后脑勺上安放了一块什么芯片。"孔青云咧开嘴傻笑，"真是个好东西呀。"

"怎么？"杜原颇感诧异，"你要扮演谁？"

孔青云翻了翻白眼："扮演？扮演什么？这就是个目镜啊。"

杜原想起来了，冷淮的确说过这是个目镜，当然，他似乎还说过这东西属于什么'强观察者量子光斑'系统。杜原想起一个问题："你照镜子的时候看到的是自己吗？"

"镜子里？当然是我。"孔青云愣了一下，"这个目镜只在工作的时候起作用啊。嗨，这种感觉一时说不清楚，等你也戴上了自然就明白了。"

杜原淡淡地笑了笑："那我有机会也申请一副。那你……看到了什么？"

"SKA。"孔青云很干脆地说，"你知道我是研究核聚变的，这玩意儿在地球上算是稀罕现象。以前嘛各大国还偶尔爆两颗氢弹，现在考虑到环境的压力，基本都改用超级计算机模拟了。不过在太空里核聚变却是普通得不能再普通的常见货色。"

"你是说这个目镜能接驳到SKA上观测恒星？"

"这本来就是它的功能，中国也是SKA项目的参与国之一，当然可以分享观测成果。他们给了我一个电话，还告诉我一个特殊电话号码。几个小时之前我有些无聊，试着打过去，结果对方什么都没问就满足了我的要求。"

"什么要求？"

"看星星啊。"孔青云啜了一口酒，"你不会想到那是怎样一幅图景。说实话，要不是肚子实在饿得厉害我根本不愿意离开。"

"我对SKA相关知识所知不多。"杜原老实说道。

"SKA观测的不是可见光，而是氢原子辐射。整个SKA阵列的天线总数大约是3000台，其中一半分布在中心的直径5公里范围内，另有1/4分布在直径150公里范围内，最后的1/4则分布在直径3000公里范围内，它们整体呈现为螺旋形排列。出于成本考虑，SKA的单台天线口径一般为15米，望远镜的口径和所观测波段的波长成正比。可见光波段的波长非常小，因此几十厘米甚至几厘米的小口径光学望远镜已经可以获得较高的分辨率，但是SKA接收的却是无线电波，波长很长，这就要求望远镜的口径要做得非常大，才能获取高分辨率的数据。你不妨想象一下那种场面，好几千台直径十多米的天线以某个地方为核心展布开，中心处非常密集，渐渐变得稀疏，一直延伸到望不到边的地方。从空中往下看，就像在看一个直径几千公里的……麦田圈，唔，一个超级麦田圈。"孔青云又灌下一口酒，眼睛里放出光来，"妈的，人这种东西有时候还是挺有想象力的。"

"你说麦田圈？"杜原突然插话道，"不不，我倒觉得它更像另外一种东西。"

"什么？"

"像星系，尤其是银河系这样的螺旋星系，都是中间密集外围稀疏。你不觉得吗？"

"哈哈！"孔青云愣了一秒钟之后笑起来，"对对，麦田圈算什么？它像银河系，它是一只像银河系的眼睛！SKA的结构是为它的功能服务的，这种螺旋形排列是经过计算后得出的结果，而最终阵列的形状居然真的和银河系类似。唉，看来宇宙间自有一番说不清楚的道理，人类的行为不论出发点如何，最终都会与之暗合。"孔青云递给杜原一个杯子，"就为这个，值得我们浮一大白。"

杜原并没有太激动，只抿了一小口，他本来也不喜欢日本的清酒："你刚才说你通过那个目镜看星星？"

"当初设计SKA时有众多的目的，据说还能帮助寻找外星人什么的，比如接收某个星球上智能生命发出的无线电信号。不过对那些我不感兴趣，我只想看星星的燃烧。太阳是人类研究最多的一颗恒星，也是目前唯一对人类有实用意义的受控核聚变系统……"

"等等。"杜原打断他，"我不太明白，太阳怎么成了受控核聚变系统？它受谁的控制？"

"哦，这种说法是我们圈子里的一个比喻。难道你没发现吗？太阳完全符合受控核聚变的定义，虽然太阳从诞生之初起到现在，亮度增加了30%以上，但就一段时间而言它总是保持着基本恒定的功率输出，而且稳稳妥妥地运转了45亿年之久。只不过控制它稳定运转的不是人们制造的托克马克之类的装置，而是引力。引力的作用与内部能量的爆发压力一直维持着精确的平衡。在SKA里我看到了让我永生难忘的画面，可惜现在我的权限不够，无法观测一些更细微的结构。不过，仅是现在所见也足以让我作出决定。你还不知道，在你进门之前几分钟，我刚刚打电话给他们说我同意加入计划了。"

"你这么快就做决定？"

"你觉得很快吗？"孔青云若有深意地说，"作决定之前我打了个电话回山东老家告诉父母说我要出长差了。有时候单身一人也蛮好，自己跟自己商量下就能定下很多事情。你就没这么洒脱了。"孔青云眨巴了几下眼，"你女朋友不错哦，专门来看你。"

杜原有些尴尬，他不愿意多谈这个问题："你刚才都看到了些什么？"

"SKA观察的是射电辐射，再加上超级计算机的处理，老实说，我看到的东西都不像是科学了。"

"什么意思？"

"更像是一种幻术。"孔青云若有深意地眨眨眼，夸张地打了个呵欠，"你以为我喝这么多酒干吗，还不是因为睡不着。现在好多了，总算想睡觉了。说起来还得粘你的女朋友的光，能多休息一天。"

杜原回到自己房间，睡意全无。他在床边俯下身，端详着熟睡的文婧那安详的面容，心里不禁有些羡慕。

露台上有点风，在这个季节里让人觉得挺舒服。从这里望出去，午夜的京城就像是一头稍稍停歇的机器。半月在云层的薄幕里时隐时现，发出一点怯懦的光。从多年前开始，京城这样的超级城市便再也没有了那种万籁俱寂的真正的夜晚，最多只能说是一部分沉睡一部分苏醒。杜原记得某些海洋动物的大脑便是这样，一个半球休息的时候另一个半球值班。从这个意义上来说，入夜的京城恰如一只蛰伏的鲸鱼。

杜原看了眼手表时间，犹豫了十多秒钟后拿出衣兜里的那个蓝色手机。这个手机的造型很普通，非常像大街上老年人常用的那种个头不大声音贼大的山寨机。看不出手机的品牌，除了一块灰色屏幕和按键之外没有任何标志。杜原这时注意到手机似乎没有扬声器，但却有一个可以拉伸的双头耳机。杜原机械地将一只耳机放进左耳，却发现摁键无反应。他本能地将另一只耳机戴上，发现可以摁键了……杜原回忆着那个电话号码，这时才猛地发觉区号居然是"012"。杜原知道所有中国城市当中，电话区号以01开头的只有北京是010，那么显然这个电话号码通向的绝对不是一个平常的地方。

"您好，这里是处理中心，通讯已加密。请问需要什么帮助？"是一个柔和的女声。

"我是……"杜原踌躇着，不知道该如何自报家门。

"我们知道您的身份，请问需要什么帮助？"

"我想……现在访问SKA系统。"杜原突然发现孔青云并没有告诉自己这个目镜的观测是不是实时的，他访问的很可能只是一个备份数据库。一时间杜原微微有些脸热，他觉得自己提这样的要求很可能会被认为是个外行，甚至会被拒绝。

"您目前的访问权限为三级，正在确认，请稍等。"对方没有任何犹豫，似乎根本不关心杜原为何提出这件事，"系统已接入，可访问区域以及细节精度与您的权限相符合。导航杆用于操作。"

眼前突然一暗，不夜的城市消失了，连同天际的弯月。无尽黑暗包围了一切，这是纯粹的黑暗，是天地初分之前混沌的精华，这是一种无法形容的黑暗，它的意义超出了语言。

一个遥远前方的光点，先是暗到极处，渐渐氤氲扩大，这个过程进行极快，天边的萤火虫很快变成了一只长着发光巨口的怪兽飞快地扑来。几乎还来不及作出任何反应，杜原发现自己已经置身于一个壮丽到难以言述的地方。

说是"置身"其实不太准确，因为杜原发现自己的躯体不见了，虽然他还能感受到身体的存在，但在这个空间里根本看不到，目光所及只有球状的穹窿。几乎是直觉的，杜原便确定了自己的位置。杜原对中国传统的二十八星宿还算熟悉，借助几个标志性的星座，他判断自己在系统里的位置应该就是地球轨道附近，甚至可能就在酒店的原地。他四下望了望，没看到熟悉的蓝色星球，也许是为了不妨碍观察，地球的一些数据暂时被SKA略过了。

一条恢宏无比的光带划过天顶，就像是某位初学作画的宇宙巨人用银白色颜料在黑色宣纸上泼洒，然后任由它无所顾忌地流淌。杜原的目光追逐着光带，但很快发现自己的眼球转到极限也只能看到光带的一部分。几乎是本能地，他用虽然看不到但仍在意识中存在的"手"触摸到了手机上的一个小突起，稍稍操作一番之后他终于可以用这个小键调整方向了，看来这就是所谓的导航键。光带包围着杜原，它的中间部分很宽，然后朝两边逐渐变得细而稀薄，直至在杜原身后的位置上已经不复为一条带子，而是化为稀疏的亮点，当然，杜原知道，那些亮点其实才是光带的本源——一颗颗的恒星。

它像一个……杜原思考着，对了，它像一条小女孩戴的发卡。他妈的真有意思，从这个角度看上去的银河系居然是一个发卡。杜原突然笑起来，只是他听不到自己的笑声。

杜原稍稍眯缝着眼，望向人马座——这个宇宙发卡最宽最亮的所在，那里不再是几小时前冷淮指引着他看过去时的模样。那里是银河系的中心，那里的光明几乎称得上无限，系统显然做了处理，如果完全按照能级比例设定亮度，任何人都不敢望它一眼。不过杜原也知道无论自己如何努力也只能看到银核外围发出的光，因为真正的银河系中心是不可能发光的，当然也不可能发出氢原子辐射，因为那里是一个250万个太阳质量的巨型黑洞。SKA生成的恒星图像按能级不同由暗红到亮白，这实际上是由它们包含的氢原子数量及密度等因素决定的。那些质量千百倍于太阳的宇宙巨怪亮得刺目，但它们的寿命却只有区区数百万年，在恒星当中只能算是短命鬼。

以无限远也无限广阔的宇宙天穹为背景，无数的恒星正在增长着它们的熵，这些宇宙之灯失去的不仅仅是能量，还包括秩序。正是它们增长的熵温暖了一些围绕着它们旋转的小石子；而如果另外某些几乎不可能得到满足的条件被满足之后，在这亿万颗小石子中的某一颗上，便可能出现一种迄今为止宇宙间最奇怪的物质形式——生命。这种东西非常意外获得了攫取能量让自身从无秩序的混沌状态中挣脱出来的能力，它们猎食阳光、地热、矿物质、海藻、树叶、羚羊……直至拥有智能、学会钻营、组建政党甚至成立国家，最后还学会了建造绵延几千公里的超级眼睛，用以探究自己在宇宙中的由来。

杜原下意识地操作着导航键，但都不是他想要的结果。无意中他用力向下摁住导航键，结果发现自己如愿以偿地朝前行进了一大截，几乎一下就来到了太阳系边缘，这样的行进速度显然已经超过了光速，也许这就是所谓的"光斑"机制吧。这个发现让杜原兴奋起来，他调整着角度让自己面向银河系中心，用力摁下导航键。

一切突然消失了，满目的星光、银河发卡，还有那超过光速的让人每个毛孔都感到无比畅快惬意的飞行，全都不见了，眼前只剩下一座无比繁华但也无比平庸的人类城市。

"三级权限被超出。"柔和的女声响起，"系统中断。谢谢您的访问。"

城市在杜原的眼中显形，天边晨曦微露，早起的人穿着晨练服在小跑。几个提着遮布鸟笼的老人缓缓而过，嘴里哼着小曲儿目光中透着满足。杜原此时的心情就像一个沉浸在美梦中却被粗暴唤醒的人，他本能地想试着重拨号码，但很快意识到即使再进入系统自己的权限依然如此，那么面对的必然也是同样的结果。这时他才体会到孔青云为何会失眠，作为一个核聚变研究者显然对恒星的秘密更加着迷。同时杜原也立刻理解了孔青云为何会这么快就作了决定。

"你在露台上干吗？"文婧不知什么时候站到了杜原背后两三米的地方，揉着惺忪的眼睛有些奇怪地问道。

"哦，我刚起来，透透气。"杜原转身回到房间。文婧的半边内衣滑脱了，裸露的肩膀在灯光下泛着柔和的光泽。

杜原俯身下去，文婧不情愿地避开嘴唇，只让他亲脸："坏蛋，人家还没刷牙呢。"

"今天没什么事，我陪你出去逛逛风景吧。"

"北京哪有什么好看的风景？"文婧说的是实话，对曾经登上过8000米马卡鲁峰的她来说，任何人类聚居的城市都没有风景可言——即便是一个国家的首都。杜原知道文婧的心愿是有朝一日等到国家取消禁令后能去攀登梅里雪山。杜原问文婧难道不怕死，结果文婧回答说自己会在安排好所有的事情之后再去。"即使一去不回，但有卡瓦格博峰作为墓碑，人生又有什么遗憾！"文婧说这句话时满脸洒脱，那种尤胜男儿的壮怀激烈刹那间令杜原动容。

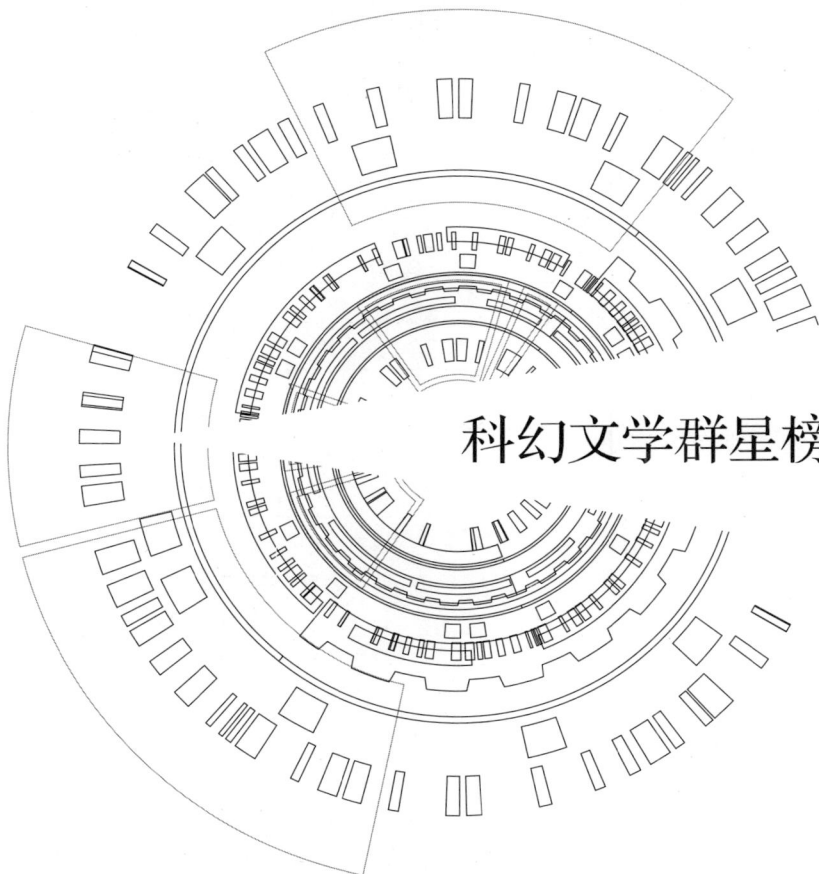

科幻文学群星榜

科幻文学
群星榜
出版书目

序号	作者	书名
1	郑文光	侏罗纪
2	萧建亨	梦
3	刘兴诗	美洲来的哥伦布
4	童恩正	在时间的铅幕后面
5	张静	K 星寻父探险记
6	程嘉梓	古星图之谜
7	金涛	月光岛
8	王晋康	生死平衡
9	刘慈欣	纤维
10	潘家铮	子虚峡大坝兴亡记
11	韩松	青春的跌宕
12	星河	白令桥横
13	凌晨	猫
14	何夕	异域
15	杨鹏	校园三剑客
16	杨平	神经冒险
17	刘维佳	使命：拯救人类
18	潘海天	饿塔
19	拉拉	永不消逝的电波
20	赵海虹	月涌大江流
21	江波	自由战士
22	宝树	人人都爱查尔斯
23	罗隆翔	朕是猫
24	陈楸帆	动物观察者
25	张冉	灰城
26	梁清散	欢迎光临烤肉星
27	七月	撬动世界的人于此长眠
28	杨晚晴	天上的风
29	飞氘	讲故事的机器人
30	程婧波	第七种可能
31	万象峰年	点亮时间的人
32	长铗	674 号公路
33	迟卉	蛹唱
34	顾适	为了生命的诗与远方
35	陈茜	量产超人
36	刘洋	单孔衍射
37	双翅目	智能的面具
38	石黑曜	仿生屋
39	阿缺	收割童年
40	王诺诺	故乡明
41	孙望路	重燃
42	滕野	回归原点